漳州印记

蔡刚华／著

漳州作家丛书

陈燕松／主编

中国華僑出版社
·北京·

图书在版编目（CIP）数据

漳州作家丛书 / 陈燕松主编 .—北京：中国华侨出版社，2018. 10
ISBN 978-7-5113-7767-8

Ⅰ . ①漳… Ⅱ . ①陈… Ⅲ . ①中国文学－当代文学－作品综合集 Ⅳ . ① I217.1

中国版本图书馆 CIP 数据核字（2018）第 216910 号

漳州作家丛书：漳州印记

主　　编 / 陈燕松
著　　者 / 蔡刚华
责任编辑 / 焕　章
责任校对 / 孙　丽
经　　销 / 新华书店
开　　本 / 670 毫米 ×960 毫米　1/16　印张 /324　字数 /4281 千字
印　　刷 / 三河市华润印刷有限公司
版　　次 / 2018 年 11 月第 1 版　2020 年 2 月第 2 次印刷
书　　号 / ISBN 978-7-5113-7767-8
定　　价 / 980.00 元（全 24 册）

中国华侨出版社　北京市朝阳区西坝河东里 77 号楼底商 5 号　邮编：100028
法律顾问：陈鹰律师事务所
编辑部：（010）64443056　　64443979
发行部：（010）64443051　　传真：（010）64439708
网　址：www.oveaschin.com
E-mail：oveaschin@sina.com

《漳州作家丛书》总序

漳州是中国历史文化名城，历史悠久，文化深厚。在文化的星空，群星璀璨，先后涌现出黄道周、林语堂、许地山、杨骚等文化名人，令我们引以为傲。

四十年改革开放，四十年风雨兼程。漳州土地，生机盎然，文学创作也迎来繁荣发展的春天。应是春风吹拂，应是文脉相承，一支包括了老、中、青三代作家的队伍正在悄然形成。2004 年，漳州市委宣传部、漳州市文联编辑出版了第一套《漳州作家丛书》，有十二人，十二本。时隔十多年，在祖国改革开放四十周年的今天，漳州市委宣传部、漳州市文联再次编辑出版第二套《漳州作家丛书》，展现活跃在省内外文坛的二十四位当代作家的创作风采。十二到二十四，这不仅是作家作品数量的增加，更是漳州文学创作水平质的飞跃。

《漳州作家丛书》的出版，旨在展现漳州作家的创作成果和创造实力。以期让更多的人，通过这套丛书，了解漳州，关注漳州，热爱漳州。同时，我们也希望，通过这套丛书的出版，能够激发漳州作家深入生活，体验人生，潜心于文学创作，用更好的作品回馈家乡，回馈人民，回馈时代。

《漳州作家丛书》编委会

2018 年 10 月 1 日

目 / 录

昨日繁华今犹在

有些地方，是携带着记忆而来的；有些地方，是怀揣着希望而存在的。漳州的“台湾路——香港路历史文化街区”就是这样二者兼容并包的地方。它就是一个让人惊叹、让人怀古、让人寻梦的地方。

行走在这个街区，你可以随处停留。为一个门环、为一条小巷、为一所厝院，为久违的老字号的牌匾、为高耸的石结构牌坊……当然也可为别人停留，因为在古街的任何地方驻足本身就是一道风景。

徜徉于台湾路，迎面而来是各式老字号招牌。在旧时，台湾路叫“雨伞街”“府前路”“卫口街”等，因当年该地段遍布油纸伞作坊而成名，旧时的经营者在搭铺开店的同时，也把心仪了许久的招牌勒进了门楣墙体。有“大道华洋杂货”“锦兴漆庄”“商务印书馆代理处”“大同文具店”“金可行布鞋行”……你可能后脚尚在布行的店前，而前脚已跨到了鞋行的铺面。“万元钱庄”的对面就是一家老字号典当行。遥想当年，同样夹着包袱步履匆匆行走在府前路上，故意大声和店家打声招呼向左跨进铺面的一定是意气风发，而茫然四顾趁无熟人之机向右踅进者往往失魂落魄。

“府前路”，顾名思义，因为这条街位于古时漳州府衙前而得名。无论历史的风云如何变幻，时至今日台湾路仍是漳州老城区的商业黄金地段。居住在这里的人们，习惯了小街百年的营商之道，看淡了大起大落的云谲波诡，生活在此的商家后裔仍以经营百货和文具为主。台湾路上这些老字号虽经百年栉风沐雨，经过“修旧如旧”改造，至今仍保存着当年的印记。就像是倦怠的女子倚着栏杆做了一场悠长的梦，梦醒时一切依旧，手中的丝巾仍旧拽在手中……找家老铺歇脚吧，台湾路141号的老字号店铺天益寿药店在进门处就备有交椅。坐在椅上，稍一抬头便能看到从红绸摘下那刻起都未曾移位的老店横匾。那漆金云纹横匾就是一个记忆的印戳，把这家老店和这条老街一同定格。这家老药店创建于清末年间，至今已有百年历史。当年主要销售片仔癀、龙胆丸、药酒及中西药。但在所有经销的商品中，行销百年未衰的“天益寿米粉”至今仍是漳州百姓认可放心的婴儿食品。为了保持药价的统一，当年的老店家在每张药方上都标上了价格的数字暗码，无论时间间隔多久，下一次再拿出此方购药，价格还是照旧。新中国成立后才公之于众的“但、愿、人、少、病，不、虑、药、生、尘”就是当年的暗码，这也是百年老店让人幡然醒悟的经营秘诀。因为秉持“药食同源”的配方理念和童叟无欺的诚信经营之道，才让这闪着金光的招牌温润且不刺眼地持续散淡着云辉。

在这里的徐厝巷、罗厝巷、漳南道巷……每一条抽身而去的分支都有段精彩的回放。徐厝巷、罗厝巷是台湾后裔的重要祖厝。最出名的当数徐氏家庙，朱镕基总理及众多省部级领导都曾到此参观过。徐氏家庙始建于明末清初，是接待徐氏后裔的地方。而漳南道巷也因为处于古代漳南道署、漳州卫衙等军事机关所在地而得名。

目光游走于台湾路，只是旧时的钱庄药房、金行布店也已人去楼空或改换门庭，但那些老字号的门匾，没有因墙体的斑驳而脱落在岁月的积尘里。于商、于人、于这段百年老街，我们不妨有着更多的遐思：没有历史内涵的老街和老建筑是肤浅的，仅仅只是作为怀旧或追缅而存在的老街和老建筑，只不过是另一种老照片式的陈列。房子得有人住，店铺得有人开，街道得有人走。这样的存在，才能呈现隔世的沧桑，才会散发生命的气息，才能让人触觉它深处的灵魂，也才能清晰地听到它怦然的心跳。如果不是这样，哪怕把它保存下来，也不过是一张历史蜕变的空壳。漳州古城的老街是鲜活的，身后传来的自行车清脆铃声就踏实地告诉了这一点。

寻梦香港路

来漳州古城的游客必去香港路，因为太多的历史惊艳与风云际遇在这里交集，因此有人戏说“一条香港路，半部漳州史”。

香港路和台湾路是紧挨着的，像是手挽着手。香港路的名字有些惊艳并多些繁华，其实香港路古时叫南市街，是个很通俗的名称。唐宋至明清时期就是漳州的城市中轴线。后来这名字取得好，像是取了个让人一看就记得住的好笔名，以至小城的居民还常以此地名相互揶揄。

缓步走在香港路，恍如隔世。一座座记载着岁月沧桑的砖木结构骑楼小屋沿着两座明代石质牌坊依次而建，矗立在路的起点，不同石质相间构筑成的牌坊，浮雕、镂雕的龙凤、花卉、鸟兽、人物巧夺天工，至今依然可见昔日端冕垂旒的气派。仿佛诉说着百年来曲折的经历，那些或深或浅的历史，依旧古朴地延续到今天。脚踩着纤尘不染的石板街径，抚摩着庄重古朴的牌坊石柱，聆听着古老的故事。石牌坊是这里的灵魂，无论是披着晨曦或是沐着月色，横跨路面的牌坊是这条百年老街最忠诚的守候者，也是这座城市中轴的连接线。

发现香港路的惊艳是需要耐心的，一不留神你就会错过它最妩媚的一瞬。挑个不逆光的时候，细细把牌坊打量个够。除去仿木结构的精湛，各类官场人物的透雕技巧，浑然间无所不在的缠枝花卉修饰。你会找到牌坊的最精华，有座牌坊最顶部被圆雕四力士所支撑，拙中透秀、严里有诙。行走在香港路，没有导游提醒，你可能还会错过“中国最小的空中庙宇”——伽蓝庙。这位身处社区，最不善圈地且头戴官帽的伽蓝王，是道是佛或是人的美好化身已无须较真。而即使你走到跟前都难捕捉到的“王升祠”，亦是稍纵即逝的一景。但无论如何你还是得认真打听现代作家杨骚的出生地，街坊邻居会愉快地告诉你寻迹这位长者的两种路径，要么从香港路的 90 号顺着典型的闽南民居的深屋长驱而入；或是找到二巷路 7 号，也是一种寻幽览胜的不错选择。去体味和揣摩长长的“竹篙厝”里如何走出一个吟唱三绝的诗人。漳州的文化是有其延续性的，这种表现还出现在作家的传承有序上，比如杨骚的儿子杨西北也是一名优秀的作家，长期在漳州的文化宣传部门任职，并曾任漳州市作协主席。

短短的香港路，俏皮地和试图走进她的生客捉迷藏；短短的香港路，演绎了大半个漳州浓缩的精华。香港路不仅有见证过人们争购颜锦华木版年画的盛况，也猎艳过历史文化的大美，当然还有些人文情调的自我陶醉。当年漳州人口耳相传的“灯火西施”就是早年在此卖煤油灯的年轻女子，因为长得俊俏和白净，让多少小伙为一睹芳容而常来此光顾。如今的“灯火西施”仍旧保持着与同龄老人不一般的白净与温和，虽不再经营古老的生活用品，而是专营本地人结婚喜庆的用品，店铺火红一片，很是吉祥。

沿着不长的香港路走到底就可以隔着堤岸看到江。这是进城的起点，当年高高的桅杆还依稀立在斑驳的桥头，如约去承载着绸缎般华丽的梦想；婉转销魂的锦歌俚调在软语里摇曳，色彩华美的漳绣在风中起舞，交相辉映的还有蓝地白花的克拉克瓷发出清脆的回音。

行走在并不宽敞的香港路老街，恍如走进历史的深处。那些抑扬顿挫的买卖吆喝声，那响着铃的急促人力车声，那酒肆茶楼传来的弦管乐声犹然在耳，又好像走进了一部老电影的拍摄现场，时常会产生一些入戏太深才会有的错觉。走在这样的香港路，你就是明星。

府衙门前说旧事

在漳州的老城中，就算始兴南路的路距最短。在漳州的老城中，就算始兴南路的路面最原生态。

始兴南路的起点是府埕。府埕乃是这座古城饮食文化的发源地，府埕的骑楼把府前石埕尽可能地拉开，这些修旧如旧的建筑是根据历史定制，恢复到陈炯明主政漳州时期旧市政广场的模样。在民国少有机动车的年代，府埕就是市政广场。府埕的两侧骑楼建筑就是民国初年政府的迎宾馆、招待所兼酒家。在三十年前刚开放的时代，府埕的夜晚集中了吃消夜的大部漳州市民。炸咸粿、面线糊、五香卤面一派热气腾腾。延续着“食”的脉络，后来引入了饮食文化的升级版。一夜之间，府埕多了几家酒吧，但那是属于夜晚的，白天则是老年人的天地。最有名的要算那家叫“空瓶子”的酒吧，经营者是个有些文化情怀的老板，这回总算让这幢骑楼建筑找回了民国时期的扮相。老唱机、老式吧台、老月份牌也许是一种空间错觉的弥补吧。记得在一次文学活动后，一个率先找到感觉的作家陈子铭便写出了一篇叫《站在民国的阳台上》的散文，文字婉约如阳台上素衣女子清唱的词。

台湾路大大咧咧地把府埕和始兴南路牵在了一起。民国时把新府路街叫始兴南路。在漳州所有的老街中，就算始兴南路最素面朝天。有些坍塌甚至有些沧桑，但它却是漳州古城石条铺陈路面的原生态。取材走向、衔接错落，无不直指当年的匠心独具和前瞻目光。这是一条漳州开启城市记忆最早的街道。当年的木轮轴车轧过的吱吱呀呀声响是最早唤醒府衙城吏的号角，那急驰而过的马蹄声更引颈无数少年的关切。直通府衙，就该是形象工程，就是迎宾大道。当年的设计者更多考虑到是马车轮毂运行方向，尽量减少石条衔接可能带来的振动。关注的是车辆内官员及眷属乘坐的舒适，所以整条街道的石条铺砌是竖向错开铺展。城市排水在这条路上也得到了最具体的落实，在石路与房屋接壤之间也是房檐滴水处，安排了凹槽排水和花窗地漏。这种无数考虑人文关怀和兼顾闽南多雨气候特征的设计理念，在延续下来的大规模城市建设中一以贯之。

欣赏始兴南路，需要有足够的耐性。挑个雨后的日子，你会收获更多。那些上了年纪的老石板条，经过大雨冲刷显露了它包浆般柔光，雍容并有些温润。雨后的坍塌的路面积洼的雨水是有灵性的，它倒映着古老城市里最本质的生活状态。

走在始兴南路，老街悠缓的时光和古朴的风韵尚在，这里没有汽车驰过时尖锐刺耳的声浪，没有喧闹拥挤的人群，没有急促赶路的脚步。这样的老街自在、平和、恬淡，它以长衫马褂式的执着在坚守着最后一份老派的宁静。

曾经青年不言愁

这是个靠青春最近，离喧嚣最远的地方——青年路。

听着这样的街名，会让人憧憬，会让人放飞思绪。但这条街并不年轻，从明代一路走来，一路风尘仆仆地走了近五百年。古时青年路是府署、县衙和总镇往来必经的官道，她是老漳州人口中的“东坂后”。街道全长近800米，民国时称为大通南路、大通中路。

从博爱道拐进青年路时，你遇到的第一条巷道叫“万道边”。这是个很有意境的地名，我一直很佩服漳州的文化蕴气。当年的官员或学者，在论证取名时，没有被变幻时局或隐晦词素所限，才会把如此不着边际的字眼安在了一条小巷身上。万道边是条不宽的巷子，左右都是民宅。不远处，依稀可见一口石井，妇人在井边洗衣，边洗边聊得开心。

小巷悠悠而入，看不见尽头。想来应是通往香港路或是通往博爱道。看来夹在这些名街之间，低调地取个“万道边”，也不失是一种自嘲。

漫无目的地闲散走着，过了修文西交叉口。你会注意到骑楼下一方写有“嘉济庙碑”的石碑。这是个一定得停下脚步驻足细品的地方。明万历间，漳州民间诞生了一位名震京师的布衣书家，其书风为当时书坛领袖人物董其昌所赞叹，他就是书写《嘉济庙碑》的作者李宓。据民间传说当时青年时期的李宓在一家水果店打工，为老板书写柑笼竹签。当时漳州芦柑作为地方特产进贡朝廷，朝官见柑笼题签字体俊逸精妙，争相传阅并收藏。从不轻易赞许他人的一代书家董其昌见后亦自叹不及，并推崇备至。后来在京为东阁大学士的林釬告老回漳州时，曾请董其昌为漳州嘉济庙碑文书丹，董坚辞，对林釬说："漳有李宓在，何必舍近而图远？"顿时李宓名声大振。林釬回漳后依照董嘱，亲自撰文《修建嘉济庙圣迹碑记》一文，力邀李宓书丹。

现立于青年路108号的市级文保嘉济庙碑，因其是先贤的作品，引得不少书法爱好者前去观摩。但现在碑文已不轻易见到了，在拓片的资料中，碑文最后写道："郡人林釬薰沐拜撰，同郡李宓敬书。"即明晰地交代了两者的交情，行文换笔间也可清楚地嗅到李宓楷书功底。正统、端庄、大气之风不由自主地从墨色捶拓间飘逸而出。

嘉济庙碑拓本流传甚广，过去凡是到漳州任官的，几乎都要购一两份该碑拓本，作为珍贵礼物赠送亲友。现在原庙石柱仍留有清代的两行石刻对联："越吴楚蜀饫神功福佑清漳更赫濯，唐宋元明加爵秩翊扶昭代愈昌隆，"字体飘逸洒脱。如今嘉济庙已毁，但石柱仍在，石柱上的字句仍为慕名而来者留下了足够的想象空间。

何衙内曾是青年路的点睛之作，其园林规制胜如至今仍在的漳州可园。何衙内是何楷的旧居，并曾作为地名至今为老漳州人所记忆。何楷是漳州历史名人，《明史》有传。何楷，字玄子，号黄如，镇海卫人，明天启五年（1625年）进士，历任户部主事、工部侍郎、户部侍郎。何楷与黄道周的两个学生陈士奇和陈瑸是同科进士，又是黄道周的儿女亲家。南明隆武朝，黄道周是内阁首辅，何楷是户部尚书，"亲家门风"在当朝任职，这种官场仕途的难得雅事竟让漳州的两位先贤遇上了。

青年路虽是骑楼居多，但小巷内仍有一片天地。132号的巷子内挂有龙海市九龙江河道堤防管理处的警示牌，内容为"此楼为危楼请勿靠近"。这是一幢三层建筑的番仔楼。门廊成月台式，建筑材料当年已用上了钢筋水泥做框架。木梯旋而向上，屋内仍可见墙式壁炉。

附近的老邻居回忆，原主人是振原堂药店的老板陈启裕，前店后住家的格局。1934 年建成后不久因药材生意受挫，就变卖家产，后归龙溪县政府所有，县域调整后划归龙海。最后的办公单位是龙海市九龙江河道堤防管理处。

站在青年路上，东坂后礼拜堂无疑是显眼的，在这一条古街中，就属它最高，西式的尖顶状的教堂，总令人有无限的联想。东坂后礼拜堂位于青年路与新华西接壤处，是青年路的大手笔之作，也是经典之作。

这座建于清同治十三年的礼拜堂，钢筋混凝土西式建筑，气势恢宏。因为这样的气势，每逢与漳州有关的重大活动好像都离不开它的参与。1932 年 4 月红军攻入漳州时在此召开漳州工农代表大会。仅仅过了一年多，震撼中外的“福建事变”又爆发了。漳州为龙汀省首府，而龙汀省政府就设在曾经的东坂后礼拜堂。林语堂的父亲林至诚来此参训过，文学大师林语堂住过青年路也应来过。蔡元培曾在东坂后礼拜堂演讲，并为《嘘风》题签。一座地标性的西式建筑，融入了太多的漳州故事。这已超越了这幢平时讲经唱颂歌的礼拜堂所能承载的负荷。

一条青年路，拥怀书法扛鼎之作；一条青年路，见证了现代漳州波澜壮阔的重大事件。除此大成之作外，青年路还是漳州非物质文化遗产名录中最多拥有者：200 多年历史的“蔡福美鼓铺”蔡氏制鼓技艺、漳州八宝印泥制作技艺、郭美瑜棉花画制作……都没有离开过青年路的视野。

如今的青年路，静静地穿过城市的中心。旧城改造的红线在它的身上画上了一道分割线。它再一次被推上历史的观礼台，这回它看到的一定是与一座城市、一片古街的重焕有关，也一定和青春和青年有关。

文明修身泮池边

修文西旧时称西桥街，难怪现在这一带就属西桥办事处管辖，边上还有一小学——西桥小学。原来路名虽改，但旧称谓也适度沿用至今。修文西是与府衙平行的第二条长街，因此漳州城的主要大型建筑，文武官员到此需下马的主要场所也相应地出现在这条纵深线上。比如武庙，比如文庙。因此稍走几步你就可以看到一处雄伟浑朴的建筑了，那就是漳州文庙。

文庙前面的泮池已经重新修葺完成，并把在考古挖掘中出土的明代雕有文人雅集形象的栏板重新装回原位。史料称：漳州文庙始建于宋庆历四年（1044 年），文庙位于漳州古城中轴线东侧，台湾路、修文西路、新华南路、始兴南路所围合的街坊内，是漳州城内最大的古建筑群，占地约 1.2 公顷。

有城的地方，就有城隍庙。有城隍庙的地方一定有文庙，儿时生活的小镇旧时是县，因此镇上最大的建筑就是城隍庙和文庙。沿海如此，就连远在湟水源头青海湖边的内陆丹噶尔古城，县衙两边矗立着的也是这两幢建筑。可见，文庙在城中的位置是其他建筑所无法取代的。这类建筑对百姓是有极强的暗示力量的，城隍庙讲因果，文庙教仁义道德，民风乡气自然借此便得到规劝和教化。

漳州文庙是很显眼的红色高墙和红瓦，有皇城的味道。因为儒教也因为孔子，那墙上的一抹红，已经把文庙身世的线条勾勒出来了。原本庙的前面是有泮池的，半月形的塘有石栏围着，池的周边稀疏的植些杨柳，有依柳吹垂且泛着涟漪的泮池是极适晨读的，古代是，现在也是。如今泮池已复原，重新树起旧时的一方绿意，棂星门据说也有恢复计划，幸好“道冠古今”与“德配天地”坊还在。不过只是水泥石柱替代了宋代最早的木构牌坊了。

一入戟门，丹墀、月台、大成殿便一览无余了。因为你的跨入，便成就了一趟心之上的朝圣之旅。望见圣人、触摸到“乐礼善学，尚中贵和”的精髓。在闽南我们不把孔子叫孔子，我们亲切地叫他“孔子公”。虽然多加了一个字，但这个字却是闽南文化对儒学，对孔丘本人的最高敬礼，我们把他当自家敬重的长辈看，我们把他用最高的礼仪来朝拜。

宽大的石埕，把戟门、丹墀、月台连在了一起。站在石埕看月台，月台是有高度的，但在此地这个高度不只是地势上的差异，在这里更多的是精神，是视野，是穿透2500年一览无余的论语归集。月台是用来祭祀的，每逢丁祭时刻，群贤毕至，少长咸集。长号、韶乐、歌舞、着华服、行揖礼，释奠于先师。当师生齐颂文章精华篇节时，此时的庭院就是一次庄重的视听盛宴之所，是一场诗书文章的大型鉴赏之处。

拾级而上，去拜会我们的先哲，我们精神与文化的导师吧。漳州文庙大成殿为明代木结构建筑，面阔五间、进深六间，重檐歇山顶。率先将“大成”提上讲究的是宋徽宗赵佶，他认为孔子“集古圣先贤之大成”，随之文庙的主殿“文宣王殿”改名为“大成殿”。大成殿内正中供奉的是“大成至圣先师”孔子。漳州文庙的精华也在大成殿。大成殿内部结构和细部装饰均为宋代遗物，彩绘、油饰明间脊桁、天花板及额枋、木雕构件、露明椽条均有彩绘。其他木构架及斗拱、桁条、外檐装修均为土朱色油饰。

漳州文庙的大成殿是看过风雨，见过场面的。除却历年每到九月二十八日达官显宦也要来此行顶礼奠拜。在漳州可循的历史记载上，朱熹、郑成功、黄道周都曾到此庙祭祀孔子。朱熹任知漳州时来得最勤，曾“每旬之二日必须官属下州学”，前来此处“视诸生讲小学为正义”。那时文庙也已是百年建筑了，如果学生来得多，讲学的场所就得移到月台。郑成功在所有祭祀的阵容中身份是最特殊的，他是以雄居者的心态，用统治思维来考量儒学的。因为这样的考量，才成就了永历十五年（1661年）在台南市南门路上修起了台湾的第一座文庙。从此教化民众、兴国学，励学士，一粒文化种子开始在海峡对岸生根发芽。

站在月台，空旷的四周忽传来邻近校园里学生的琅琅书声，这不期而遇翻墙而来的齐声诵读，似乎是在传递某种隐约的情怀。由读书而明理，由明理而至“仁”，是孔子一生的追求。儒家讲究一个人的一生应该是不断学习，历练自己，提升自己，努力达到“仁”的最高境界，追求立德、立功、立言。在儒家文化中，上至天子，下至庶民，都能在各个方面找到行为规范标准。

文庙的上空，天高碧净。墙内一株龙眼树在秋天的丽日映衬下，独显枝繁叶茂。走出漳州文庙，从来时的修文西路往回走。澄澈的天空下，我们是需要一些更务实更接近人性的信仰，有关于“仁、爱”的，有关于“义重于利”的。如果我们每个人都往“仁爱”的方向靠近一点，再靠近一点，俗世的陋念就会远离一些、摆脱一些。每一步的大同，便成就了世界原来的大美。

一张老照片的记录

博爱道，清代为城防顶或城背顶，民国时期起为博爱道。

当年陈炯明在漳州拆城墙修马路，在取名时坚定地把民国新词一一带进了漳州古城。他把中山先生最爱抒怀的“博爱”给了他组织军民拆城而扩的城防顶。这条依着九龙江沿着古城的东西走向的街道，就这样走进了漳州市民的生活。旧时的博爱道骑楼鳞次栉比，沿街店家主营糕饼、干果、竹器等日用商品。博爱道是从新华南路向东延伸的，一路漫延穿过城中繁华的街道延安南、香港路……

如今的博爱道，它被一排高耸入云的现代化高楼建筑俯视着。而它身后是一片尚未被水泥丛林所侵蚀的老街古城区。古朴典雅的老街骑楼虽经亘古风雨的剥蚀，褪去了昔日的华丽，但那精雕细刻的心情仍穿过漫长的时空在向过往的人们诉说着岁月的沧桑。

其实在 20 世纪初，国外发行的明信片中就有与博爱道有关的建筑。因此在某种程度上说，博爱道是最早为海外所知晓的一条街。拍摄这张照片的是一个叫查尔斯·华生的美国人。结婚不久的查尔斯兴奋地带着妻子来到了中国，他在厦门有业务也有朋友。当时的鼓浪屿正在大兴土木，作为土木工程师的他刚好有了用武之地。工作之余他把镜头对准了鼓浪屿的山丘与新建的别墅、教堂。那天他通过朋友介绍来到了漳州城，那时的漳州城墙还没拆除，城上还飘着黄龙旗。他和夫人走在城防顶上，九龙江上帆影绰约，洗衣的婆姨卷着裤脚浸在水中。而城里的漳州市民不愠不躁，远远地好奇观望着。倒是一群衣衫褴褛、流着鼻涕来自龙眼营附近的孩童一路跟着他俩。查尔斯让他夫人先到威镇阁上歇息，自己把三脚架设在离阁几步之遥的城防顶上。他是学工科的，细致和按部就班已经渗透进了他的血液。他按顺序先拍了城墙和威镇阁，然后在威镇阁上往西往北拍摄着，此照堪称最完整、最珍贵的漳州古城全景照片。他拍下了丹霞书院和大半个漳州的影像！而他有意无意留下的古城墙和威镇阁的老照片，成了我们目前所能看到的威镇阁和博爱道的前身。真得感谢一个美国人，不远万里地来到漳州，来到城防顶，来到威镇阁。照片里的漳州老城城墙破败，杂草沿着缝隙蔓延，威镇阁屹立城墙一角，城墙外水沟蜿蜒，倒是丹霞书院里一派婉约，有奎星阁雄姿和半月楼倩影，有半月池的一湾碧水和池上的由两条宽石板并成的小桥……

位于博爱道边的威镇阁是由漳州南城城墙角楼改建成的，公元1572年这座三层木结构楼阁建成，取名“威镇阁”。那年郑成功与清军争夺漳州城时，处于双方争抢控制的威镇阁被烧毁了。直到1737年，漳州知府刘良璧费尽心思好不容易让面目全非的威镇阁又立了起来，但又被一场不期而遇的雷电轰毁。后任的漳州知府蒋允焄又再次重修楼阁。幸好陈炯明在1918年拆城墙修马路时，只对城墙上的石条和砖块发生了兴趣，威镇阁才有机会在“文革”时耳闻了子弹划过时的空气撕裂声。

因为有了查尔斯这些照片的存证，稍有文字功底的人便能清晰地勾勒出当时的景观。也幸亏他比陈炯明提前了几年来到了漳州，要不陈将军拆墙的进程绝不亚于他按下快门的速度。

当年的老照片在岁月的漫灭中日渐发黄，照片里的景致如今或移或失。因而从某种意义上说：博爱道有幸，威镇阁有幸。

一路繁华一路歌

每个漳州人都会无数次地走过漳州最繁华的街区——新华西路，购物、逛街或是休闲。对于生于斯长于斯的漳州人，没有一个不认为新华西就是漳州的地标。新华西的变化就是漳州城市风貌变化的一个具象，也是城市发展一组跳动的音符。百年古街，千年巷陌，历史，在这里浓缩和诉说，也遗留了自己清晰独特的烙印，新华西路就是漳州历史街区的“活化石”。

新华西路东起文昌门，西至公解巷。新华西在民国时期曾被称为陆安西路或中山西路，明清时期全路分为东铺街、道口街等若干段。地名是一种很奇怪的文化现象，官方极力主张的有时百姓不认可，偏偏是一些既不主流又朗朗上口的反而不会昙花一现。在隐现沉浮和浪里淘沙间只剩那些留得下、记得住的地名。

当年，陈炯明率粤军入闽，漳州城开始了现代意义的市政改造。在拆除漳州古城池的同时，不知是怀旧或是文脉作祟，东门城楼及月城被保存了下来。一条铺上石砖的笔直大道从东月城拓宽到了县后街。曾经也将南段城墙上的城楼改建成客栈，取名叫“卫生楼旅社”。无论是“卫生楼”或是最后一段城墙，漳州的城墙记忆最后终了于1997年旧城改造的某一天。早年，军阀张毅在陆安中枢建一座“延誉亭”，亭四柱尖顶，底座有三级同心圆台阶。这个少些古意多些洋气的纪念亭被直白的漳州市民称作“圆圈”。哪怕北伐军把它改为“北伐胜利纪念碑”，漳州人还义无反顾地认定它为“圆圈”。直到有一天连亭都被拆没了，可习惯于怀旧并把某些方位根植于心的漳州市民，硬是把“圆圈”作为一生约定的地名。

新华西的繁华是天经地义的，新华西的寸土寸金是与生俱来的。当它还叫“陆安西”时，大上海引入的每一款新式布样，这里总是第一时间跟进；厦门港卸下第一捆洋货，也会让漳州人在此先睹为快。“蔡同昌布庄”里的绸缎、哔叽和西洋布仍为今日老一辈人所乐道；“美玉照相馆”里那台可以旋转的照相机，更是当年全省不可多得的顶尖设备；“卫生楼”二楼西餐、“金胜美”的提花丝绒、“丽华斋”八宝印泥……都是陆安西路上风光无限的回忆。

哪怕当这条路上唱起“解放区的天是明朗的天”时，漳州第一家国营企业——漳州贸易公司也是第一眼便相中这条即将更名为新华西路的地段。在物资匮乏的艰难岁月，新华西路也是漳州屈指可数仍可驻足流连的商业街区。上海理发厅、新华书店、火炬食什门市部、济宁药店、漳州百货公司……

新华西是商贾富庶之道，也是文化宗教之街。旧时中心位置有道署、卫衙、县衙。此外昭忠祠、元妙观、东坂后教堂、天主教堂中西宗教汇聚于此；崇正学校、西式医院等文明因子纷至沓来。当然还有旧时达官贵人旅漳时必去的“李公馆”。若能择一高处往此街望去，这里定是吟唱着繁华光芒的一路笙歌，这里定是沉淀的人杰地灵的一段乡愁。

是乡愁就要有乡愁的起点。尚书府就是这样的一处。此府为明代南京户部尚书潘荣故居，潘荣一生经历七任皇帝，任中为五位皇帝效力，有遗著《历朝统论》。潘荣载入史册成为东铺街上恒久的绝唱，并不是因为官拜户部尚书的这一荣耀，而是在他正当壮年之际被钦命琉球国正使，并打破了朝廷从不任用闽籍官员出使琉球的先例。尚书府为潘荣在六十九岁那年以户部尚书官衔归里所建，通向其住宅的巷道就叫作尚书巷。尚书府就这样成为东铺街的一个代名词。

而简氏侨馆则是云水之谣的乡愁。这栋原为南靖长教简氏侨馆，以它的宽阔抬梁式木构架，硬山顶，土夯墙体，条石墙基的本土要素，大方地与钢筋混凝土结构的尖顶礼拜堂和睦做了百余年的邻里。后来一个叫简大狮的青年在此被清朝廷捕快所摁倒时，历史便记住了这段位于观桥顶的“简大狮蒙难处”。

繁华街区所具有的华丽的外表、浓烈商业气息，新华西都有。可新华西的胴体还散发着异香，这种香气只于意会难于言明，却又有捉摸不透的优雅，其实就是她身上纯正的商业血统散发的无以复制的气息。捕捉这样的信息，需要你细心，也需要充盈的心智。尽管她以另一种智慧的形态出现在你的视野，但你会在和她擦肩而过的一瞬间，凭借着对某种特质的感悟，一眼把她认出。

好在你的记忆还在，梦还在。

温泉之城少司徒

北京路，民国时称少司徒街。一条蜿蜒前行的北京路其实还包含着市仔头、少司徒、下营等路段。如果说昨日的陆安西路（新华西）是天经地义的商业繁华，那少司徒街就是自古的闲散怡情。幸运于天地间的造化，也成就于物竞天择后的必然。在漳州古城区域，从市仔头到下营一直到下沙地段就是古城温泉泉眼的集中区。温泉是大自然的慷慨馈赠，总被种种不可思议的力量联想起来，借助这样的能量洗礼，慰藉着物质社会里种种的疲惫或不安。由于汤池业的兴起，旧时的漳州古城仅在 20 世纪 20 年代，就集中了太清泉、大观园、百合、新世界、南星等多家驰名澡堂。当年的陈炯明还在这里创办“美育俱乐部”供粤军军官及地方绅士娱乐洗澡。浴池首创个人池，与大池区分开来。后来改名为新新澡堂。

泡温泉也是一件挺消耗体力的运动，现在有些行动不便的老者，总喜欢叫辆人力三轮把自己投入那满屋迷雾的古城某处温泉，让全身浸漫于汤池，起来后浑身畅快，筋骨舒展。

旧时闲散达人们有着大把无处挥霍的时间，他们可以慢条斯理的“皮包水”（喝工夫茶）之后，滑入汤池内再来一番忘记时光的“水包皮”（洗汤）。如果无所事事，一场泡澡下来就可以在汤池内与前赴后继的泡客们不限时限的漫天闲侃了。这样的慢生活其实也是一种妙不可言的境界，可以赤裸裸地和陌生人说着些赤裸裸的话题。于是当全身赤条条地从汤池里爬起时，胃肠欢快地蠕动开始唤醒了味蕾，这一唤醒相当要紧，它便带动诸多相关产业：菜馆、酒楼、茶室、戏院、理发、旅馆……

少司徒街（北京路）市仔头路段便热闹开了，首屈一指地成了旧时漳州城内吃喝玩乐、洗理住宿的一条街了。穿着长衫的殷实富贾来了，拉着人力车的短衣帮载着琵琶女也来了。从东门街发出的电力功率时常不足，害得市仔头四岔路口的路灯像鬼火似的忽明忽暗，在这样昏暗的路灯下少司徒街便开始了紧张的夜生活。猜拳吆喝声，麻将噼啪声及歌妓卖唱声，声声竖实地回荡在古城上空的一隅。这里恍惚也演绎一场旧时上海滩九重天、天津卫劝业场才拥有的灯红酒绿、纸醉金迷情景。茶楼酒馆不但有女招待陪酒，还可以代买戏票、代呼票友聚会等。也有些耐不住性子的平民百姓，他们从龙眼营、从盐鱼市、打铜街穿着木屐，踢踢踏踏也赶了过来。如果口袋里还有几枚银角，完全可以挑个价格低廉的汤房“洗汤”（漳州人泡温泉的讲法），或是在过过眼瘾的同时捎几片卤猪耳朵、一包花生米回家。回来的路上若是遇上半生不熟的过路客，也乐于打声招呼，刚“入城里、上市（仔）头”回来。

少司徒街不仅是漳州古城的温泉集中处，还是戏棚集中处。当年新新澡堂的边上就是一个叫“梨园”的简易戏院，百星巷里有百星戏院，竹篷搭盖、木板长椅，约几百个座位。一来专映重演的影片，以票价便宜而取胜；二来充分利用场地，兼请“笋仔班”演歌仔戏，增加收入。据一个笔名“芗子”的老者撰文回忆，当年他被大人拉去看戏，“笋仔班”一部《英台廿四拜》，分 18 集连轴着演 9 个晚上。一位“大头旦”以“杂碎调”唱得凄凄惨惨戚戚，揪动千百观众的心。百星戏院内台上台下、泣啜交错，哭成一片。以致戏院售票时还要专门搭条手巾好让看戏的人擦泪擦涕。一台歌仔戏唱下来，如果能达到最高艺术效果那只能套用闽南一句古话：“做戏的做喀神经，看戏的看喀毛神”。因为入戏太深，不能自拔。

少司徒街并不拒绝现代，这里并不缺席电影上映。除了简易的百星影院，下营路段另有一家漳州最早的电影院“泉漳电影院”，创办于1929年，是泉州、漳州的两个商人合作投资的。上演《木兰从军》《渔光曲》《火烧红莲寺》等来自上海影业公司的影片。有一次放映英国喜剧片《罗克球大王》时，镜头出现罗克球打了拾球的球童（华人）一记耳光，虽是故事情节之一，但台下的漳州观众却不肯原谅，义愤填膺并理直气壮地爆发了一场骚乱，踢翻椅子，砸坏部分设备，最后还提出退票。影院老板为息事宁人也为了凸显正能量及时更换了影片，改放了另一部国产影片。

少司徒街还有一家中央戏院。后来几经易手更名为黄金大戏院（后为龙师大礼堂），多重考量后这家影院定下了专映上海联华影片公司出品的电影，后因片源不继也曾关门停业了许久，再后来摇身一变成“万发俱乐部”，专营股票交易、外币、黄金交割等金融活动，俨然成了漳州第一家证券金融交易所。漳州刚解放时，第三野战军第10兵团的文工团就选在黄金大戏院上演“白毛女”，轰动一时。当时贴在影院边的大幅海报两侧就大写着：“旧社会把人变成鬼，新社会把鬼变成人。”让漳州百姓真真切切地感受到了“解放”这两个字的真正含义。

离少司徒街不远处还有一家漳州人难于忘怀的电影院，这是一家坚持到21世纪的电影院——光明电影院（大众电影院）。这家影院的门厅两侧壁上常年悬挂着美女明星照。在很长时间里光明电影院（大众电影院）就是漳州古城内设备最好的影院。新中国成立后，大众电影院不仅放电影，还有专门的美术人员绘制大型电影海报、宣传栏，并定期出版自己编辑的《电影介绍》，组织开展重点影片的影评活动，为漳州培养了第一批的影评人士，促进了漳州观影水平的整体提高。受此影响漳州也出现了一批喜爱写作的青少年，当然这是后话。

从定威到一路芳华

早些年外地人知道延安南路，一定是从漳州汽车总站开始的。

延安南路明清时称马坪街、断蛙池，民国时叫定威路、三民路。明清时期就是漳州城的一条主要的街道。陈炯明驻漳期间进行市政改造，将马坪街至澄观道拓宽取直，宽到可并开两部汽车。改名为定威路，定威便是以陈炯明被封的“定威将军”而命名。1926 年 10 月，何应钦率领国民革命军东路军北伐进漳，张毅部败退。后定威路改名为三民路。

如今古城改造，在昨日的“汽车新村”之地举头四望，怎么也无法想象这就是当年盛名全省，冠盖东南的漳州汽车总站。一本《漳州旧城街景》，提到了延安南图片最多的就是漳州汽车总站。这是整个漳州的辉煌，漳州进入汽车运输时代的时间比其他城市来得早，因为漳州多有华侨富商的关系。早在 1920 年春节期间，漳码始兴汽车有限公司开通了漳州至石码线路，全程约二十公里。当时的汽车被漳州市民叫“铁车”。想来这样的称谓是极适合的。或许是因为汽车要入城，所以漳州的道路修得比其他城市宽。1923 年漳州汽车总站迁到了定威路，成为福建最大的汽车站，总面积达一万多平方米。可容纳大小汽车五六十辆。当年的定威路，商贾云集，货物琳琅。走出汽车新村，站在延安南路，当年的繁华烟云怎么也和眼前的景象扯不上关系。

当年叫定威路的延安南路是漳州城最早拓宽路面的街道。有一文物爱好者收藏了张当年“改建定威南北路办法”告示单。展现了定威南北路改建的历史印痕。这张告示是“龙溪县建设局”的公告：主单内容有路线、工程计划、预算费、分摊筑路费办法和征收办法五项条款。在路线条款中说：“由师部前即马坪街口起，经府口街、汽车公司、南市场而至澄观道止，计长二千五百二十英尺，宽度三十英尺。”在预算费条款里估算定威南北路建设费用为大洋二万七千余元。可见当年扩建定威路时，是下了决心和狠心的。要从两三米宽的马坪街时代跨越出来，当年的陈炯明或是张毅是把新生活的思想和现代理念带了进来，首先要拆掉城隍庙和大戏台，还要拆掉一部分的商家店铺。这对于当时的漳州市民不仅震惊而且颇有微词，但慑于军政权的威严，在观望中定威路倒修成了。就此看来定威路还是名副其实的。

定威路就是漳州的传奇之路，有多少漳州第一在这里诞生。这条路上诞生了漳州第一地方银行“漳州农工银行”，出现了漳州最早的一批照相馆：美玉照相馆、如真照相馆。遥想当年的漳州市民携家带口，穿上一年中最不轻易穿上的服装，挑个喜庆的日子，相约来到定威路。在画有亭台楼阁的西洋油画布前，置上怒放鲜花，或坐或站，或牵或抱，享受一回现代文明的快乐。新加坡华侨严万年在马坪街经营皮鞋买卖，产品虽然工艺粗糙但却是漳州面世的第一批皮鞋。1925 年巨商黄奕住投资 10 万银元在定威路上建立商办通敏电话公司。当年绝大多数国人对电话还闻所未闻，而位于定威路的一家私人公司，就开始了筹局布阵。架线后的电话公司一通电话可以打到石码、海沧。后来竟架上了海底电线，鼓浪屿富商可以一边赏海景一边遥控起漳州的生意了。

时光飞逝，世物更迭。历史的痕迹从定威路牌换成三民路标，但漳州市民还把这条路叫成马坪街或定威路时，漳州解放了，这回取了更响亮的名字：延安路。马坪街进入了延安路的时代，1952 年，已经更名为延安南路的定威路铺上了当时漳州城最早的水泥路面。为了区别于向北延续的路段，这条路便成了漳州人时至今日仍念念不忘的延安南路。

延安南彻底地走入了漳州市民的生活。公私合营的喜报从延安南走来；亩产超吨粮的奇迹从延安南传来；三支两军的号歌从延安南唱起；就连当年漳州“6·9”大水，机帆船也是直驶延安南而来。大事小事都与延安南有关，生活中细节更为漳州人乐道。当年为了解决汽车总站的旅客食宿，在延安南客车上车点盖起了漳州当时面向群众最大型的饮食门店“三八饭店”，当时的服务员和厨师均为女性，也为了更好配合“妇女能顶半边天”的特殊形势，故取此名。没想到“三八饭店”成为特殊年代里漳州百姓难以忘怀的一个去处。让漳州百姓能大快朵颐还有改革开放初期在延安南开设的漳州第一家专营海鲜的“海味馆”。由于经营灵活，且海鲜是从东山、龙海快运而来。漳州人每逢有海外、远道而来客人，均会到“海味馆”定桌。

马坪街、断蛙池、定威路、三民路、延安南路，时光在这些地名的更迭取舍间前行。一条延安南路横亘着一座漳州城的历史，这里的每一方门柱，每一幢有历史的老宅都是漳州的一段传奇。那些故事的背后曾经发生的经历，似乎就隐藏在这些正在老去的建筑之中。站在延安南，你能随时感受到街的四周散发着的文化蕴气，袅袅蒸腾地弥漫在这城市的上空。

一脉坚守的繁华地

新华东是在梦中被吵醒的，它紧张的一天就这样匆匆开始了。

一条五米见宽的老街，菜贩的吆喝声不绝于耳。两边挤满了各色菜摊和水产档，沿街的店铺以经营调味品居多，但也尽量把自己的货柜往外延伸，于是本还可通行一辆汽车的街道，现在成了自行车和电动摩托车的专用道了。

这段路就是新华东的岳口路段，它只是新华东仅存的一段老街。新华东路民国时期为陆安东路，曾是漳州古城最长的街，一路向西与新华南路、新华北路交汇并与新华西路连接。清代自西向东分段为：东门大街、洲主庙、表忠街、元魁庙、接官亭、巷口、教子桥、官园巷口、东廓宫、观音亭顶、岳口、岳顶、市尾。

没错这就是新华东。瞬间，你站在古街，你便可以和历史融为一体，想象着旧时的繁华，沿街阁楼淡妆画眉的少妇，商家买卖吆喝声此起彼伏，熙熙攘攘的人群几乎肩并着肩，一群顽童拿着根甘蔗像泥鳅状往人堆里钻……在今为世纪广场的原新华东核心区，你的想象还可以尽可能地往细节处延伸。这里就是旧时漳州城“东门金、南门银”的确切地点。新华东的起点就是东门最富有的商业圈，最流金淌银的地段。我们是见过这条街风貌，并把它深藏记忆的最后一代人。若在旧时的陆安东路则更具繁华，沿街两侧的店家屋宇鳞次栉比，招牌横匾中有写参茸燕窝、金银玉器、布匹鞋行、香火纸马……各行各业，应有尽有，大的商店门首还扎“彩楼欢门”，悬挂市招旗帜，招揽生意，街市行人，摩肩接踵，川流不息，有做生意的商贾，有看街景的士绅，有骑马的官吏，有叫卖的小贩，有乘坐轿子的大户眷属，有身负行囊的旅者游人，有问路的外乡过客，士农工商，三教九流，无所不具。

如今在仅存原貌的新华东的岳口段，两座石牌坊高高耸立。远远地就被人们所关注。一为“勇壮简易、所向无前”坊，另一为“闽越雄声、楚滇伟绩”坊。

这两座石坊均为三间、五楼、用十二柱，以青白石相间建造，楼顶皆置鱼形脊饰，檐翼角起翘自然，正匾以下均以梁、枋隔层，无论是体大硕重的梁、枋、柱，还是精雕细凿的斗拱、雀替、花版、垂柱，都制作细腻，衔接紧密，阴刻、线刻、浮雕、圆雕、镂雕、双面雕等手法装饰无不用其精。尤其是“勇壮简易”坊和“闽越雄声”坊上各有五处青石镂雕花板，再现了外国人鬈发虬髯、头戴礼帽，或在舞蹈，或与中国人对话的形象，在国内的牌坊中绝属少见。

牌坊下有一小学，今为岳口小学旧时为岱东两等小学堂，是漳州古城最早的小学堂之一。学校历史一旦久远，连外观都与众不同，明代的正德牌坊居然成了学校的正大门。这样的格制在全国一定也是罕见。校园原为东岳庙的所在地，庙是祀阎王天子的，听说校园内还存有阴阳两界的奈何桥。前些年东岳庙寻个新址开建了，从校园里竟还找回了四个完整的清代的石制香炉和一对龙柱。这样一个有着相对完整文脉且承传有序的东岳行宫又回归了人们的视野，香火依旧旺盛，东岳庙又重生了。

其实在漳州百姓的心中，这座曾经进入他们视野的古城，早已进入了他们的血脉。城里的一砖一瓦，一草一木。只要是记忆深处的图腾，一有机会就要把它们一一寻回。

东岳庙也好，威镇阁也罢，那些曾为古城增添了神韵或风采的老街或是老建筑。然而有些早已灰飞烟灭，如同记忆碎片里的陆安东路（新华东）上那飘荡的商号旗幡，那行色匆匆的过客。还印证在漳州老一辈人时常提起的“圆圈”里。著名城市规划师王景慧先生说过一句名言：“城市文化遗产保护的重点在于保护历史街区。”因为这是一座城市的根，更是一座城市的魂。如果一座城市的根与魂都没有，我们的嘴上唠叨的千年古城和历史名城，还会让人信服吗？生活在漳州这座城，定有千万般不可名状的理由，让你不由自主地爱上它。但在所有理由中，那经脉般纵横于城市的老街巷，那熟悉的风带来花草与小吃相混合的独特香味，一定是你爱上它的理由之一。

龙眼营为何扯上“漳浦兄”

进入龙眼营的路径可谓四通八达。南有博爱西道，从纷杂的小巷中一个急拐便可直入龙眼营的核心地段。北从修文西，一条相对宽敞的街道。最为隐蔽而巷道最多的就是香港路。多条小巷的尽头在不知不觉间已经和龙眼营纠结在一起了。

行走于龙眼营，但见古街两旁各有小巷，而站在巷口往里望往往不知所往，颇有曲径通幽之感。青石小路曲幽，泛着柔和的白光。老者二三在门口泡茶闲聊，弄堂隐约如乍现春光状。小巷里过惯了闲适从容人家，他们的房基有些就是上百年的城墙。如今的老街古风犹存，不喜张弛的满足感“恣肆”地挂上眼角眉梢。

就是这样后有城墙，边上壕沟，小巷纵横的龙眼营，百年前却是客店众多、商贾聚集当然也是藏污集中之地。从清代兴盛到民国初年，龙眼营的客店至少有二十多家。当时的许多客店是漳浦人开的，绕过梁山翻越过九龙岭的漳浦人，一路颠簸饥肠辘辘来到漳州城时，都要一路问询却又难于找到这里来投宿或其他。所以漳州本地就有“漳浦兄，入城找无龙眼营”一说，也算是对旧时此地风情地貌形象且生动诠释。除却低档旅店，龙眼营竟还有会馆，就是“永定会馆”。这里曾是客家人往来漳州必留之处，也为部分永定人提供短期居住场所。当年会馆为三进三落独立大厝，花岗岩石大门框，门前矗立一对青石抱鼓，高门槛，格局竟为典型的闽南一带士大夫府第，漳州知名作家青禾就出生在这“永定会馆”里。

漳州古城城区很多地名、街名，自古至今不知改了多少次，很多富于含义多有地域特征的街名都被历史尘封湮没，然而龙眼营却出奇的幸运，居然毫发无伤地保留至今。只是“文革”中短暂几年被改为文武路，可是当时人们也都习惯叫龙眼营，竟然忽略了这个带有时尚和暴力色彩的名字，“文革”过后又恢复叫龙眼营了。一切在不知不觉间发生并恢复，像是未曾有过的一般。

龙眼营可没有龙眼遍植的景象，但却有一座声名远扬的通元庙。通元古庙在龙眼营的南端，靠近南市场四硿井。这口不知凿于何年代的井，后人加高了井沿。如今井沿边微露少许青苔，井边仍有妇人打水洗衣，汲上一口依旧清澈甘甜。庙始建明代，庙里祀奉晋代谢安和其侄谢玄等人的神像。正殿主祀开漳圣王陈元光。后殿供奉三宝佛及观世音菩萨。通元庙庙小名扬，是因为通元古庙与“太平军”有关，与太平天国的侍王李世贤有关。

史料记载：同治三年（1864 年）十月十四日，太平天国侍王李世贤攻克漳州城，其王府就安在龙眼营上的寺庙“通元庙”，李世贤就住在后殿二楼上，直至次年五月十五日撤出漳州。故称为侍王府。据考证，侍王李世贤攻占漳州后，为了不侵扰漳州百姓，还制定《行营规矩》，内有“令军民男妇不得入乡造饭取食、毁坏民房，掳掠财务及搜抄药材铺户并州府县司衙门”“令不得焚烧民房及出恭在路并民房”。自己也率先垂范把这个小庙当作侍王府。

在正史、在民间也有把太平军描绘成一支掳民屠城，滥杀无辜之众。事实如何有待深究。但李世贤身居矮小的通元庙是真，用“作秀”“博点赞”来理解似乎也不可行。因为当时大权在握，何必如此委屈自己？

让我们把目光再退回1864年三月前，把目光从漳州城转向浙江金华。侍王李世贤1860年被封为侍王，1861年他由安徽、江西进军浙江，五月二十八日，他率太平军攻克金华后，遂以金华为中心建立太平天国浙江根据地。现坐落在金华市婺城区城东鼓楼里酒坊巷52—3号，曾是太平天国侍王李世贤的府第。王府1861年构建，原系唐宋时州衙所在，元为宣慰司署，元末朱元璋曾驻此。明时为巡按御史行台，清朝为试士院。太平军攻克金华后，即在此召集工匠大加修葺，并在原千户所旧址构屋数重。整个建筑分为宫殿、住宅、园林、后勤四部分，毗连宽广的练兵场，总计占地面积达六千多平方米。侍王府成为当年李世贤在浙江的指挥中心。

看到这些资料，其实稍作沉思，答案一定会跃然纸上。在权重位高时李世贤的生活是奢华的，他也占据官产，大兴土木。当一场由农民主导的革命，夺取了大半个中国后，开始了论功行赏、按权享乐。包括侍王李世贤在内的高级领导干部，谁也不曾想到因为自己的骄奢淫逸而致整个队伍战斗意志丧失并最终土崩瓦解。其崩溃之快，可能连李世贤都未来得及仔细看清自己的侍王府。年仅31岁的青年将领开始不知何时能结束的逃亡。

一路的逃亡也一定带来一路的困惑。侍王攻入漳州城时之所以一眼相中龙眼营的通元庙。除了背靠城墙，交通便捷的地理因素外。这位农民革命将领在一路的困惑中，已认识到了领导集团自身腐败滋长了可怕的离心力。于是开始了从我做起的廉政严军制度建设，出台《行营规矩》等治军措施也就不难理解了。可惜，机会再也没有留给这个青年才俊了。

解读侍王府，完全可以把它当廉政教育基地来细品。不知有关部门是否也这么想。了结了一个困惑，龙眼营其实还有一个纠结。

漳州原是锦歌馆（歌仔馆）林立，到处箫笛弦管，充满了闽南乡韵，犹以龙眼营为盛。锦歌是歌仔戏的“老祖宗”，明末清初锦歌移植到台湾，与当地民歌小调相结合形成“歌仔戏”。可是锦歌这个千年曲艺，至今不甚景气，后继无人，现在只在龙眼营尚剩微弱的火花。龙眼营所在地的西桥小学，将锦歌列为学校开展传统艺术教学的特色内容，并将“龙眼营锦歌社”的牌子挂在学校门口。

如今每逢需要参加省市演出，便将曾经在西桥小学学过锦歌已经毕业的学生召集到一块，临时创作、匆匆排练，演出结束后，演员星散四方。盛极一时，名噪芗城内外的龙眼营锦歌社，再也难闻弦琴笛鼓伴奏下的哭腔或七字调了。

一条叫龙眼营的老街牵扯出了太多的困惑，这不是龙眼营的错。龙眼营以缓慢的姿态在你面前铺展开来，等待你的心和目光去重新倾听和阅读。少些世俗的功名利禄，红尘烦恼会在此顿时烟消云散。多些文化情怀和艺术坚守，留存于心就会多一份宁静、一份安详和一份细细悠长的岁月。

振成巷，一条有厚度的小巷

振城巷不长，振成巷也不宽。

从古城的西门入口进来，振城巷就敞亮地展现在你面前。民国时期为振民巷，“文革”期间曾被改名为红旗路。如果你是个对建筑感兴趣的游客，又不喜热闹，你来振成巷就对了。

走过游客广场，你便看到了一条幽静的小巷。巷口的老屋门檐低矮，有老者在半掩的门扉后泡茶。游人多了，老城坚守的原住民已经习惯了拿着单反和自拍杆的人群从家门口断断续续的经过或拍照，这是个必须挨过的景区原住民“心理更年期”，于是古城居民将会调整到从不被外界所窥到明晃晃地在镜头下生活了。

小巷的尽头就是振成巷 32 号，这是一座再普通不过的民居，门楣上的匾额写“福建临时省委旧址”。

1927 年党的“八七会议”后，为了加快福建全省土地革命和武装反抗国民党反动派的进程，根据中共中央指示精神，闽南、闽北临委于 11 月 21 日在厦门碰头，筹备召开党内各县负责人的联席会议，并在这次会上产生福建临时省委。漳州凭借其闲逸的生活环境和百姓宽容的待人接物，这些都是极适合此次会议的隐蔽。因而被确定为联席会议的召开地。曾是省立二师学生兼学生会主席的王德（后曾任广东省委书记）当时参与了前期在漳州物色隐蔽开会场所的任务，当年这个漳州城内率领学生与民众开展示威游行的学运领袖，已经是中共党员，也就是在那年的 9 月新学年开学时他与王占春等 15 名学生刚被校方开除。这时的王德想到了他的入团介绍人翁泽生原先住过的振成巷，年初罗明把一张台湾出版的日文报纸交翁泽生翻译，从中得悉蒋介石准备发动反共政变。当进的中共闽南特委还曾在翁的住处开会讨论应变措施，因此“四一二”反革命政变发生时，漳州并未受到重大损失。“四一二”政变后，翁泽生根据特委安排离漳赴沪。这是个闹中取静的小街巷，万一需要撤退时向西多跑几步就是西姑池了（今为华侨新村），西姑池当年那里杂草丛生，极适隐藏。振成巷 32 号这幢不起眼的民房那时还贴着招租启事，王德以一脸的学生稚气和房东谈妥了以每月 40 元的价格包租下来，而那时每百斤大米才 7 元左右，猪肉 1 斤还不到三角钱，老刀牌香烟一包也才 3 个铜板。那时房东的心情一定非常灿烂。他认定眼前的这个学生娃一定是个富得流油的“谢能舍”（败家仔）。当然这样的沾沾自喜会让自觉有道德感的房东更不宜为外人所道。这也注定了这幢独门独院的闽南小院将来将以“福建临时省委旧址”而永载史册。

12 月 4 日，参加会议的中共福建各县负责同志陆陆续续以各种装扮悄悄进入这位于古城一隅的闽南小宅。在这座小院内与会人员听取了陈昭礼、罗明、孟谦等所做政治、党务、共青团等 10 个报告。全省的党代表们对每个报告进行了热烈讨论并总结了过去在运动中出现错误的原因，审慎地研讨了下一阶段的政治任务、组织、宣传等 12 个问题。会议期间大门紧闭，只有王德等学生模样的进进出出的为大会做着各项后勤保障工作。经过两天热烈的讨论，大会选举陈明、罗明等 9 人为临时省委执行委员，陈明、陈昭礼等 5 人为常务委员。陈明任书记。中共福建临时省委就此宣告成立，福建各县党的组织直接受临时省委领导。翁泽生（台湾早期共产主义运动领导者、中共漳州支部首任书记）曾于此居住。

此后，平和暴动、程溪暴动、后田暴动……革命的暴动如点燃后的鞭炮串，声声震慑着八闽大地。

走出“福建临时省委旧址”，巷的对面就是叶道渊故居。这是个个性张扬的二层楼德式别墅。建筑时间应为20世纪三、四十年代。这幢德式风情别墅，红瓦白墙，三面有回廊连串，小楼南面有一方庭院，绿树成荫，洋楼精巧独特，立于古城的一片骑楼与飞檐之间，足见叶道渊对当年在德留学时对德式建筑的喜爱。这也是古城内外观保存较完好的历史风貌老建筑，有较高的文化价值。这幢楼新中国成立后收归国有，后普作为单位宿舍区，20世纪90年代还曾是漳州知名科技企业科龙公司生产自动计量包装设备的设计与生产场所，那时别墅的二楼曾是漳州计算机研究所。后改为老别墅餐厅，成为漳州人怀旧与小资的必杀约会场所。

叶道渊是谁？可能连许多漳州本地人都不知。虽然叶道渊不是很出名，但叶渊（叶道渊的大哥）出名，叶渊的出名或是存世又跟鲁迅有关。当时的叶渊受陈嘉庚之邀担任集美学校校长。1927年1月16日，鲁迅先生在从厦门前往广州的海船上，给他的学生兼出版商李小峰写信，谈起他在厦门的工作与生活的诸多不愉快。在鲁迅先生笔下，对这位也曾引起他不愉快的集美学校的校长叶渊的描述用了整整一大段，足见鲁迅先生对叶校长印象之深：“此公和我谈起，校长的意思是以为学生应该专门埋头读书的。我就说，那么我却以为也应该留心世事，和校长的尊意正相反，不如不去的好罢。他却道不妨，也可以说说。于是第二天去了，校长实在沉鸷得很，殷勤劝我吃饭。我却一面吃，一面愁。心里想，先给我演说就好了，听得讨厌，就可以不请我吃饭；现在饭已下肚，倘使说话有背谬之处，适足以加重罪孽，如何是好呢。午后讲演，我说的是照例的聪明人不能做事，因为他想来想去，终于什么也做不成等类的话。那时校长坐在我背后，我看不见。直到前几天，才听说这位叶渊校长也说集美学校的闹风潮，都是我不好，对青年人说话，那里可以说人是不必想来想去的呢。当我说到这里的时候，他还在后面摇摇头。”

从鲁迅的文中看到了叶渊的办学方向和思想，也看到了他待人接物的局部或细节。叶渊扩办了集美学校，除了商业、航海还创办了高级农林学校，并让其留学德国获博士学位的弟弟叶道渊担任校长，应验了漳州本地的一句话“上山打虎亲兄弟”，也可谓举贤不避亲。

叶道渊作为当时的知名学者，历任集美高级农林学校校长、中央大学、浙江大学、广西大学林学系教授兼主任，后还以专家身份被选为国民党中央立法委员和参议员。1945 年当选为国民参政会参政员，主张国共两党举行和谈，早日结束内战。并在 1949 年由厦门赴香港转往新加坡。叶道渊的这幢别墅，环境虽然优雅恬静，但在那个战火纷飞的时代，他已无暇享用这里的一切了。

与老别墅紧邻的就是漳州古城有名的老建筑——比干庙。这里也曾是华南小学旧址，如今那沿街的二层红色砖楼就是当年华南小学的旧教学楼。隔着学校废旧铁门，可以看到院内一片工地景象，透过学校的旧铁门间隙，你可以看到一座宏伟的老旧建筑，红瓦重檐歇山顶，粗大紧凑的梁架斗拱，隐约间还能看到精致的镂雕木作，这座历经千年风雨的宋代古建筑仍然焕发着不一般古朴雄浑的气魄。比干庙又称林氏宗祠，系漳州七县林姓氏族合建的林氏宗祖，供奉林氏始祖比干，乃漳邑林氏祭祖之所，当年漳州林氏还以此作为接待本宗族往来赴考的考生。宗祠确切建筑年代已无考，经专家据主殿实物与结构分析、鉴定，始建于宋代，因清末曾修葺，故亦带有清式建筑的痕迹。原为三进带东西两庑式的平面布局，现仅存中进四方殿和东厢与主体相连的回廊。比干庙规制宏大，采用重檐歇山顶，规格与漳州文庙等同，是庙也是宗祠，这种现象比较罕见。

在振成巷里原还有汪春源故居，这座老宅占地800多平方米，前有围墙大门，大门作硬山顶，燕尾脊。庭院红砖铺地，前堂面阔五间。汪春源为清代台湾最后一位进士，当年得知李鸿章在日本马关春帆楼签订了《马关条约》时，联合在京的台籍人士上书，其中的一句“与其生为降虏，不如死为义民”。强烈震撼了维新派领袖康有为。后被史界称为“公车上书第一人”。如今“进士第”也尚在修葺之中。

这是机缘或是巧合。或是某种使命情怀的驱动，让台湾早期共产主义运动领导者翁泽生，与“公车上书第一人”进士汪春源在这里穿越的时空中交错相遇。一百多米长的振成巷，你在历史的错爱中，已经把自己与海峡东岸的前世宿命悄无声息地联系在了一起。

振成巷，虽是条不长也不宽的巷，但注定了是一条有厚度的巷。

故事缠身的大同路

大同路是由一座庵、一经幢、一口井、一老榕组成。当然，还包括一处革命遗址。如果还有所补充，那就应该是，一条大同路就是一条故事街，一个故事缠身的地方。

首先应该先明确的是先有经幢，后有塔口庵。因为在经幢的上层南向一面有阴文石刻楷书："宝塔建造于宋绍圣四年丁丑至大明崇祯拾伍年陆月初十日飓风颓坏原任钦差福建中路副总兵王尚忠捐资重造，"确切无误地证明了它的前世今生——1097年始建，1642年重建。塔口庵的塔并不是严格意义上的中国塔，源自印度佛教《佛顶尊胜陀罗尼经》的经幢，是佛门一种带有宣传性和纪念性的艺术建筑，也是中国古代旌幡和石刻经文的结合体。在漳州，人们已经习惯将塔口庵的经幢称之为塔，如果你哪天学术地在这附近向路人问寻经幢，你会让人觉得不知所云的。

塔口庵经幢造型俊朗、挺拔，通高7米，底径1.2米，以24层浮雕块石垒叠而成，八角柱状须弥基座是唐代遗存的石构件。基座之上，有鼓形、覆盆形等形状不同的6层块石层叠而升。块石上分别雕刻有海水、螭龙、莲瓣等图案，和或坐或立、形态各异的小佛像。幢身之上，以雕有佛像、莲花等图案的13层各种形状的块石，向上收分，构成五重八角出檐、高耸奇特的幢顶，最上是葫芦状的尖顶。

这些雕刻历经几百年的风雨，有些斑驳，却依然传神。中段是八角柱形幢身，七面均楷书竖刻着“南无阿弥陀佛”。据史学者考究经幢最底座不少构件为唐代石雕，是全国少数保存完美的古经幢之一。

围绕在塔口庵的第一个故事和元漳州路总管罗良有关。汀州人罗良和汀州人的女婿陈友定本是朋友，后反目。手中握有兵权的陈友定围城漳州，当城内箭镞和石弹耗尽，罗良不听父老劝告，要“舍生取义”，于是拆民房伐树木作武器。不想，北门守将暗地里放敌兵入城。罗良闻讯，策马直奔北门街迎战，在霞北书院（今老年大学）一带与陈军遭遇，经过一场惨烈厮杀，罗良战死塔口庵前。其弟罗三及一百余名兵士一同阵亡。赶来救援的罗良长子罗安宾，挥剑自刎。这场血腥残杀的全过程被塔口庵所目睹，那天的塔口庵一定心惊肉跳。两军厮杀，血如残阳漫连天，就连数米之遥七星古井也遭累及，兵败的将士遗弃的兵器盔甲充斥其间。以至今日喜取井水泡茶的漳州人，若投铁桶入井，偶尔还会听见金属撞击的声音。当然这是这个故事的余音后韵。

第二个故事有些侦探情愫，有点八卦。也最让漳州人口耳相传。因此这个故事至今仍广为流传，当然大概和风化有关。宋代本就是一个艺术的时代，人们沉浸于鼓琴焚香，时尚于候月听雨。就连影青瓷的内敛或是赵佶的精巧，都直指艺术的巅峰。艺术时代就是人性的时代，因此随性和风化在所难免，但以塔口庵为盛。在这一点上朱文公是不同意的。

身为知州兼理学家朱熹开始了微服私访，并得到北桥街小庙瞎眼和尚的指点，发现北门原来是条人形街，北桥亭好像一个人头，亭前的两条岔路正像人的双臂，北桥庙前的两条岔路，则像伸开了的双腿。一个人四仰八叉的仰面躺着，而且还是个女人。庙前热热闹闹的那口井，恰是“美人穴”！井是美人穴，水是桃花水，日日饮此桃花水，此地自是风流天。

理学家朱熹下令叫人找来打石师傅，在北桥庙前的井上建起了一座尖尖的小石塔，封闭了这口井。其实朱熹与塔口庵无关，因为他来漳州之前的一百多年，经幢就已存在了。但是否与“点穴”之说有关就不得而知了。漳州的百姓是知恩亦是感性的，尽管朱文公只在漳州城待了一年多，但记载和传言的事迹却能让他多干上几十年。白云岩上使飞瓦有他，计除开元寺恶僧有他，石螺无尾虾红壳有他……他的事迹足让漳州设置之后多少任的行政长官几乎无计可施。

在大同路上，还写有一段与革命有关的光辉事迹。大同路的支巷和平巷 6 号，就是一处革命旧址——“莲山陈寓”。这是典型的闽南古宅建筑，有院落、进、厅。莲山陈寓的主人为陈祖基，新中国成立前为联保主任。1934 年，龙中进步学生陈松年、骆平加入了共青团。中共漳州地下党组织利用他俩是陈祖基的儿女这一层关系，在这里设立党的秘密活动点，掩护地下党开展工作。当时中共地下党的领导人马东涵、彭冲和刘荣昌等同志都在此居住过。后来，彭冲与骆平结为伉俪，也被传为一段佳话。1991 年 1 月，彭老回到了“莲山陈寓”，他进家门后开口的第一句居然是用闽南话说“泡小盅仔茶来喝”……

战争、情色、文化、革命轮番登场，围绕着大同路的剧情像是一场好莱坞电影大片。这让这条头尾相距数百米的街巷情何以堪。

经幢前有一株古榕树，古树枝虬叶茂，树围有三人合抱粗，不知不觉间与经幢相伴三百多个春秋了。2015 年 7 月的一天，在此站立了 350 年的老榕一定是感觉站累了，砰的一声枝分两叉的仰天倒下，它明显是在倒下之前已选好了休息的位置和时间。周围民众惊呼古树有灵性，这棵静寂守候着经幢和塔口庵三百多年的老榕，选择在半夜倒下，既没有毁坏明代古建筑塔口庵，也没有伤到周边民居，被当地居民称为最有灵性的树。事后园林部门裁掉余枝，就地扶正又种回原地，令大树既“起死回生”又重新“减负上岗”。

经幢、古榕、古井、塔口庵、莲山陈寓依旧，大同路就依旧。听着风雨交加的故事，眼帘处，那个指向塔口庵的路牌已渐模糊，夏天倒下的古榕不经意间已觉察到了秋的寒意。于榕、于庵、于井、于寓，其实它们都是为了这一经幢而来的。它们在千载中坚强地面对风风雨雨，年轮在加厚，感受着这个城市的繁华与喧嚣，在城市发展跳跃的火焰中，亭亭玉立的经幢塔尖在尽展芳华与风姿。

小巷深处是可园

喜欢一个人游走在文川里的大街小巷，因为那曾是我身份证上出现过的字眼。看旧日的屋檐在阳光里闪烁古老的记忆，听风拂过青苔灰瓦，在城市拆建的序曲中依旧站着的墙正诉说着顽强不老的传说。拆与不拆都是一种错，唯一正确的就是：在温暖和煦的阳光里，在湛蓝如洗的晴日里，再次走进文川里，让心慢慢地沉淀。这便是生命里最好的享受。

文川里可谓在一夜间让这座城市的人牵挂起来，当拆迁公告发布时，那种怀旧与文化使然让那个本已模糊许久的字眼高频率的出现。人们拿起了单反相机携家带口走进多年未曾踏足的巷道，怀揣着的是一种虔诚的仪式感。对于这条小街，也对于自己的心灵。后来由于关注度的再次提高，文川里便再次进入了漫长的等待。

对于文川里，我是熟悉中的陌生。我知道在当年古城的流金岁月中，它曾是沉默寡言的一族。当年陈炯明在漳州城大破大立之际，它还是处于城市的边际。它是闹中取静的角色。因为尚有些空间，所以看中它静如处子的商贾、文人骚客们来了，看中它地价相对东门街便宜的刚起色的小贩们也来了。于是这些狭窄逼仄的小巷，开始了它的发育与成长。富庶者与商贩、手艺人同居于一街。晨光与暮落，诗礼簪缨与乡民小贩和谐走动，长衫与短帮相互礼让优雅地打着招呼。在文川里这就是常态。

文川里正好处在漳州城的腹中的位置，东与解放路交会，西通友爱路，南北则与南太武、互助路交会，至 176 号终……

与其他老街的式样不同，文川里多了些豪宅大院，多了些庭院深深。文川里就是漳州版的“三坊七巷”。

提到文川里，就要提到可园，提到可园，就要提到园子的最早主人郑开禧。郑开禧，在漳州也是个传奇人物。生前，他为纪晓岚的《阅微草堂笔记》写过序；死后，林则徐为他撰写墓志铭。在官场能有这样的文字来往已算是至交。据史料记载，郑家宅第是清道光十七年（1814 年）以前建的，现位于文川里的 136 号，属漳州市第 22 号文物点。当时郑开禧（号云麓）在广东当官。1838 年，郑开禧从广东回乡，买了邻人废弃的园圃，开始建造私家园林。6 年后，园林建成，郑开禧取名“可园”，被誉为闽南名园之一。郑开禧兴趣广泛，其中一好便是收藏名家字画，尤以郑板桥、董其昌为甚。闲暇之余挂上几幅品茗悠赏也是退隐生活的一趣，后来干脆请来画工将郑板桥之翠竹、董其昌的山水翻刻成灰刻，留在通往可园的墙上。可园就是闽南版的大观园，从郑家大门而入，每一进都庭院相通，最后才到“可园”。后花园是整个宅第的点睛之作，内有思哺堂、虚受斋、锄月亭诸胜。郑开禧建园可谓用心极致，就连宅第的砖瓦也是从北方运来的。

如今通往可园的院门时常关闭，现在的屋主打量着慕名而来的访者。太多的不速之客，也会让人稍感不适。身处可园，鹅卵石铺径，吟香阁、知守斋、荷花池、假山、回廊、水榭等仍在，园中名贵树木盎然，随处散落着雕有花纹图案的石构件。姚元之、祁寯藻等书牍及郑板桥等壁镌书画犹存。每当日暮时分，充溢翰墨香味的可园便开始慵懒地隐在一片淡淡的日晕中。池塘上原本的石桥已断，如今只剩两根桥墩。被漳州人称为“小姐楼”的临池楼阁在水一侧，在岁月的磨砺中依旧风采，镂花木窗半开着，像是窗内帘后倚一佳人正等着翩翩俊郎如约而至。

这里可曾住有一位富家小姐？其实这就是文人园圃里楼阁一景。对于摇着拨浪鼓走街串巷的货郎，对于抬起车把猛跑的车夫，这样的景致只有在戏里的幕布上才隐约可见，也就是在那个时候总有一个怀春的小姐被丫鬟搀扶着从花墙里走出。因此得出此名其实尚可理解，“小姐楼”应是漳州人对可园的笼统称法，因为这样的闪烁其词，更添了可园妩媚一笑。

可园的传奇远非于此，这文韵十足的可园还传诵着一段厦大青年学生的爱国故事。1925 年五卅惨案后，漳州爱国学生的活动地点就设在可园。这些爱国学生大多来自厦门大学。当年会所标名“积跬庐”，由厦大首届毕业生、留外的郑江涛首倡。这些思想先进的厦大学子，在可园内激扬文字，组织“嘘风学社”，将洒脱的文字化为刊物《嘘风》和《嘘风月刊》。如今“积跬庐”处无嘘风，也算是游园间轻叹一声的感怀。

走出“可园”，可见一西式二层小洋楼，门牌号为文川里 125 号。这是户姓石的人家，有位祖上很出名的眼科医生，人称“石眼科”。走进诊所一探，不想，外观西式风味如此浓烈的洋楼，房内竟一派中式的建筑，长廊、后院、天井……当年屋主留学日本，学习眼科，那个年代出洋留学的毕竟少数，回国后，成了漳州医学界眼科方面的权威，新中国成立后被聘为漳州市医院的眼科主任。

……

文川里，每一次读你，总有些不一样的收获。每一次的收获，除了感伤总还有些什么。

是的，岁月总是在人们不经意的时候离开了，留给人们的是凄然感伤或是为之动容的记忆，没有人能挽留住时光的脚步，更没有人能让时光从头再来。所以对着已被拆了一部分的文川里而言，残垣断壁就是城市文明进程中还没有雕琢过的璞玉。雕好了是无价之宝，失手了便毁于一旦。

哪天，文川里真成了漳州城的印记了，我一定是这个印记的最忠实的见证者。

听潮声中寻旧梦

盐鱼市就是盐鱼市，从它的街名就一眼能断定它的前世因缘。

早年盐鱼市的定位就是港口边的小集市，码头搬运工和专营咸炊鱼的小贩就是这里的常客。蛤仔市与盐鱼市交叉，看来营销的都是舢板船一路摇来的本地特产。遥想民国初年，盐鱼市就是喧闹的市井，口音有些庞杂，厦门、漳浦、海澄、云霄的鱼商们连比带画的表达，甚至还有台湾的水货行商人。鱼货有来自台湾的金线红咸鱼、咸鲢鱼，金门的青鳞鱼、大嶝小嶝的牡蛎蚝，厦门港的白带鱼、黄花鱼、加里鱼、马鲛鱼、鲨鱼，同安县鼎美的蚶，澳头、杏林的牡蛎蚝。闽西的商人也来了，龙岩、长汀的商贩多采购咸鱼、干脯之类水产品。鱼市多开设夜市，一般是凌晨二时左右开始营业，上市时分，灯光摇曳，人头攒动，吆喝声此起彼伏……

盐鱼市的尽头就是定潮楼，现在站在定潮楼前再也看不到潮水拍打岸基石阶的景象了。定潮楼码头和再过去几步之遥的浦头大庙码头，其地位就是当年重庆的朝天门，就是盛时的上海十六铺。

当年定潮楼面水而立。这是一座在古码头上以石柱支撑建成的楼。楼下形成干栏式门洞状铺石直达码头台阶。“定潮楼”也称“周爷楼”，靠街一进祀周仓，靠水一进祀妈祖。在虔诚的闽南人眼里，周仓是条汉子，和关羽关大人千里送嫂一样，没有一丝的非分或是稍停的联想。所以把妈祖和周仓共奉于一个阁楼，是逼仄世界中的一种最适宜选项。

同样位于浦头港，还有三个码头一字排开：米坞码头、大庙前码头和广兴码头。“大庙”即浦头大庙，是一座关帝庙，始建于明代，庙宇宽敞，建筑雄伟，大堂高悬一匾“江汉以濯”，是清初平台名将蓝理手书。浦头港在旺季时每天有上百只船在这里装卸进出口货物，清嘉庆十三年(1808年)《重修文英楼碑记》，对当时浦头港的繁华景象写道：“鹭岛贾船咸萃于斯，四方百货之所从出也。”浦头大庙内保存明万历到清道光的碑刻六通，记录有关海船停泊、贸易税收的官府规定和民间公约等。主要公示的就是船舶停靠时的收费标准，告诫收费人员及船家“不得违误”。官家用了这么大的气力，勒碑公示其实隐约地反映了当时的某种无奈。就像时下诚信缺失时大力营造诚信之风，见义勇为缺位时重奖危难中挺身一样。这些石碑也一定透漏了当时混乱一片和怨气四起。果真在史料中寻到了这样的记录，由于船运的发达，伴随着利益链的出现。“船霸”也应运而生，现在浦头港码头定潮楼附近还有一块石碑上记载着，清道光五年，龙溪县知事应商家要求，严禁船霸强载棉花而发布的告示。后来甚有豪霸合众将港口用流沙填塞。使过往商船、木排都必须在碧湖卸货，改由换乘他们的船只载运，这样一来使得船主运费负担增加，运时变长。而更为严重的是，久而久之，造成浦头港整条港道潮断港浅，航道淤塞。此后几年货船、木排只好改道到九龙江边的洋老洲停靠，于是浦头港渡口的鱼行、米市、木材行相继迁移。漳州城的商业区自东往南迁，浦头港商业一落千丈，逐渐没落。

任何一种文明的兴衰都有其自然和人为的因素。浦头港兴衰亦不例外。当一种产业，处于繁华和鼎盛发展阶段时，任何的急功近利或是超越底线的行为都可能摧毁掉先前集腋成裘的努力。

如今，浦头港港道里的水不再畅流，政府每年都要拨出巨款进行河道疏浚。虽河水不尚清澈，但当地村民还是一如既往的传统，每年端午节都要在这里举行龙舟赛。在鞭炮与锣鼓声中，世代生活在此的村民们只能凭着残碑上零存的记忆，去寻找往日的繁华了。

新行街，大师与你迎面走来

新行街与浦头街其实就是一条街的两段，实质上它们就是同处一条街，至少我是这样认为的。

挑个上班的时间段去趟新行街，虽处闹市的中心，但这里除了一所霞浦小学学生进出校门会让这条老街添些生机或热闹外，一整天的绝大部分时间，新行街是安静的，静得有些冷清。稍起的风可以从街的这一端畅快地曳过另一端。宠物狗毫无顾忌地在街间逡巡，偶尔路过的非机动车远远就可注意到这样的肆意走动，早做了规避的动作。至于仍坚守生活着的大多是不愿搬迁高楼的老者，提个购物袋也是头也不回地蹒跚而行。光线照在老人与狗的身上，新行街顿时明亮且温暖起来。这是一个慢生活的老街。

从市区柑仔市拐入新行街，一座西洋建筑风格的“番仔楼”明晃晃就在你面前。外形仿巴洛克风格，围墙大门或是三楼立面上都镶嵌着灵动的洋灰石膏浮雕，卷草舒花，缠绵盘曲，连成一体。拱形门廊还可寻见浮雕线纹，让你惊诧于恍若身处异国。尽管岁月的沧桑让这座原本特立独行的“番仔楼”满目疮痍，但仍掩饰不住它往日的雍容华韶。“番仔楼”始建于20世纪20年代，是当时旅居印尼苏门答腊的华侨陈顺筹返乡而建。该楼为三层结构，建筑面积五百多平方米，主楼地板砖均为从南洋运回的花砖，至今完好无损。主楼四周有四百多平方米的花园，栽花植树并筑有花台、水池。

别看新行街上沿街两排尽是些老式平房，窄而细长的厝落间由院子隔开，整个建筑看起来瘦长多节，仿佛一根根竹竿，漳州人称之为“竹竿厝”。“竹竿厝”的出现与各沿街店面地价有关，为可能多容些店面，而把生活区尽量地延伸到房屋后面。最著名的竹竿厝要数施厝了。他们的祖先是河南籍校尉施光缵，当年跟随陈政、陈元光父子入闽建漳。从此，施家人在漳州繁衍生息。

其中的“施厝大院”是保存最好的竹竿厝，面积虽小，却布局合理，玲珑亮丽，古韵盎然。沿街一侧的房子很平淡，里面却别有洞天。前院很大，布置出一个小而精巧的花园。紧贴西院墙的地方还有个半边亭，一座高出墙体的人造假山。石壁上镌刻一方行书：“问君今夕不痛饮，奈此满川明月何。庆元庚申十月五日，陆游手书。”对文化人而言，如果不能居庙堂之高，执笏做慷慨陈词状，不如对着一轮明月，把自己努力地喝醉一回。

年老色衰的新行街，其实当年也曾经年轻过、热闹过，风流倜傥过。辛亥革命的马蹄声就曾响亮在老街上回荡。

施荫棠是施家人最出色的一个人物，生于1862年，光绪十年（1884年）举恩科贡元。也曾加入同盟会。辛亥革命那年某日，他组织领导漳州的光复义举。施荫棠率领石码农民武装四百余人，乘五篷船由浦头港登岸，进驻新行街。次日清早，50岁的施荫棠骑在一匹高大的白马上，腰佩宝刀，挥舞旗帜，指挥农民武装在漳州主要街道上游行，一路宣告：“漳州光复了。安民！安民！各行各业，照常营业！”那天的清脆马蹄声不仅是飘过施家祖宅的那瞬间定格，那哒哒的马蹄声，也是在宣告着漳州告别帝制时代，进入了民国。

其实还有一个人一直是行走在新行街的。那是一个俗名叫李叔同的弘一法师。弘一对漳州是另有一番情谊的，在他生命的最后几年，大师和这个性情温和，没有躁气的古城结了缘分。1938 年农历四月初八，一袭旧衫的弘一，携一旧油纸伞，裹一旧薄被，从定潮楼码头上岸了。在施家人和信众簇拥中，一路缓行而过盐鱼市款款而入新行街。法师除了到瑞竹岩或南山寺外，大部分的时间是住在七宝亭的，那年闰七月，在闽南一直就有着把闰月当成某种吉祥的征兆，于是法师就这样在战火边缘的古城漳州住的月数不变，而日子却稍长了一些。或因为战事，或因为漳州百姓的觉悟，在漳州弘法时的大师在放在经书的那一刻，竟对着信众开讲了:“念佛不忘救国，救国不忘念佛”这句醒世名言。当年的梅园背靠的“凤霞宫”，园子虽小，但雅致且有情调，蜡梅数棵、六角亭屹立，还有太湖石叠筑成的假山、所有园林应构成的要素，这里都有。梅园是古城除可园之外的又一文人雅集之处，这样的诗意盎然当然也是法师释法品茗的绝妙之地。

那是个炎炎夏日，在蝉声一片的梅园，弘一法师回复远在永春的 15 岁少年居士李芳远的信札，“朽人于厦市难事前四天到漳州弘法，故能幸免于难……俟秋凉后或车路可通时即返泉州”。他和这位少年的交往成就了他作为大师的另一个真实的一面。搁笔收墨之际，梅园里来了两位客人，一个是曾任福建省第八中学 (今漳州一中) 校长，另一个是古城内的著名中医。这次他们显然有备而来，不仅穿上平时不常穿的待客长衫，也请来了陆安西路上的城内著名影楼的摄影师。在一番礼让推却之后，大师坐在两人之中，他的背后正是苍劲有力“梅园”二字。一同载入漳州文化史的，除了三人的严谨姿态，还有在按下快门时停摆的纸扇并一同定格。在梅园与施荫棠、吕玉书（著名中医）合影留念，漳州的名望之人多与梅园颇有交集。就连喜好金石篆刻且多有名气共产党人的马冬涵（中共漳州工委书记），也与大师多有交集。驻锡祈保亭后的弘一法师，在时也在放下经书的某个午后，一个人从七保亭折入新行街彳亍于古城小巷，或在榕荫下的霞东书院阅碑，或到文英楼听潮。在新行街，从街头到街尾，一不小心还真可以窥探到时光隐秘，把或喜或悲的情绪放生。在新行街，很容易想到高僧，也很容易得到某种暗示。置身其间，于脚底一寸寸地丈量时光。曾经的迷离、沉沦，终不再拘于这偏居一隅的狭小街巷。

“伽蓝庙”：小庙里的大乾坤

来漳州古城的游客必去香港路，因为香港路上有太多的惊艳。

但发现香港路的惊艳是需要耐心的，稍不留神你就会错过它最妩媚的一瞬。一座座记载着岁月沧桑的砖木结构骑楼小屋临街而建，两座明代石质牌坊依次矗立在街的起点。挑个不逆光的时候，你会发现这两座花岗岩石质构筑成的牌坊，浮雕、镂雕的龙凤、花卉、鸟兽、人物巧夺天工，牌坊最顶部被圆雕四力士所支撑，拙中透秀、严里有诙，牌坊至今依然可见昔日端冕垂旒的气派。这是两座被列入国家级文物保护古牌坊，也是古城旅游的核心景点。

行走在香港路，没有导游提醒，即使你走到跟前都难捕捉到幽巷中典型闽南民居“王升祠”。这是个有代表性的闽南世代书香之家，王家的门扉上常年写着“上宛春光早，太原世泽长”，楹联的“上宛”是现住址的老地名，而“太原”则彰显户主对家乡山西的念怀。当然如果您是有备而来，通过认真打探还真能找到现代作家杨骚的出生地，在悠长的巷道中去探寻和揣摩，那长长的“竹篙厝”里是如何走出一个吟诵《福建三唱》的诗人。但无论如何你都不可错过这座城里最经典建筑之一，“中国最小的空中庙宇”——伽蓝庙。

伽蓝庙里供奉的当然是伽蓝爷。“伽蓝”是梵语“僧伽蓝摩”的简称，佛教寺院守护神的通称，相当于寺院的守护神和管理者。有如现在大学里的后勤处处长，或是高档社区里的物业管理处主任。总之它的级别略低于菩萨。佛教传入中国后，与源于中国的道教产生了融合，不少道观里，也引入了“物业管理”，心安理得地供奉着“伽蓝”。

闽南漳州对伽蓝的信仰不但悠久，围绕它还有个世代相传的故事。在漳州的民间传说中，有一个败家子的典型人物原型——谢能舍。而他据说还曾是城里的伽蓝爷的化身。

早年漳州城里有位叫谢琏的穷困私塾先生，好面子而用木头做了假鸡腿天天用它蘸酱油配稀饭。一天他发现书匣中有许多白蚁，便把书拿到路边晒，正好厝边有几只鸡争着啄食白蚁，碰翻了书匣，被盖到书匣之中。刚巧天落“饭勺雨”，谢琏慌乱地把书和书匣收回塾第。傍晚，邻里发现少了一只鸡，便到处找寻，后联想到教书先生一年收入无多，却天天享用鸡腿，在找谢琏质问中竟当场从书匣中发现了那只丢失的鸡。谢琏为自证清白，便提出到城里的伽蓝爷庙去掷筊，如掷出“圣杯”就说明不是故意偷鸡，若掷出“笑杯”，那就是有意偷鸡。凑巧，这天伽蓝爷上天汇报工作，不在庙中，他的手下不敢决断，竟使掷出的其中一筊站立不倒，不阴不阳，这就是漳州民间故事里著名的“一筊卓立”。不明真相的群众却以此认定书生偷鸡。蒙辱之后的谢琏发奋读书后竟连捷高中探花，可没想到当年谢琏还是个“愤青”，当他回乡祭祖，骑马游街时，为报复伽蓝爷，竟做出了让漳州市民当时难以忘怀的一件大事：把伽蓝爷神像绑在马后沿街拖着游街。游完街还不解恨，又狠心地把神像抛入南门溪，说也奇怪，那木雕的伽蓝爷一入水竟自沉水中，后来漳州百姓发现这事情“闹”得有点大，多次找寻伽蓝爷竟都捞而无获。后来伽蓝爷忍受不了被拖着游街示众的不白之冤，投胎转世入谢琏家，当他把谢家败光后，最后才跳入南门溪……

所以无论哪朝哪代，“愤青”都是当不得的，虽图一时之快，但却误国害己。只是一报还一报，冤冤相报何时了。“谢能舍”的系列故事，是个漳州民间传说少有的略带黑色幽默的故事。

如今，站在香港路的“和表脚”，你只要抬头一看，但见漳绣的旗幡在一逼仄的二楼隐现，透过风扬起的瞬间，你便能看到新刻在红木匾上的三个字“伽蓝庙”。

进入“伽蓝庙”得从它底下的打石巷经过，原来老街居民“因地制宜”，利用公摊的小巷用木柱支建起了共同的“伽蓝庙”。若是哪天真要界定“庙产”的“所有制”时，它的定位还真得归属“集体所有”。巷后有仅容一人上下的木梯直上小庙。说它是庙，是因为闽南庙宇里该有的制式与格局这里也都微缩融入，老街居民每天的顶礼膜拜因地制宜地错开进行。这个面积不足六平方米的小庙，扣除木梯的位置，仅是供奉和跪拜之所其实不足三平方米。这也是为何被有心人称香港路“伽蓝庙”是中国最小空中庙宇的原因之一。庙小但却无妨人们对它的爱戴，伽蓝爷神像前天天香火缭绕，烛影绰约，时令果品不断……供桌上莲花灯台擦拭干净，终日鲜花盛开，另有电子播放器终日梵音不断，小小伽蓝庙具备了闽南寺庙里所有应具备的元素。

香港路上伽蓝庙的伽蓝爷神像，还真与其他地方的伽蓝神像有所不同，这里的伽蓝爷头上戴着一顶官帽。漳州民间传说：旧时修缮小庙旁边的“尚书探花”石牌坊时，不知怎么回事，石坊总是摇晃不稳，当时的龙溪县令十分着急，忙上小庙烧香，随手把官帽扣到了伽蓝爷头上。随后，牌坊便稳如泰山。县令于是专门给伽蓝爷量身定制了一顶官帽。这尊戴官帽的伽蓝爷无疑也为小庙更添抹上了一层神秘色彩。

如今重修后的伽蓝庙虽小，但也真小到极致，小到闻名遐迩。即使在寸土寸金城市里，哪怕是纵横卑阖的巷道，都不能阻挡住生活在老城的居民对信仰的执着。信仰文化在古城世代弘扬，香火不泯。确实，对“逢庙必拜”的闽南百姓来说，路过了就不妨进来拜拜，或点香，或磕头，心底就踏实了，一天下来泡茶茶香，干活活顺。至于拜的是何方神明，是佛是道或是儒，其实都不重要。城里的百姓这种对信仰的务实，也催生了他们对信仰的包容。他们对这些能给他们心灵带来慰藉和给他们精神带来依赖的神明统统称为“尪公”。所以漳州的“尪公”特多，多到元代时的漳州还曾被称作“闽南佛国”。而漳州百姓，哪怕是那些平日扪一钱汗出三日，食不下咽者，也却唯独斋僧建刹、泥佛作醮时，可以倾箱倒箧，罔敢吝啬。正因为秉持着这样的兼容并蓄与多元共存的开放态度，才使得漳州民间信仰门系衍多，灿烂如霞。

可以挑个不是假期的清晨或午后向香港的老街中踅去，都能收获一种临近秋阳的感觉。街边古早味“莲仔圆”的店铺里，人头照常攒动，店门依然上着老旧的门板。这时的伽蓝庙无愧是属于社区的，“五脚距”上伽蓝庙香火升腾，而伽蓝庙下的“五脚距”里却在零卖着些时蔬瓜果，边有老人围坐小板凳上泡茶闲谈，使得让那刚走下伽蓝庙扶梯时的你，便可一下融入本真率性的老街，生活的油烟味扑面而来。

伽蓝庙下那曲折蜿蜒的巷道，恰像一把钥匙，正牵引着我们打开那厚实本真的岁月大门……

恋恋不忘的老地名

在漳州有几个你一定得认识的地名，要不你谈不上是“正港”漳州人。虽在正式出版的地图上查找不到，但却是生活里绕不开的词，长久存在于百姓口语的表达里。比如“黑大楼”，比如“圆圈”，比如“三连冠”，比如“四仙女”，当然也包括“三八饭店”……“黑大楼”它位于漳州新华南北路与胜利路的交汇处。现为商贸旅社、知古斋等营业场所。这幢建于 20 世纪的 70 年代，楼高不过三层，位居于日趋长高的城市建筑群中略显猥琐的建筑，为何被冠于“黑大楼”之名？

这就要从“黑大楼”建筑用途说起，“黑大楼”建成的那天起，它便承载了漳州市区百姓太多的欢乐记忆。在物质匮乏的年代里，“黑大楼”的一楼是饮食公司和果品公司的门市部，二楼是新华百货商场，三楼是商贸旅社。是一幢集吃、穿、住于一体的商贸建筑。

其实“黑大楼”的外观并不黑，当年“黑大楼”的外饰采用了水泥浆粉刷外墙的简单方式。这在当年是一种既经济又符合时代特色的审美格调。深灰色的水泥底色在风吹雨淋中颜色变得越来越深，但感性的漳州百姓一时也找不出一个更贴切的词来形容这幢给漳州百姓带来方便与实惠的商贸大楼，为了简便称呼，在口耳相传之后，久而久之“黑大楼”的外号便留存下来了。当然也听过另一种说法，作为商业百货大楼，因为是计划经济，物资紧张难免供应不足，对于一些无法拿到供应票券的人难免有些怨言，用“黑”字来一语代过，也是有可能的。

而知道“三八饭店”可能不多，当然提起当年这“奢华”的场所，还得先说说“汽车总站。”顺着延安南果断地从模糊写有“汽车新村”的指向牌下的小巷进入，在几乎疑无路时，经停车场看车人指点才转入另一片破旧楼宇，这些建于20世纪70年代的宿舍楼区所在地就是享誉当年的“漳州汽车总站”的原址。

漳州进入汽车运输时代的时间比其他城市来得早，因为漳州多有华侨富商的关系。早在1920年漳码始兴汽车有限公司就开通了漳州经石码、海澄到浮宫的漳浮公交线路，全程约三十三公里。并可通过在海澄、浮宫等地的轮船过渡到厦门。当时的汽车被漳州市民叫“铁车”，想来这样的称谓是极适合的。或许是因为汽车要入城，所以漳州的道路修得比其他城市宽。1923年漳州汽车总站迁到了定威路（延安南路），成为福建省内最大型的汽车站，总面积达一万多平方米。可容纳大小汽车五六十辆。因为有了汽车总站，当年的定威路商贾云集、货物琳琅。早在1920年春节期间，漳码始兴汽车有限公司开通了漳州至石码线路，全程约二十公里。

当年为了解决汽车总站的旅客食宿，在延安南客车上车点盖起了漳州当时面向群众最大型的饮食门店“三八饭店”，同时也解决了汽车司机家属的就业，所以全部服务员和厨师均为女性。在那个特定的年代，为了更好配合宣传“妇女能顶半边天”的特殊需要，故取此名。没想到“三八饭店”居然成为特殊年代里漳州百姓茶余饭后乐于谈论的地方。

后来“汽车总站”搬到了新华南路，“三八饭店”便停止营业，但过不久同在延安南距“三八饭店”不远处开设了漳州第一家专营海鲜的“海味馆”，这在改革开放初期让漳州百姓又多了一处能大快朵颐的酒家。由于经营灵活，且海鲜是从东山、龙海快运而来。漳州人每逢有海外或远道而来客人，均会到“海味馆”定桌办席，当然这是后话。

亭四柱尖顶，底座有三级同心圆台阶。这个少些古意多些洋气的纪念亭被直白的漳州市民称作“圆圈”。哪怕北伐军把它改为“北伐胜利纪念碑”，漳州人还义无反顾地认定它为“圆圈”。直到有一天连亭都被拆没了，可习惯于怀旧并把某些方位根植于心的漳州市民，硬是把“圆圈”作为一生约定的地名。

地名，也算是一种很奇妙的社会现象，极力主张或明确倡导的，不一定能得到老百姓的认可，而偏偏是那些扶不上台面又上口的却奇迹般地生存下来。

恰如一场不期而遇的初恋，挥之不去，恋恋不忘……

紫芝山的那抹红色

修葺一新的漳州古城正以崭新的姿态迎接八方来客。游人们沿着青石板铺就的街道、徜徉于别具风情的骑楼、石牌坊、闽南民居构成的历史街区，宁静与悠远的情思瞬间传递。那高擎着的木棉花与那燃烧成片的凤凰花会如约火红地盛开在暗红瓦片的屋顶、黑红相间的古城厝落上方。那是闽南古城所特有的一抹亮色。这样的火红映衬在历史文化名城漳州，不仅是浓墨重彩的绰约景致，也是在回放着闽南红色革命的荏苒时光，那蘸满浓烈与怒放的激情不就诉说着当年追求真理与豪迈舍身闽南儿女吗。

紫芝山（芝山）三峰如屏障般屹于在古城的西北角，日华亭、万寿亭、甘露亭分伫其间，山之怀曾传开元寺木鱼声声，山之麓昨有芝山书院书声琅琅。紫芝山（芝山）自古便为览胜登高、吟诗作赋之处，是漳州古城文脉之核心。而山势之怀，一座两层高的西式砖木结构小洋楼“芝山红楼”，那就是毛主席率领红军攻克漳州纪念馆。这座外观颇有些洋气的砖石结构楼房，原为美国教会办的寻源中学校长楼。1932 年 4 月 20 日，中国工农红军东路军攻克漳州后，这里便成了毛泽东同志工作和生活起居的场所，毛泽东在红楼住了 20 多天，当时还住有闽南特委书记邓子恢和福建省委书记罗明同志，中共漳州中心县委书记蔡协民、曾志夫妇也都一同居住在这幢红楼。为了照顾来自白区的蔡协民夫妇，毛泽东把红楼最大的房间让给了他们，自己则住朝北的小房间。据曾志回忆：“毛主席吃的和大家一样，一菜一汤，常常是豆芽菜，五六个围在一起，主席不让别人给他搞特殊照顾。”作为红色遗址它还见证了毛泽东在此多次召开师长以上干部和地方党组织的领导人会议并作出重要决定。那盏至今还挂在墙上的马灯，曾伴着他度过了多少不眠之夜。新中国成立后，这里曾辟为“闽南革命文史馆”，1971 年更名为“毛主席率领红军攻克漳州纪念馆”，并沿用至今。

挑个安静的下午时分，参观完纪念馆后不妨在馆前的古阶上稍坐片刻。左侧那“刺破青天锷未残”红旗雕塑上有聂荣臻元帅书丹“中国工农红军东路军攻克漳州纪念碑”。透过周围高大的玉兰树，阳光斑驳且迷离。在这样的光晕中，人很容易想起往日峥嵘，想起军号嘹亮。

早在 1931 年 12 月，当临时中央致中共苏区中央局提出首取赣州时，当时的中华苏维埃共和国主席毛泽东坚决反对。但当时身处权力边缘且孤掌难鸣的他能难获得更多的认同。后来的赣州失利，才促成了毛泽东大胆设想与周恩来的支持赞同，也才有了后来的攻克漳州。事实证明，漳州战役只在天宝大山一战稍稍让红军费了些劲，因为敌张贞部 49 师早在半年前就在五峰山至十字岭一线先期营建了坚固防御工事还埋下了削尖的竹桩，如今踏上这片血与火鏖战之地，还可以清晰地看到当年的战壕。天宝失守的消息传至漳州城内的张贞，城内守军便兵败如山倒，慌乱地沿漳浦、云霄向老家诏安方向逃窜。

在天宝战役中，红军东路军以伤亡也有七八百人的代价大部消灭了国民党的主力部队。4 月 20 日，毛泽东就下令以胜利之师的姿态进驻漳州，当时红一军团队伍整齐地排成几列纵队，毛泽东同志骑着一匹高大的白马走在队前头，当年的那一幕，后来也成了漳州红色教育的永恒题材与精彩回放。

呈现在红军将士面前的漳州就是一座繁华商城、一块富庶之地。从明代的海商文化开始的物质沉淀，到民国初年陈炯明雷厉风行的市政建设，到了 20 世纪的 20 年代初，富庶的漳州便被冠于了“模范小中国”之美誉。因此在地方党组织和游击队密切配合下，红军认真地发动组织群众，积极筹款，几天下来就筹得了 100 万以上的银元，除了筹粮筹款，还扩充了红军，发展了地方武装，成功地开辟了闽南苏区。

住在“芝山红楼”的毛泽东，在处理完繁重公务的同时，他想到了同在一山脉的另一所文化重镇——福建省立龙溪中学。那里的干支楼既驻有东路军司令部，又有来不及搬迁且藏书极为丰富的学校图书馆。从一百多年前乾隆年间出版的《真文忠公文集》到当时翻译自苏联的进步书籍，在那里都可以找到。思想自由与兼容并包在当时龙溪中学做到了。毛泽东同志在这里第一次接触到了恩格斯的《反杜林论》、列宁的《两个策略》(即《社会民主党在民主革命中的两种策略》)、《“左派”幼稚有病》(即《共产主义运动中的“左派”幼稚病》)等一大批哲学书籍，其中一部分被他一生视为珍宝，并伴随着他走过了漫漫长征路。因此有党史专家认为《反杜林论》等这些哲学书籍深刻地影响着毛泽东思想体系的形成与构建。

在整个第二次国内革命战争时期，漳州是红军胜利打下的最大城市。在漳州繁华的陆安西路，红军战士第一次穿上胶底布鞋。在最具市井风情的“市仔头”，我们可爱的战士第一次吃上美味可口的漳州小吃，在九龙江的南岸漳州机场第一次零距离看到栖在地上的飞机……革命胜利后，当年参战的红军将士后来纷纷提笔记下了属于漳州也属于中国革命的那段难忘记忆：一位红军将领在撰文回忆那段峥嵘岁月时，还特别提到了当年中央红军进漳时，军团政治部就曾组织团以上干部去光明影院看了场无声电影……因此，从某种意义上讲位于古城太古桥的“大众电影院”(光明影院)身上还留存着红色的基因，是珍贵的红色文化遗址。而毛泽东当年的警卫员吴洁清在《下漳州》一文中说，“红军第一次用步枪打下一架国民党飞机。到漳州后的第三天，毛主席带了我们去看这架双翅膀，机翼是帆布的飞机……”。而杨成武上将在《熠熠生辉的漳州战役》(《人民日报》1992 年 4 月 19 日)中写道：撤离漳州后，红军曾在长汀举办了一次“金山银山”展览会，并建一熔银厂，把在漳州筹到的银元重新熔化制成苏区货币，从而稳定了苏区金融。红军还把在漳州筹到的一批图书运回瑞金，办了一个中央图书馆……总之，源源不断的物资运回苏区，为苏区根据地政权建设、组织建设、军队建设、经济文化建设打下了物质基础。在读到这段文字时，我们很容易对“金山银山”展开文字之外的联想：对于贫苦出身的红军，对于生活在大山里的苏区百姓，他们一定在那次用金条、金项链、金手镯……堆积而成的金山前，在用箩筐盛满了银元和银锭并堆积而成的银山前，屏住呼吸并为漳州的富庶而发出一阵阵长吁短叹，同时也为漳州人民为中国革命无私奉献自有财富而由衷地赞叹。这就是富饶的漳州对中国革命做出的突出贡献，更可称之为不可磨灭的贡献。

无论是为毛泽东思想体系的形成与构建，还是为中华苏维埃金融财政筹得的第一桶金，漳州，你都将因此而载入史册。

昨日的光明影院，今日的大众乡愁

昨天的漳州其实是个很现代的城市，民国时如果你从当年“圆圈”信步走向“太古桥”时，这是老漳州最繁华和最歌舞升平的地段。无论是“卫生楼”的二楼西餐馆或是“金胜美”的提花丝绒、“蔡同昌布庄”里的哔叽和西洋布仍为今日老一辈人所乐道，“我的”照相馆，老板姓黄，不仅拍摄技术好，他也培养出了两个能歌善舞的女儿。而陆安西路上的“美玉照相馆”里那台可以旋转照相机，更是当年全省不可多得的顶尖设备。

旧时的漳州“少年家”如果相约想干上一架，一般会选择“市仔头”（今新华西“安踏”专卖店附近），因为人多，特别是闲人特多，冷不防还有光着身子的浴客从澡堂的二楼探出身子拍手叫好。这样的结局，就是打赢了很容易威震漳州古城的。但人最多的时候还是电影散场的时刻，一到这个时候从“少司徒”到“太古街”一带便人声鼎沸、热络非凡。

原来离少司徒街不远处有一家漳州人难于忘怀的电影院，这是一家坚持到21世纪的电影院——光明电影院（大众电影院）。民国时这家影院的门厅两侧壁上常年悬挂着美女明星照。新中国成立后，有段时间改挂上经文化部批准的22位电影明星。提起这家漳州响当当的影院，当年红军攻克漳州时，一位红军将领在撰文回忆那段峥嵘岁月时，还提到了当年中央红军进漳时，军团政治部就曾组织团以上干部去看了场无声电影……因此，从某种意义上讲“大众电影院”身上还留存着红色的基因，是珍贵的红色文化遗址。

在很长时间里光明电影院（大众电影院）就是漳州古城内设备最好的影院。新中国成立后，大众电影院不仅放电影，还有专门的美术人员绘制大型电影海报、宣传栏，并坚持定期出版自己编辑的《电影介绍》，从征集到漳州大众电影院1963年出版的《电影介绍》看，当时的电影公司对电影上映每月提前做好精心安排和预告。在临上映前几天，《漳州报》还会再刊登确切上映档期。而大众电影院在每月一期的《电影介绍》里，不仅详细预告了次月每部影片的上映日程表，还配有经典的电影画面。除此之外院方还会组织社会各界人士开展重点影片的影评活动，为漳州培养了第一批的影评人士，促进了漳州观影水平的整体提高。受此影响这批影评人士后来不少人成了漳州本土的文学创作人才，当然这是后话了。

记得当年上映《少林寺》时，是大众电影院一生中最为辉煌的时光，当年电影院加排放映片场，从日场到夜场，连轴放映了一个星期还是场场爆满。多少观众从周围的农村、厂矿一路赶来，为的就是一睹李连杰的“醉拳”风采……笔者还留存着20世纪90年代的大众电影院票根，记得当时看的是大片《红番区》，但是成龙的一路打杀，并没有留住这座老影院的往日辉煌，不久之后大众电影院便改成了大众舞厅。

或许恰如当年毛宁所演唱的“今天的你我怎样重复昨天的故事，这一张旧船票能否登上你的客船”。当年的毛宁脸上还略带稚气，真情并如泣如诉地哀求可否用一张旧船票，再登一次那昨日的情感小舟，而此情此景又仿佛唱响在今日的漳州大众电影院。如果一张旧船票可以登上你的客船，那珍藏着的昨日电影票，还能否敲开今日的影院大门。

那大门紧闭的漳州大众电影院啊，何日才能再睹你的风采？

问泉石狮岩

提起石狮岩，我便想到那一泓甘洌的泉水。

石狮岩位于漳州城南九湖镇院后村。岩寺始建于唐代，远望如一头蹲伏的石狮，也称石狮山，由于地处漳州城南，所以古称南岩山。清《名山记》云：“峰峦奇秀，延袤数里，上多怪石。有若狮子者、若蟾蜍者、有可梯者、有如门者，状美不一。”山上有园明、石门、龙泉、妙举、玉泉五庵。以石狮岩为首，及虎硿岩、普陀岩、罗汉岩、玉泉岩、紫云岩、日照岩，合称“内七首岩”。唐无隐禅师、衍如禅师曾在此讲佛传经。岩上有泉自石隙中涌出，水质甘纯，终年不竭。甘泉渗涌处就在新建的铜殿广场右侧。

泉水好像天生下来就是用来泡茶的，“茶圣”陆羽特别强调了煮茶选水的重要性，在其所著《茶经》中对不同的水源进行品质细分：“山水上，江水中，井水下。”他认为山水第一，江水次之，井水排三。就如同他对煮茶之水温亦是讲究细分，如同当今所倡之“精细化”，茶圣认为煮茶水温将开未开为宜，而用滚烫之水泡茶则“老而不可食也”。直至今日，无论有否受古人之煮茶之水选取影响，前来石狮岩取水的山下居民日渐增多。其景象有如杭州的虎跑泉，虎跑泉名重天下，水质优良，甘美爽口，历代游人无不以一品虎跑甘泉之水冲泡西湖龙井为人生一大快事。我曾在虎跑泉前看着杭州市民肩扛手提装水之桶排队等候之状，其实这也已经成了虎跑名寺的人文一景。

在闽南，百姓会把位于山石林立的某座寺称作岩，于是漳州周边尽是“岩”。“云洞岩”、“白云岩“、“林前岩”……而在所有的岩中离古城市区最近的应是石狮岩。有段时间，我住的地方离这名岩很近。

我先是骑车，后开车上石狮岩，当时的目的很单纯，就是取水。因此，从心灵上讲石狮岩离我很近，它已经成了我某段生活的一部分。我取水用来泡茶，泡出的茶会喝茶的人说“这水很软，能回甜”，因为有这样的鼓励，我便很认真地来此载水，用矿泉水桶装，每次都至少装上两桶，用葡萄酒的软木塞堵上桶口后刚好适于运输。

这些年来，寺院住持照光法师开启了重振七首岩的规划，石狮岩在悄悄发生着巨变。在泉眼处的岩壁上，寺院雕刻一手持净瓶观世音，泉水涓涓从瓶口流出，流入专为这一泓甘泉修建的蓄水池。后来，像我这样目标单一、奔甘泉而来的市民越来越多了。再后来，香客看到此景后，下山前，也将喝完的矿泉水瓶装些泉水回去，于是装水队伍又扩大了许多。寺院又多备了些舀水的塑料水瓢，寺院的这种细微处的善举明显感动了舀水大军，显然我也看到了这样的良性互动，舀水的队伍里有人自觉地“贡献”塑料水瓢，离开时自觉盖好水池的护棚，取水口周边也少见遗留物，因为自觉的市民在把泉水载走的同时，也主动清洁了水池周边的卫生。后来，载水的人多了，便要排队，顺着水池大家自觉用桶排序，趁着等水的时机，我便多了一些更从容的时间打量和探访这甘露凝集的名泉之地。离泉不远，便是那尊千年石狮。我更愿意在等待的时辰里在石狮前驻足停留，与那张口却又一言不发的千年石狮对话。石狮孤独地站在一巨石前，长年的日晒雨淋，让它的身上多了一层与光阴有关的颜色。我们把所有与长时间氧化而形成的颜色转换亲切地说成

“包浆”，它的身上就有这样充满着感动的“包浆”，有着另一种精魂和魅力的光泽。石狮身披障泥束带，张口怒目，威武峥嵘，地上有几柱燃尽的香。石狮的造型雄健质朴，借助花岗岩石质的朴素质地，在束带处施以雕琢，雕处又多以阴线刻划，整体造型浑然天成、简练粗犷、古拙厚重，面目狰狞生动。

因为没有预设的前提，所以可以更从容地关注和打量。甚至会想起了与它有关的传说。相传早年的石狮会出米，每天的出米量刚好够山上的住持老和尚和他的小徒弟两人的一天食用。后来的小沙弥性急，自作主张挖大出米口，想让它多出点米，结果石狮却再不出米了。而离石狮的不远处，便是那株树龄五百余年的大树，是明朝高僧容朴实禅师种下的。树高十多米，树干笔直粗壮，枝繁叶茂，看似两株，实则一株，有一个共同的根系，两根树干并肩紧依，如同生死相依、不离不弃的伴侣。许多年轻恋人在这里双手合十许愿，也要如同这株站直了的古树一样琴瑟和鸣、相敬到老。这样的情景很容易让人动起“执子之手、与子偕老”这样的想法。

这些都是让漳州人口耳相传了几代人的故事，贪“多”嫌“少”是小和尚留给我们的警示，对于身外之物的多与少，够了就好。但往往我们在“够”字上定性不足，手忙脚乱。住的房子多大才算够？身边的钱财多少才算够？只要把“够”的量审视到位了，其他的问题不也就迎刃而解了。“执子之手、与子偕老，”是“合欢树”给我们的启迪，在平淡中坚守，在坚守中偕老，真实的爱情有时就不需要太多的佐料，能在平淡中持久本身就是一种传奇。

石狮岩的故事在世代相传中存在，一定是有其生命力的原动能。让人反省也引人深思，作用就像时下手机里喝不完的心灵鸡汤，但围绕着石狮岩的这些故事传情却不煽情。

用泉水煮茶，茶香水软，那是茶与水的机缘善合。不辞劳顿，取水于名山灵泉，其实山下居民得到的何止是一壶泉水？

问泉石狮岩，得道石狮岩。

九十九湾，艺术之湾

在九龙江北溪与西溪之间，有一条被亲切地称为“九十九湾”的内河水系，它从远古款款而来，自北向南蜿蜒流淌，沟通起漳州平原两条最重要河道，它是水与城的千年载体，它是漳州“海丝”另一深度见证。在未穿越闸口顺畅地进入西溪的最后一湾，便是一个叫湘桥的古村。这里的溪水便披上了轻盈的纱裙，是最后柔波里的回眸凝望，烟雾氤氲是她沐湿的秀发，片片涟漪是她多情的眨眼。湘桥——这个百年的古村，便在这水系的重生序曲中重焕着迷人的光彩。

古村道挨着古河道在这里仿佛成了天经地义，这缓缓流淌着的是昨夜的春水。村上的老街倒很干净，除了一些未扫除的落叶，空无一人。在这里，处处充满恬静。苍劲老榕发出嫩绿的新叶，撑满村落的大部分空间。石阶缝隙间争先恐后地长出片片肾蕨，叶尖挂着颗颗晶莹的露珠。猛吸一口湘桥空气，你会察觉芳草与湿润泥土的气息钻入其中。

一条不知名的村街把古厝群和华佗庙连在了一起，九十九湾内河蜿蜒而过，平日里村民们在这里可撒网、垂钓、洗衣、游泳……每当端午节时，还会吸引成千上万的村民前来观看龙舟赛会。

湘桥村的“大夫第”、“翰林第”、“贡元第”、“进士第”等十余座历经数百年的明清古建筑赫然呈现在眼前。这些古厝建于清朝至民国初期，均坐东北朝西南一字形排开，座座相连。每座古厝结构规格大致相同，为五进式或三进式。屋前石埕连片，都设旗座，立旗杆，旗杆石上有凿孔，圆、方、六角、八角等形状，在暗示着原来屋主的显赫与威势。旗座上的飞禽走兽，曼妙如生。

“大夫第”是古村里最壮观宅第，没有之一。典型的清代官宅建筑，宅院大门额顶悬挂“大夫第”匾。在闽南、在湘桥考究一座大宅院其实应该先看石鼓。石鼓上的浅深浮雕及动物形象已经告诉你了这家主人的官级与品位，如同当今的晒微博。大院内朱廊画壁，长廊曲回。宅内每进都有一幅大型木格屏风，这种既装饰又实用的隔屏，在清雅淡幽间让宅落更迷离。在古厝群中间，还矗立着一座保存完好的华佗庙，它是全省唯一的华佗庙，庙内供奉三国名医华佗。庙虽不大，但却特色有二。其一是闽南少见的“畚”形窗。其二是主殿左右墙上相传是大书法家朱熹的手笔“忠”“孝”“廉”“节”。其三是大殿上的“仙方妙著”巨匾，书风灵动超脱。

九十九湾如龙之图腾，它恰又是湘桥的魂，村道旁的绕村的河道也称湘江，湘江上架有一古桥名曰湘桥。在此灵桥仙水的境地里，湘桥村便人杰地灵起来。漳州画院首任院长黄稷堂就是在这块秀水仙桥上成长的乡贤俊彦。黄稷堂，号湘道人，晚号稷翁。师从刘海粟、潘天寿等名家，其画作笔墨凝练、形神生动，尤以花鸟画为最。隽永简练、灵性超脱是其绘画风格。黄稷堂惯用左手作画，右手写字，且能双管齐书。他不仅擅于书画，亦精于篆刻。当年弘一法师驻锡七宝寺，与黄稷堂交往颇深，两人常在一起商榷书法艺术，黄稷堂亦曾受托为弘一治印，其篆刻得到法师的高度评价“仁者篆刻甚精”。稷堂晚年作画时，落款常为“湘桥稷翁”。可见湘桥的水，湘桥的魂早已平静地沁入了他的心脾。

了解龙文人文历史的，其实站在湘桥还应该想起另一个人，那就是载入中国美术史的漳州另一优秀画家林俊龙。他的血脉其实也和黄稷堂一样情系于连绵蜿蜒的水道。他中年以后的画作常钤盖上“石仓”印章，“石仓”与“湘桥”也正是云洞岩下两个紧密联系于北溪与西溪的古村落。这两个文化积淀之村培养了前后两位漳州画界最有成就的画家，同一个水系，相邻不远，又都同样选用了自己的村名，在自己最得意的画作上标识钤印。基于这样的曼妙想法，不得不让我们对这条润息无声，静悄寂了流淌于前的小河有着不一般的认识。林俊龙最著名的画作《巡医又过大娘家》，这是他这辈子无法超越的艺术巅峰之作。创作于 1972 年中国画作品《巡医又过大娘家》，在 1973 年入选全国中国画展并被选送参加当年的中华人民共和国展览会，到日本等展出，复制多幅由上海博物馆、天津艺术博物馆等收藏。这幅画作创下了两度被中国美术馆收藏的奇迹，虽然创作在特殊年代，留下特殊时代印记，但 2015 年度再次在中国美术馆展出时依然能够从众多的作品中脱颖而出，它没有大场景的视觉冲击，也没有花哨的渲染，是什么使它具有跨越时代的生命张力呢？其实这幅经典作品最关键的因素就在于艺术的情感表达。即使在那个特殊的历史时期也不例外。

画家俊龙巧妙地用画笔讲了一个人性之美的故事:《巡医又过大娘家》的“又”字，便把特定年代里的军医下乡巡诊常态化的描述交代清楚；画中腼腆与内向农村小女孩的“扑”向女军医的动作，又已经向广大观众透露了太多画外之音。一个优秀的画家，他在讲究构图和墨色浓淡中，已经悄无声息地为我们讲述了一个充满人性之美的故事。画为心印，一幅画，也许它的技艺并不惊人，但传达出作者“绝假纯正”的心声，却能让观者动心、动情，成为上品。反之，“繁采寡情”之画，却是“味之必厌”的下品。因而不会因为时光的淘洗而褪色。这幅作品不仅是特定年代中国国画人物作品的精品之作，更突显了福建省 20 世纪 70 年代在全国的美术发展与创作水平，更是漳州有史以来单幅作品印刷数量最多的画作。几个之最，虽然构成难以逾越的艺术标杆，但这是漳州之幸，这是龙文之幸，这是九十九湾这个水做的天地之幸。富饶的龙文大地，因为有了你们而备具风采。如今漳州的文人雅士仍以能得到一幅黄稷堂的写意小品真迹为自豪。以能够一睹《巡医又过大娘家》真迹为幸。九十九湾本就一幅画，能从这静雅的画卷中走出两个最引漳州人骄傲的画家便就不足为奇了。

九十九湾的水啊，你适合用午后时光来消磨与挥霍。在这可以安静地看水面上的白鹭灵动的倒影，也可以和坐在石阶上的老人谈一段掩在门后的往事……但对我看来，九十九湾的水是有灵性的，是有艺术灵性的。

小石码里话古意

提起龙海石码，话题一定离不开“五香”。随着话题的深入，一条焦香且油酥的“五香”可能只是引题的前奏，围绕石码的选题太多了。比如“外滩”锦江道，比如石码鱼货，比如宛南亭。

诗人舒婷在散文《到石码去》中有着诗境般的语句：沿海一个小小的渔镇，螺号吹出一股一股沁凉的晨雾。爸爸出差去了。临时租借的住房又潮湿又空旷，除了粗粝的石条窗透过几线光亮，再有就是那敞开着的小门，门前几级苔痕斑斑的石阶接上路面。可以看见几双穿木屐的大脚沉实有力地踩过，脚趾虎虎地张开，褐色的宽裤管带起腥味的风。鱼尾甩动的大箩筐辚辚地拖过条石街，到处是闪闪发亮的鳞片。阳光渐渐炽热起来，石条街像一条流动的火河。临时请来帮忙的渔妇靠在门框上，被正午的倦意侵袭，渐渐打起盹儿来。

诗人想在文中努力地拽住记忆中老石码，拽住往日情景。生怕一个古风犹存的小镇，一个原生态的老街被现代文明的大风所刮倒。诗人的内心敏感且脆弱，当然这样的担心也不无道理。因为无数个有历史质感的小镇都逃不了城市拓展的囧境或是险境。石码也是，渔港也是。

走进石码镇中心，你会发现它的建筑元素是多元的，景致是丰富的。尖顶的西式骑楼，洋派的宛南亭，那些纵横交错的巷仔、埕仔、厝仔，那些竹隔子，那些“姜尚到此”，那些“八卦”门匾，都是古老的时光留给我们去破译的密码。又像是一串的珍珠，被故意拆散了随手的一撒，让你在千回百转的周折中去一一寻回。犹以石码闹市中心的观世音庙宛南亭为中心坐标点，你稍一打听，便可轻易找到这座有着中西交融的独特外观建筑。街坊居民就会热情地告诉你：原本的街道其实就是内河河道，江水在此形成宝瓶状回旋，有智者认为这地形与观世音净瓶相似，便在河道小洲建一亭台，内奉观世音。后来河道淤积，城市扩建，便形成石码街区的雏形。民国十三年，石码市政建设时，原本计划拆毁宛南亭，但民众强烈抵制，并公议自愿拆去两旁民房为街道，向省、县援引福州中街亭为例，请求保留宛南亭而获准。这也算是宛南亭之一幸。

民国时，站在宛南亭举目所望尽是银行、药店、布庄、饭店、戏院等，百年老字号朱继昌影楼也在这条街上。20世纪锦江电影院还未落成时，整个石码唯一的影院就位于打石街上。曾看过一组老照片，那天是打石街喜庆的一天，电影《雷锋》在此上映，龙海组织许多干部、师生来此观影。那应是观影后的合影，电影海报高悬，文艺宣传队身系腰鼓，部队首长与当地群众、学雷锋积极分子都在其中，前面放了奖状和锦旗。观影和表彰活动后又举办了一次群众游行，红旗招展，锣鼓喧天。改革开放后石码第一家供应冰激凌和面包，当地人称“甜点”的西餐厅也是选址打石街。那时的“甜点”门店，每日顾客盈门，欢声鼎沸。在宛南亭后面，如今重建了一座气势雄伟的关帝庙，当年这里也是香火缭绕，跑码头的生意人过渡去厦门做生意前都要来此烧香，叩求关帝爷的保佑。

石码的小巷，总让人觉得像进入迷宫。逼仄间还夹带左弯右绕，每个弄堂口似乎都发散通向不同的地方，当然，也可以通向一个相同的地方。相信自己的感觉继续往里走，迎面而来旧式门店板密集如蔽日森林。走得越深就越发的阴凉，越发的静，静得如进入空寂的幽谷。时间在这里并不重要，重要的是你在这里听到自己的心跳，闻到了自己的气息。

于小石码而言，它素净并充满古意。而这种古意，是带着岁月的包浆，呈素朴姿态的。恰像一穿旧旗袍并铅华洗尽的女子安静地坐在你的面前，尽管一言不发，但从她欲语还休的嘴角颤动，还是可敏锐地意识到这是个窘境中的大户女子，不慌不忙如同午后的时光。

来去石码逛渔市

石码曾称“锦江”。后来官府发动百姓垒石筑坝开设锦江埠，并再次改称石码。石码从十个小村落开始，历时四百多年逐渐扩建成拥有下新行街、外市街、大码头、后街仔等三十多条街和巷，并建成了福建乃至全国闻名的独具闽南建筑风格的古镇。前人是这样描述石码古镇的：“南漳名胜地，石码更称雄。金厦如襟带，澎台接舰艟，街衢夸洞达，阛阓庆盈丰。一自海氛息，安歌乐土中。”

新华街，石码的百姓还是习惯地称它为新行街。要去新华街是要先遁入老街的小巷，穿行于石码窄窄的小巷，犹在如水的时光中，用镜头记录下光阴的故事。随意挑条小巷，你一抬头可能是条叫天水宫的深街，四通八达，你不知道下一个拐角你会遇见什么。走上一段，你来到了草埔顶的窄巷。目光所至，烟炙砖与石条门槛占据了你视野的大部分。一个拐弯就是一条叫祥福巷的老派道巷。这里显然多些沉淀，门隔的装饰多了些浮雕花纹，基石的底座也有条螭龙的图腾。虽然有些房屋翻新了，但住惯老街的居民仍照旧把已烙入印记的竹隔吊着。你还会碰上一座香火萦绕的小庙，一只懒懒地睡于巷口的小狗。横巷与下码巷交接处的武庙平静如初，守庙的老人起息如旧。在你的疑惑间，你已踏进了新华街。石码老街，你没有老去，你用如此的方式在调侃自己，你其实在低调中眯着眼看着这个纷扰的世界。

石码的古街是有生活气息的，它不是孤傲地独立的。比如古街里的渔市。有些人会开车去石码买鱼货，就如我。从某种程度上计算，肯定是一件极浪费的事，好比如一句闽南古语“去漳浦剃头”。但有些事是没办法厘清的。往新行街长驱直入，走到临港停泊渔船处，便有一个叫“渔业大队”的地方，靠港口桥。这是一种体制内的称谓，在20世纪六七十年代，世代捕鱼的渔民被组织起来，用大队这种编制出海生产。因为出海捕鱼就在金门海域，渔民也是基干民兵，枪就挂在船舱里，渔业大队有自己的武装部。石码鱼货是其他地方所无法比拟的，因为是入海口，咸淡交汇，鱼货肉质细嫩鲜美。本地人无法用语言来表达出他们的鱼货比其他海鲜美味，干脆一语带过：“我们这是‘本港’的。”“本港”其实是一种地理优越感在生活中的运用。因为习惯，也出于某种本能，所以自觉地拒绝外来的物种。因此在渔业大队的地摊上买鱼货，“本港”的会贵些。再后来，这种靠近渔船停港的小渔市被叫停，现在石码鱼货大多集中在新华路。其实新华路本不叫这个名称，新中国成立前它叫新行街，刚好和漳州古城的某一地名重叠。新华路如同漳州的香港路，一样的宽窄，一样由烟炙砖垒砌的廊柱，一样的二三层骑楼。一天里的绝大部分时间，阳光不会焦灼。在新华路上买鱼货是件很享受的事情，在百年老街的地摊上，刚上岸的鲜鱼被成筐整齐排放，小鲨鱼、马鲛、剥皮鱼、刺鱼……鱼鳞闪着光，鱼眼清澈透明，小鱿鱼一按身子还细光闪闪。特别是本地特产“刺鱼”，浑身细刺但油炸后香酥味美，体型大的刺鱼现已难寻，有鱼贩把这种盛产于夏季的九龙江流域的物种当成日渐稀缺的长江刀鱼而高价收购送上海渔市。在渔市上，你可以注意到一个细节，在谈完价格、称完海鲜后，这里的摊主会帮你刮鳞清肚，但所用工具却只有一把剪刀。石码就是这样宜居，新华街就是这样亲切待人。

平静中石码是美丽的。当我们在朦朦胧胧的早晨或是在寂静的深夜乘着轻拂的微风，漫步在石码新华街，骑楼廊道还别有一番新意。走在长廊上，你绝没有那种灯红酒绿的烦闷，摩天大楼的压抑，只有历经沧海之后所需的一种宁静，大善大美之后的一种宽松。长廊上给人的是一种春归花不落、风静月长明的悠闲怡情。长长的廊道像节节优美欢快的音符在悠扬地传颂着流传千古的古老文明，使人能跨越时空去倾听那不同年代的音乐旋律。古雅幽静、明快爽朗的骑楼长廊给人更多的是一种感叹、一种感悟、一种享受，并由此产生的一种眷恋……

月港与海丝的不见不散

距漳州城东南约五十里，在大海与九龙江入海口的接壤处，有一个因海浪冲击而成的月牙形港湾，这个港湾因此拥有了一个诗意般的名字——月港。月港现为海澄镇。

但对于月港，对于繁华的商贾船运而使海澄建县这件事而言，城外边有条叫豆巷的古街则更有意义。否则，月港古街就会被轻易地湮没在历史的长河里。这条不起眼的古街，它曾有过太长时间的寂寞。在前些年多少还让人有些生疏，但近段日子它倒成了一个热词。因为和海丝有关，网上的文史爱好者在兵分两派争论月港的广义与狭义时，这条叫帆巷或豆巷的老街就被频繁地提及了。

这条叫豆巷的老街是和一段历史纠集在一起的。明朝前期实行海禁，但生活在这里世代以海为生的渔民，头脑里多了一根弦。这是血脉里与生俱来的勇气和文化传承。这种传承从商鼎、周钟之始，在唐兵呼啸从中原而来时就夹裹其中。商业文化在当时的中国并不是主流文化，它和其他用以糊口养生的工艺技能一样为士大夫所不屑。但小巷里的居民在从出海浪击中，学到了另一种生存的本领——海上贸易。在为官者所允时称为市，在为官者所不允时即称其为乱。于是围绕着海上贸易历年的执政者经历了从默许、治乱、开禁、海禁的过程。隆庆元年 (1567 年), 朝廷宣布在月港开放“洋市”, 允许商人从月港出发往东、西洋进行海洋贸易，月港就成为当时中国唯一合法的商人出海贸易港口。

月港之所以成为月港，海澄之所以成为海澄，就必须提及段令它脱胎换骨的混乱与无序，月港商船强有力的梁头构成对王朝秩序的猛烈冲击无疑是它实现华丽转身的前奏和序曲。因为这样的历史际遇，这条近千米长的豆巷老街便异彩纷呈。

豆巷的起点是叫帆巷。帆巷的起因已无从考证。单从字面上理解：可能是当年买卖帆船用布的集市简称，如闽南常见的“雨伞街”“碗街”；另一种解释是当年客商云集，店家遮阳帆布撑满街面的情形。但无论如何当年帆巷商贾云集，开有布行、米行、糖冬瓜行、冰糖行、药材行、铸鼎行等专业行市，流通数十种世界货币。现在仍依稀可以看出昔日面貌，临街的第一落是店面，大门两边为售货窗，当地人形象地称为“店窗”。第二落是店家伙计休息的地方，第三落为货仓。现在豆巷村的村民，五千多人至少有二三十种姓，反映了当时人员混杂的实况。豆巷在月溪与九龙江的接壤处拐了近九十度的弯，随着江海汇集的波澜推及，依次出现了饷馆码头、路头后缀头、中股码头、容川码头、店仔码头、阿哥伯码头、溪后缀头七个码头，仍依九龙江由西往东分布，每个码头相距也不过数百米。

现存的七个码头中，还有四个有庙宇相伴。这些庙宇都不大，供奉的神各不相同。路头后缀头的庙叫“兴仁宫”，供奉的是“玄天上帝”；中股码头的是“中古庙”，供奉的是“三平祖师”；容川码头的则为“帝君庙”，供奉的是“关帝君”，这种密集的庙宇出现，直接反映着出海人不安的心态。海上贸易的巨大丰厚回馈与任何可能出现的闪失或风暴相伴随。临行前的反复叩拜，正是安抚这种不安情绪的一剂良方。

当时的豆巷，当时的月港一派繁荣。“物货通行旅，资财聚财富。雕镂犀角巧，磨洗象牙光；棕卖异邦竹，檀烧异域香；燕窝如雪白，蜂腊胜花黄；处处园栽橘，家家蔗煮糖。”月港的吞吐涵盖了丝绸、药材、瓷器……同时带动了周边市镇的繁忙，漳州城百工鳞集，机杼炉锤交响。甘蔗、烟草、花生、甘薯都是在这时期进入月港百姓的日常生活。晏海楼见证了月港从未有过的盛况，这座楼是当年重要的海防设施。楼高三层再加上基座，是当年月港的最高建筑。登上斯楼，可以鸟瞰到石码，厦门以及帆影绰约的海面。

出口最大宗的商品应该算瓷器，原本是应由景德镇的产品来唱主角，但这桩浩大的生意本身一开始就不甚张扬，再加上路途遥远，成本上升。月港商人便把目光移向了“南胜造”。从偶然到必然，这也离不开当年的情势。那个年代刚好前后有 13 位江西籍官员主政漳州平和，这些江西籍的官员积极地从江西引进陶瓷生产技术，大力扶持平和民间的瓷业生产。平和的窑口与月港的码头竟紧紧牵扯在一起。遥想当年：窑火染红南胜太极峰；喧哗忙碌的西溪响动山谷；趁着夜色繁忙容川码头一宿未眠……如果用影片的镜头语言来描述，这定是个跨山越水的长镜头。

站在依旧浩荡的江水边，那芳草萋萋的码头被淤泥所侵覆。想起前段读过的一则消息：“海澄豆巷 28 岁的小伙 10 多年来在家中附近码头淤泥中捡到七八袋漳窑青花瓷片，为了印证当时的月港贸易，他想将这些瓷器碎片重新整理分类，在自己的家里开设月港古瓷标本馆，供人免费参观。”

这是一则吸引无数眼球的消息。有文物情怀的读者一定在想象：陷在月港的滩涂上挥起锄头狠狠地朝着淤积百年的黑泥刨去，每一次的锄落泥翻一定都是闪着片瓷柔光……

闲话“月港文庙”与“月港公园”

月港(今海澄镇)位于九龙江入海处，因其港道“一水中堑，环绕如偃月”，故名月港。在距月港容川码头不远处，矗立着一座雄浑古朴的海澄文庙，今在龙海二中内。海澄文庙始建于明隆庆元年(1567年)，明代的月港除了弥漫着浓郁的海商文化氛围，也盛行着重礼崇文之风。那时月港正是海上贸易日趋红火的时代。(月港兴起于明景泰年间，盛于明万历年间)，从另一个侧面正好验证了文化的兴起离不开强有力的经济支撑。文庙历代均有修葺，1990年再次维修。现存文庙坐东北朝西南，有泮池、大成门、两庑、月台、大成殿等主要建筑，重檐歇山顶。

曾有段时间龙海二中(海澄中学)的各年段开会会场均选择在两庑之间，月台便成了主席台，原本是县学讲文释义之处，多成了小型会议、晚会、合影之场所。殿前陛石为青石蟠龙浮雕，却被时光磨砺得日渐模糊。整座文庙石雕构件众多，多系始建原物。原来大成门一侧尚可看一巨碑卧地，上书“文武官员军民人等在此下马”。另有“圣旨”龙纹石碑等散落于文庙周围。现大成殿前面立一尊花岗岩雕琢而成的孔子像，双手合抱于前，目光深邃谦和直视前方……

大概是受文庙里孔子的荫庇，龙海二中教学质量一直不错，特别表现在文科成绩与作文水平。“文革”前省教育厅厅长王于耕(叶飞夫人)曾来海澄一中视察，当看到学校内严谨的学风和以海澄文庙为中心的美丽校园时，曾脱口说过一句玩笑话，“哪天我退休了就来这当校长”。这句话，让当年质朴的老师们备感鼓舞，并在课堂上常常念及。

海澄文庙左侧有个灯光球场，大型的全校集会、文艺演出。当年龙海二中有设立“文艺班”，文艺人才荟萃，往往一个“文艺班”就可以挑起一场晚会的所有节目，吹拉弹唱歌舞管弦无所不能。放电影或篮球比赛也均在此举行，因为这里原有个灯光球场。阮三河校长是一个实干又口碑好的校长，他从程溪中学调到二中时，也带来了程中的一项传统项目“扛板凳进场”。相信那些年与我一样有过“起立、立凳、提凳、上凳，最后扛板凳跑步进场”的同学们一定记忆深刻，那几乎是一种准军事化的进场模式。

月港公园又叫海澄公园，原为海澄县衙班房和武庙，辛亥革命后辟为公园，“文革”期间平掉假山、除去绿化建为广场，并立一巨大毛主席去安源画像。后在1982年聘请了一个叫蔡煊的海澄老艺人进行规划建设，才有了如今规制。而在20世纪70年代至80年代初期还是一片空地，主要用来集会、民兵训练、各种演出和放映电影。当年老艺人蔡煊只身一人在忙碌时，我正读初中，放学时每路过工地便去围观，一来二去竟和他成了忘年交。他告诉我，他最得意的是当年他设计的一盏可以多重反方向旋转的花灯，曾在国庆十周年进京展出。月港公园，他是按《红楼梦》大观园里的景致为参考的。进门就是一丛翠竹掩映太湖石的山墙，这就叫园林中的障景，故意不能让你一览无余。作为回报，我也很快指出了他设计并书丹的一处错误：拱桥一侧的“春晓”，“晓”字多了一点。

平时公园的会台，是我们用来“救国”（游戏名）的主要场所，但到了春节那几天，这里便是小镇的娱乐中心。每到春节临近，镇里会有广播宣传或大幅宣传标语，“过一个革命化的春节”，以至到现在一到春节，我便会条件反射似的想到“革命化”。

春节的月港公园白天演“人戏”，但在“人戏”还没开锣前，还有“讲古”和“攻炮城”两项活动。“攻炮城”就是把整捆的电光炮高挂在树梢上，而从各个大队里闻讯赶来的少年家点燃手里的鞭炮往上扔，要是扔得恰到好处，鞭炮的爆炸刚好引燃成捆的电光炮，“炮城”便被攻了下来。而“攻炮城”后便有“讲古”活动。当时较受欢迎的有两位讲古艺人，一胖一瘦，记得其中胖的长得很像《小兵张嘎》里的胖翻译官，人们都叫他“胖子英龙”。英龙平时在兽医站上班，当“讲古师”只是客串，我比较喜欢听他“讲古”，在那个年代，还没开始讲章回小说，每次他都会拿本《革命故事会》，站在公园的龙眼树下，开始主持他的春节娱乐活动。他挑选的多为抓特务或是深入敌后之类比较惊险的故事。他“讲古”有个习惯，讲完一页需要翻页时，总要先用手指在嘴里沾下口水并稍停顿下，这时的他总会用眼角余光扫瞄下周围的听众，看看大家的表情反应。此外他手里总会拿个道具，比如折扇，比如树枝。因为说到激动处，他握道具的手总会在空中划上半个圈。

如今，无论是月港文庙还是月港公园都已修葺一新，仿佛是一个耄耋老者欣着盛装，喜望盛世海丝新愿景。

有故事的南靖山城

在南靖提起山城小镇，当地人想到的一定和热闹、繁华、历史感有关的词。

中山路应是南靖山城里第一条现代意义上的街道。民国十四年（1925 年），省议员黄王谟、商会李钟声、刘金声合议成立山城市区会，改建中山路、民生路。漫步南靖县城的老街，扑入眼帘的是各类与生活和职业有关的街名。这是个务实且没有文藻气的做法，橄榄街、盐馆街、麦仔街、桶仔街、圩尾街等。中山路这条老街，临街都是二层骑楼，至今仍保存下来了上百间的老字号门店，民国时期代表性建筑基本上都被保存下来了。时光飞逝，但中山路如昔。如今徜徉于老街，你还能清楚地辨识出当年名噪山城的许多老字号店铺。如鸿美、美南、隆昌、泰源、长裕昌等。而许多品牌是和当年的商品永远都无法拆离，“大中糖果店”“卤肉枝”饮食店至今仍为当地人所称道。

山城的首街，是百姓用脚选出来的。特别在墟日，特别是在迎神赛会的节庆日。“郎骑竹马来，绕床弄青梅，”一句古诗的意境在中山路的舞台上就可以从容的表演。每逢节庆日，南靖民间的竹马戏便会从中山路出发开始绕城。虽是少年身着节日彩装，竹马分两端挂在身上而已，并非真骑。表演内容由儿童玩竹马扮小夫妻游戏发展而来，因此表演中万般亲昵的天真媚态保存了下来。表演时少年灵巧的骑马舞蹈动作，加上踏步、碎步、磨步、移步、急步、摇步的丰富步调。中山路沸腾了，中山路妩媚了。

山城的老街不仅是妩媚的，而且还是有文化情节的。当年中山路还未正式命名时，林语堂二姐美宫嫁到家住中山路附近的教友家中。林家的家庭成员中的二姐美宫，在林语堂笔下的文字描写最多，感情也最真。林语堂用了“欢快如雀、美如桃花”来形容自己的二姐，美宫的照片一直都跟随语堂先生。在留存的美宫立身单人照中，看到了美宫忧郁的眼神，端庄的神态。穿着镶有万字花边的宽松长裤，安静地站在你的面前。这注定就是智慧和喜欢思考的女生。因为二姐的出嫁，也因为读大学后的首次回乡，林语堂先生有记载两次进入南靖，住进了位于后来叫中山路的二姐家，南靖有幸，中山路有幸。

抗战期间的山城虽远离战火，但一样有同心抗敌的情结。1940 年 3 月始，身为侨领的陈嘉庚率领“南侨慰劳团”，开始回国慰劳抗日将士和同胞。11 月 6 日，陈嘉庚一行来到南靖山城，就连重庆的国民外交协会常委侯西反也随行。当时的县署在中山路的“荆园楼”接待陈嘉庚。全县各界人士上千人高举三角旗，齐集桥头夹道欢迎。第二天，召开欢迎会。全县的厦大、集美师范校友和地方人士也都到会，前来见校主陈先生，还以校友会的名义在饭店招待陈先生一行。

“有几间厝，用砖仔砌，看起来普通普通。”

闽南语歌《故乡》的开头几句，好像是专为南靖山城量身定制。在这条地处山溪边用砖仔砌，看起来普通普通的山城小镇，浓缩的是南靖历史主题词，演唱的却是南靖文化和情怀的主题歌。

云遥遥与水涛涛

几年前，一排高大榕树下的店铺还叫“长教墟”，直到那部电影《云水谣》，让人再也忘不了这个诗样的名称，于是一个称“云水谣”的地名出现了。片中男女主人公碧云与秋水，还有片中电影插曲：“云遥遥，水涛涛，云水难相交……”那是唯美的，也是深入人心的。

当你第一步踏上云水谣的石板路，不论是“蓝天碧云”，还是“望穿秋水”的心境，似乎都在这找到了最理想的寄存之处。这里的古意与唯美都如此的精心安排，沿溪边街的两端各为一棵百年老榕，历经风雨的老榕有着不一般的生命状态，硕大的树干需多人才能合抱，榕老但仍枝叶繁茂，榕须髯髯落洒有力。岁月的沧桑给老榕留下了虬龙状的盘曲根枝，做着屹立不倒的造型。满目的绿色映入眼帘，站在老街面对古榕树顿感生命的不易，茂密的浓荫覆盖大片古道和水面。长教溪从眼前缓缓而过，一条多孔拱桥静静地从溪对岸直达老街的中心，不用遮遮掩掩，开门见山走入街的胸怀。那是一排两层老式砖木结构骑楼，在百年历史烟尘中，村民日出而作日落而息。一字排开的饭馆、客栈、杂货店是这条老街的原生态。旧时长汀府通往漳州府必经此长教古道，这是当年古道上为数不多的长途跋涉后休憩之地。不知道有多少迁客骚人、商贩马队在此投宿，在浓荫下歇息。如今古人已去，他们的一路欣喜和几声叹息都留了下来了，一一化作了长教溪的水、老榕树的须。

云水谣是有记忆的，在它二楼的临街窗下一溜白墙，清楚可见“人民教育人民办，办好教育”，可惜把关键的几个字弄丢了。因为那年新村改造或是修筑村道，缺的刚好是位于这几个字的骑楼店面。街的尽头有一座二层小楼，这其貌不扬的小楼可是老街的点睛之作。它一层的墙板在洪水来临时，可随时抽取好让滚滚洪水浩荡而过，以免整座木楼被洪水冲毁。这幢巧妙设计的小楼在电影《云水谣》里也是重要的外景之一，它就是男女主人公陈秋水、王碧云相知相爱的地方。古榕下这段还算完整的老街目睹着土楼这些年来的巨变。如今一条由从怀远楼通到和贵楼的黄金旅游线路沿的就是当年的古驿道，沿的就是当年的老街古巷。曾经的古街，其实也是附近几个村镇的乡民当年赶墟的场所，当年位于沿溪边老街前那片宽敞河卵石场地就是“长教墟”。这是两府交壤的老墟，这是个河洛话与客家话交融的集市。拐入老街，村上建有一座“必应宫”。这座“必应宫”和平和九峰的城隍庙还是有渊源的，当年九峰城隍庙的药签在长教此地很是深入民心。当地人便萌生了把平和的城隍香火“请”到长教的想法。没想到简氏族人的当家人，在九峰城隍爷前祈愿掷杯时，较真的城隍老爷竟连给了三个“阴杯”，后来转求城隍夫人，竟很给面子地显了三次“阳杯”。于是九峰县城城隍夫人的香火就“挂”到了青山秀水的长教古街，开始了替夫佑民的担当。于是旧时的长教村民凡要外出经商或有赴考的才俊，总要先在庙里所供奉的城隍夫人案前点上一炷香，祈求神灵的护佑。

长教溪畔酷似城堡的和贵楼是目前唯一一座五层的方形夯土板筑土楼，被誉为“中国最高的土楼”。土楼的外围后高前低、错落有致，格外壮观。与和贵楼相距仅一公里的怀远楼是一座建筑工艺最精美、保护最好的双环圆土楼，同为“国宝”。楼内天井中心正对大门地方建筑有精美的楼中楼——“斯是室”，文化氛围强烈。门窗、柱上楹联诗对，随处可见。

长教溪长年游着一群鸭子。可能是景区里长年外聘的家禽演员，也可能刚从村里的田园出巡归来。但无论如何不掩它们身份的就是出了名的“南靖健美鸭”。空气是纯净的，涧水是清涟的。健美鸭放养于天地间，成名于餐桌上。

古街所处村子，姓简氏的居多，这是个客家族群的姓氏。从明朝开始“骏马登程往远方，日久他乡即故乡”的简氏家族就开始迁居台湾。台湾“抗日三猛”之一的简大狮就是长教迁台的后裔。还有当今台湾著名女作家简媜的前辈也是从山秀水清的云水之谣出发的。那年简媜来漳，她的小老乡把她硬是拽到了这个简氏族人的聚居区，当年天岭的路还未修好，她匆匆走完便赶回漳州和本地作家开座谈会。简媜是在与盘山公路昏眩中，把土楼乡招待的土楼美食全部回馈给了土楼的那片土地后才到达与会现场的。那天的发言我至今记忆深刻，她几乎是全程站着发言，深情抒怀简家祠堂、百年老街和站在千年老榕下的切身亲近感，也有对故土的谦卑与敬重，对故园族人的血缘亲近。女作家的语句和缓清晰，娓娓而谈她对长教的观感、体悟。听者无不潸然。

简媜用诗化的语言在讴歌着故土的老街与古榕，讴歌着云水谣的清澈洁净，以及那静谧的水墨丹青。云水间那灵秀动听的歌谣，早已沁入流连于老街，折服于夯土宏作的游人与过客。也曾让载着怀念的渡船渐渐飘向记忆彼岸的土楼赤子魂牵梦萦，在他们清远悠扬的梦中一定会有古榕与长教溪的背影。

奇兰香中是平和

假日，为了补充些图片资料，临时起意去趟平和九峰城隍庙。

进了九峰镇，只需稍加打听便轻松找到了城隍庙。庙门口设置有充气拱门，地上尽是鞭炮燃放后的红碎纸片，看得出今天可能赶巧碰上重大节庆日了。

闽南人有宗教信仰的情结，逢庙便拜，祈求心安事顺。但九峰人却唯独对“城隍爷”格外敬重，特别是一些有纪念意义的日子，如农历正月十三、元宵节、六月初八“夫人妈生辰”等日子。这里都要举行些大型仪式活动，按闽南人的说法叫“闹热”。而我无意中撞上的恰逢农历五月十九的“城隍寿诞”。

城隍庙位于平和县九峰镇的东门内，始建于明正德十四年（1519年），占地约一千四百平方米。位于九峰的这座城隍庙是属于“府级建制”，因为规格高，其规模与气派自然跟别处的城隍庙有着很大区别。

在九峰城隍庙的大门口，左右供奉的是“马将军”；门后两边，左边是“大哥爷”，右边是“二哥爷”，即“黑白无常”；“仪门”两边的横廊还有六个小神龛，里面分别供奉着观世音、伯公、朱公、周公、施公等九峰乡民信奉神明的神位。众神相处，和谐平安。

第三殿的殿前左右横廊，墙壁上画着平和县的“八景图”：双髻升曦、九峰返照、东郊春雨、西岭暮霞、天马晴烟、石潭秋月、笔山侵汉、壁水澄波。此外，还有同样有着五六百年历史的《二十四孝图》《十八地狱图》，人物众多、场面恢宏。这些壁画均自于本地才俊之手，虽经岁月洗礼但风采依然，古韵犹在，是研究九峰历史风貌人文风情的重要资料。可喜的是，湮埋地下几十年的石狮熏炉，不久前被重新挖掘出来，虽细部被损坏，但整体基本完全，就连万历十九年捐造者姓名都清晰可辨。

城隍庙的最后一殿才是主殿，供奉着城隍爷和城隍嬷。而真正有“看点”的是主殿的右侧，有一个布置得非常温馨的房间。这里的摆设整齐，从床铺到桌椅，甚至衣架、脸盆、毛巾等一些家庭用品一应俱全。其实这是九峰乡民世代延续的习俗，朴素的山民按着人世间应有的关爱布置着城隍爷与城隍嬷的寝室。

同样热情与好客还体现在城隍寿诞的礼仪中，刚进庙门的院内搭起了寿宴的炉灶，一大帮九峰乡民前来帮厨，或洗碗，或切菜……而席摆的位置有些让人小兴奋，就连第四殿的东岳宫的殿前也席开十桌，更不说边上的回廊。作为不请自到的外地客人，我被安排在面向东岳大帝的主桌。

这座闽粤边境重镇上重要庙宇的来历其实是辉煌可炫的。当年明朝都察院左佥都御史的王守仁平定了闽粤乡民暴动后，看到九峰群峰间尚遗南蛮粗野之风。于是在建县取名的过程中也把治县的思维一并考虑进去了。取县名平和，要的是“寇平而人和”的意思。这位明代著名理学家一生都在思考他的“良知说”：人心之灵明就是良知，良知即是天理，故不可在良知之外求天理。良知是造化的“精灵”，“生天生地，成鬼成帝，皆从此生，真是与物无对”。因此，良知又称为“太虚”。而只有把因果与教化同时告诉未来的县民，此地才能达到真正平和。于是随着置衙署、筑城墙、设街巷，一座崭新的城镇很快在闽粤边境的重山茂林中屹立起来。在县城的勘址中他特意在城中的显要位置圈定了这两座注定要载入闽南人文历史的建筑：西街文庙、东门城隍庙，而且为府级建制。其规模居全省县级城隍庙、文庙之冠。

有意思的是，在选择名臣英雄充当护城之神过程中，文治武略的王守仁再一次把民众折服。他让吃斋念佛，喜过着半官半隐生活的诗人王维当上了这个新建之县的城隍爷。这个唱着“阳关三叠”，吟诵“遥知兄弟登高处，遍插茱萸少一人”的伟大山水田园派诗人，在闽粤山区的县城府地一待就是四百余年，看着一个平和之县的建立，一个平和之风的形成。既选择了文人做城隍爷，又让高调的文庙也一样香火旺盛。王守仁文治武略的愿望开始发挥作用，百姓在实惠中认可了文官制度并拥有了对太平盛世的期待。在此之后的平和民风大改，崇文敬儒，兴学重教，平和从盗匪出没之地变成弦歌地、诗画地。百姓开始读书营商，一条欢畅的九峰溪涧开始了繁忙的商通运输，杉木、毛竹、瓷器顺流而下，食盐、布匹、香料逆流而上。富庶之后的九峰乡民，开始找寻精神娱乐的方式，在这个河洛语、客家话、潮汕音相融相通的地区，就连演个社戏都要考虑周全。必有芗剧、时有潮汕剧、偶有四平剧交替上演。在吱吱呀呀的悠扬唱词表达中，清烟雾散的香烛后，一言不发的神明早已习惯了这样的文化融合。

眼前和我一起拼桌的那些杯落筷起的乡民，他们和大多数县里百姓一样，平日里最喜的两件事就是：上山种蜜柚，在家喝奇兰。一壶醇香的白芽奇兰，可以在氤氲中齿颊生香。透过蒸腾的水气，门外那漫天连绵的蜜柚林，一定是秋季来临时最好景致。

灵通岩的雾

灵通岩，我早有所闻。暑假，我携妻一同前往。在灵通岩下的大溪税务所小憩时，大家都规劝我们放弃登岩的执着，因为通往岩上的路正铺水泥，车是开不进去，步行要走很长的一段路，而且此时天已下起了小雨。

兴许是眼前充满灵气与翠绿山色的诱使，我们谢绝了税务所同志的挽留，雇了辆三轮后出发了。车行不远我们就以步代车了。走着走着，约莫半个时辰就看到了弥漫在头顶上的雾，很轻，很柔，像少女薄纱，徐徐冉冉，袅然沉浸在空旷的山谷。

起雾了，雾顽皮地跳跃着跟着我们，忽而温顺地掠过蜿蜒的涧沟；忽而灵巧地擦蹭脚下的石坎；忽而又直溅石壁你得用伞去挡。

雨越下越大，山越爬越峭。身后的雾已合拢过来了，山谷中的风夹着雾顺着峭壁斜打过来的雨丝，使你无法躲开那丝丝的凉意。刚才还能看见石壁的青藤和绿苔。现在已经被涨起的雾重重地包裹，不露绿籍一点，像出嫁的新娘的头巾遮去羞涩的笑靥。

爬上一个螺旋梯，我们到了半壁寺。这时已经很明显地嗅出了雾的清新，如抽丝般在我和妻的左右飘游，一伸手、一弯腰、一抬头都触及雾的肌肤。

来到居灵亭时，那重雾也已升上山顶，眼前又出现水库的湖光，远处的土楼和弯曲的山道。

此时我想起了黄山，爬黄山我是冲着雾去的，冲着那云蒸霞蔚、淡妆浓抹去的。可惜没赶上春秋雾气时节，虽在“猴子观海”处看到了零星的雾，但仍解不了我的雾渴。没想到这个遗憾竟会在灵通岩让这灵气的雾给洗了个透心凉。

如果把一座山比喻成一个少女，那么青翠欲滴的山色是她华丽的衣裳，而水恰是那多情的眼睛，没有了这双明眸善睐会大为逊色，但雾不正是罩在少女身上绽开的花环吗？而我看到的灵通岩的雾恰是少女最具婀娜多姿的真情流露。如果当前我们被热情所挽留；如果我们待雨敛风停后再前行，就无法感受如此精灵的雾；无法领略大自然慷慨赋予。现实生活不也如此吗？

正想着，山那边雾的帷幔又拉开了，正迈着轻盈的步伐朝我们凭眺的看台飘逸而来。我们再一次观礼了雾的优姿，再一次接纳了雾的凉意。

谢谢灵通岩，你给了我难忘的雾。

南胜的石头会唱歌

登太极峰看来是注定的好事多磨的。前两次接到市作协关于前往平和南胜太极峰的笔会通知，都因天气下雨原因而作罢，我一直在猜想位于闽南山区的南胜太极峰一定是个多雾且又阴湿的地方，但真到了这位于南胜邦寮山与石屏山之间的主峰脚下，我这种先入为主的猜想除了得到印证还多了一个感受——那就是太极峰的石头更奇魄。

从平和县城一路过去，山往后跑，心也开始变得急切。绿色越来越浓重，山也越来越逼近。一株株笔直的树拥在一起，稠密而茂盛。有人说，马上就要到太极峰了。张眼四望，全是青山。车顺着新修的公路前进，路忽然变得狭窄了，好像侧立的山峰要倾倒过来一样。淡淡烟霭中的青山，似乎张开了双臂来迎接我们。一个久居闹市的人，忽然间看到如此密集的山，远远的曼延开去，高低起伏。人在山间，如同在无限宽阔的怀抱里，心都颤抖了。在当地镇政府人员的带领下，我们先是驱车走到欧寮村山路尽头，这是当年村村通工程的最后一批项目，公路尽头的崎岖土山路，这种由种柚的机耕路构成的临时山路只有善于攀爬的越野四驱或是当地村民的摩托车能到达，这样的条件看来对登山者而言增加的只是更大的野趣和诱惑，尽管如此，越野四驱也只能到达半山腰不到的地方，前方的路还得一路步行。

山路两旁的毛竹、杨梅、山松、香樟、各种茂盛蕨类植物、葡生植物尽在眼前。它们有的抽出尖尖的新芽，向着阳光挺拔；有的吐露花蕾，迎着山风绽放。如羽毛似凰翅的蕨类植物，虽然源于亿万年前的侏罗纪时代，但年复一年地根植在这片有着红色血统的土地。就连一些被雷电劈倒的枯枝上都有绒黄色的嫩芽吐出，随处都可看到盛产野果的桃金娘树，粘在岩石上的簇簇红色不知名苔类植物顽强地向上攀爬……

第一簇映入眼帘的山石，采风团的成员都驻足叹观，啧啧称奇。像是积木，大小基本吻合的三层巨大山石，在古地壳运动的作用下，错落有致地被叠成，被拔高。这样的鬼斧神工，这种传奇造化，道是自然，胜于天成。在所有的有关太极峰的旅游文字介绍中，没有看到这簇石群的介绍，我想应该给它一个响亮的名字："三叠石。"

一路的欢声，一路的赏石。太极峰的奇石都是一组组单独出现的景致，就像一幕幕的情景剧，在绿林中蜿蜒穿行的过程就像是观看剧情中的片刻休息，待你惊艳的喘息后，便又是一丛奇石的华丽登场。水鸡石、出水莲花丛石、春笋石、天门石……

行进中的队伍中有人发现了一堵由山卵石构筑的低矮护墙，当地的作家黄荣才一眼便断定这是当年红三团的遗留物，这种观点得到了大家一致认可，太极峰景区还尚未开发，通往景区的路还未打通，大量的游人还未涌至，20 世纪风云动荡的战争遗址还没有得到破坏是完全有可能的，而且太极峰主峰及周边正是当年红三团的活动范围，我立刻就想到了就在这座山峦中还发生过一场殊死的战斗——埔尖山伏击战。1934 年 11 月，福建省驻闽南保安团沈东海部企图偷袭位于太极峰脚下的我特委机关，遂率武装五百余人，恶狼般兵分三路直扑而来，企图偷袭特委，破坏秋收。特委得悉后，立刻召集连以上干部开会，商量对策。在会上，大家分析了敌我形势，认为太极山附近埔尖山地形最好，决定采用"布袋嘴"的打法，"引猪入槽"而歼灭之。当时，沈东海部驻扎在三坪书院和许霜楼一带。为了诱他上钩，我们先派了一个短枪班到三坪书院附近活动，突然向敌开火，沈东海不知是计，立即命令保安团上山追击。当敌人蹿进我军预设的包围圈后，红旗展现，军号吹响，埋伏在两侧的部队一齐开火，霎时间打得敌人晕头转向，抱头鼠窜。埔尖山一役，我军共毙伤敌一百多人，缴获重机枪 2 挺，各种枪支 100 余支，战斗结束后，太极峰地区军民个个喜气洋洋，连欧寮、横石、三坪等地的群众也赶来帮运送战利品。

沉思过后，我加快攀登的速度，太极的主峰终于到了。这块被当地村民称为镇山宝石由八块大石组成，底部一块大基石，上部一块大石仰立着，周围六块山石扶助中央通体大基石，真是巧夺天工。高达十多米的镇山宝石，正面平整遒刻稳健有力的三个宋体大字“太极峰”，左下落款“乙未年秋吉旦开山僧道宗勒石”。道宗是诞生于明末清初的反清复明结社组织天地会的真正鼻祖和领导人，先后在诏安长林寺，平和紫竹寺，高隐寺等，秘密进行反清复明活动。看来，这样的灵山福地，自然免不了因为和一位有血性的人物的一段故事，使原本阳气十足的太极峰又蒙上一层神秘的光环。

站在太极峰顶，极目远眺，远处的连绵不绝的群山错落着层层的蜜柚林，在这些不时散落着明清两代古瓷片的山林中，在这些被千年风化的碎石层上，勤劳的和平百姓从 80 年代末便开始了为富一方的“甜蜜工程”——大种蜜柚林。这种取于垦荒拓石阳刚之气与太极峰中留存的红色革命意气，天地会中书写的汉人不馁志气，绵绵不绝间似乎也印证了当下太峰景区弥漫的阳气。

老去的街与不老的传说

选一个气候宜人的季节，择一段岩溪镇内的老街一路前行，扑面而来的是无法抵御的空灵之气，时间仿佛在这里停滞不前，慢生活特质中所有因子这里都有了。过腻了喧嚣且心灵孤寂的日子，所有童年未曾泯灭的记忆在这里都可以一一寻回。

建国路是岩溪唯一的老街。穿行在古韵悠悠的老街中，周遭弥漫着岁月的沧桑，满耳臆幻着昨日的余音。一种荒凉感会从脚踩处直攀而起。在几近腾空了的骑楼小街里，暗红的廊柱日显乏力，老宅门对联红艳不再，骑楼上漆体剥落显露岁月荒老。半掩的杂货店里传出芗剧《陈三五娘》的唱段，躺在摇椅中的店主早已微酣。雨后残积的水洼倒映着稀疏人影。寂寥在这里是一种常态，也是一场无法躲及的宿命。

民国十七年（1928 年）11 月，北伐军进入长泰。长泰、岩溪之间开始修筑泰岩公路，岩溪市政建设也率先进行。建国路便是岩溪镇最早的街道。说起建国路，还真不能撇开一个人。28 岁的叶文龙就当上地方武装团长，开始了武装占据长泰。独霸伊始他便开始了经营长泰、经营老家岩溪。这个从珪后村走出的大字不识的年轻人靠着悟性，开始了他的宏图规划。他拆掉老家最显赫的巢林楼中的一栋三层楼，把其中大量的砖石木料用在他相中的一处岩溪地块。他要把漳州的府前街和南市街的骑楼街道搬到这山村的一隅来。当这条街落成之日，也是岩溪盛况空前之时。为了招来客商，他把建成的店铺无偿出借给有实力有口碑的外地店家。为此他派人上入漳州、下到厦门招来各色店家。想来这样的招商模式很像时下的地方政府招商引资做法。于是布行来了，金店到了，就连景德镇的陶瓷商也千里迢迢地赶来了。站在熙攘人群中的叶文龙又好像高兴不起来，这种有些洋气的商贸一条街最大的缺点就是买卖多了些斯文，没有往日里集市的嘈杂踏实感。对于山里的乡民而言，骑楼里的洋玩意看看可以但不实用。于是叶文龙又在离建国路的西北不远处，整了个二亩来地的农贸市场。就在这个墟场集市，盖了座八角凉亭。既满足了村里邻里的日常需求，也可让乡民多了个畅谈收成与光景的地方。

在旧时，岩溪的墟日定在每逢农历一、四、七的日子。每到赶墟的日子，岩溪建国路便沸腾了，都有了要被整体架起的阵势。附近几十里外的乡下人都往这儿赶。整个小镇、整个建国路成了人声鼎沸之地，到处都是家禽的嘶叫声和讨价还价的争执声。摊位把骑楼和农贸市场圈了个遍还不算，摊子都摆到镇上闲着的空地上，平日里省吃俭用的积攒的钱，在这里是买件实用的农具或是扯上几尺耐看的花布，成了赶墟人心中最大的纠结。就连当年知青下乡时的墟日，虽然可交易的物质比以前少，但对于平日里分散各村劳作难得见面的知青而言，相约逛建国路的墟日，成了艰苦岁月里不可多得的娱乐生活。周围的山民乡人更把岩溪三天一墟当成了他们生活的必需和生命的一部分。在这里他们可以把自己的物产拿到墟上来交易，再把赚到的钱用于购买急需的东西。

如果说墟日即景是建国路三日一现的生活景象，那建国路还是有自己的文化情怀和昨日不一般的品位。

1938 年的建国路曾经目睹了一次体育盛况，“长泰县排球队”参加闽绥靖军民运动会，接连打败厦门队、晋江队，最后以一分之距险胜了国军陆军预师强队，获全省冠军，一时名声大震。凯旋回师的排球队在岩溪建国路被列队欢迎。毁誉兼有的叶文龙出资创建了“长泰县排球队”，想来体育也是件很微妙的外宣工具，无论是否为了急于证明什么，叶文龙还是在创建长泰县排球队这件事上用足了心。他请名师执教，规范训练，并在整个漳州地区选拔人才。高薪外加规范训练，一支冠军的队伍就这样诞生了。兴办教育也是时至今日建国路上的一个谈资。当年的长泰倡办了珪塘、枋洋、林墩、树农等小学，并从捐税中拨出部分金额固定补助学校经费，还厚聘了外地一些优秀教师来此任教。甚至还组织部分教师以“长泰教育参观团”的名义，赴江、浙、宁、沪参观学习。尽管这些只占用了叶文龙贩卖鸦片设卡收捐的一小部分收入，但善于营造舆论话题的叶文龙还是因此赚足了当地人的口碑。

历史的争论还将继续，但小镇上的老街已时不我待地苍老了。早已被风雨腐蚀褪下了明丽色彩，只留下或明或灭的传说，任人猜测。也不知那剥落在地的时光将如何被重新拾起？在这些斑驳的老街深处，骑楼门窗间一定藏着未曾暗示的情节。或爱或恨，或恩或怨。且今都散落在弥撒的尘埃里，再也无从考究，也不必细究了。

静观千年的漳州第一街

旧时漳浦最繁华的街道就是府前街。如果把目光再挪到一千三百年前，那时的府前街就是漳州城里的第一街。府前街与通府路交汇的位置是漳浦老县城的中心点。当年的县衙在府前街的北侧，而文庙则位于府前街的南面。旧时府前街上熙熙攘攘的人群，不全是在府前街上流连于食肆商铺，其中的一部分是匆促赶赴县衙的杂役或是上文庙烧香祈愿的百姓。

漳州古代建筑中，最古老的衙门官署就是直通府前街的漳浦县衙正堂。唐开元四年（716 年）漳州州治与漳浦县治合署办公于此。后来的漳州迁往了龙溪县，漳浦县衙便形单影只地坚守了一千二百多年，直到 20 世纪 50 年代。当年规建府县的漳州知府，一定唐风蔚然。他把长安城的布局一脉相承地带到的金浦大地。他严格按照南北的走向把漳浦的县城划了一条中轴线，这条中轴线的最北端就是现在的漳浦北山。府前街是值得留恋的，府前街更值得细说。府前街东起浦子口，西至鹿市头，全长近三百米。沿街两侧商户密布，骑楼走廊近约两米。名宦乡贤、平民布衣交织穿行。行走在那还算笔直的府前街，可曾想过街道路面下还有不同历史时期的材料层叠。清朝、民国时代的府前街路面是长石板沿街纵向铺就，新中国成立初期改为三合土路面，到了改革开放年代才改建成水泥路面。近段府前街项目正以亿元投资规模和日新月异的速度推进。届时府前街面一定回归了当年的面目，不过石质会更精细些，规整些。历史有时也具有幽默感，让你绕了个圈还讲了个冷笑话。

倘若站在民国时代的府前街，面朝县衙，直扑你眼帘的除了县衙的高墙，你还能看到衙门口两棵参天老榕。古榕下的钟亭偶尔会有钟声响起。钟声悠扬于县城的上空，弥漫的钟声最远还能传到西宸岭。街上有忠烈祠，抗战后期内设军运处，当年从漳浦走向战场的壮丁在这里完成从民到兵的转换过程。后来成了公私合营供销合作总社。府前街上，你还能远远地看到卢煡官厅。官厅的高度和规格超越了这条街上的任何一处房屋，所以无须打探便能一眼得知。卢煡为卢维祯侄子，万历十六（1588 年）年中举，至此卢家成了这条老街上永远的旺族。当年的卢维祯在吏部遍历四司，被赠户部尚书。

民国时期的县衙，日作依常。若有诉讼前去县衙，一入谯楼下的大门，绕过照壁走过石埕，过仪门便见戒石亭，戒石正面刻“民之父母”，背面刻“尔俸尔禄，民脂民膏，下民易虐，上天难欺”。上露台跨门槛才算迈进大堂。现存县衙正堂，上悬清康熙十二年（1673 年）知县乔甲观书“亲民堂”匾以及洪武三年知县张理书“紫阳牧爱堂”匾。也就在此堂堂县衙重地，乾隆年间一正坐堂伏案的知县竟被冲杀进的粗野乡民一刀毙命，这在当年也成为轰动全国的一件大事。

道必有道才得道，官场也有规则可循，但不是浮不上台面的潜规则。民国二十一年（1930 年）双十国庆日，县长沈潜即兴书丹一幅“状纸讼费照章征收，撤销和解不取分文，堂礼陋规一律革除，勒石週知永垂久远”。此石勒于衙内，恐为至今仍可借鉴的行政收费通告。

府前街的南侧便是文庙。庙前立一碑上书“文武官员军民人等到此下马”。大成殿面阔三间，进深五间，为重檐歇山顶、斗拱抬梁式结构。当年的文庙语丝细柳、文风和畅，旧时文庙也为县学，所以文庙中孔子及其弟子“四配十二哲”像，总在琅琅书声中，与县学书生一同品味漫卷诗书的润色泽华。漳浦文庙并非永久的祥和安逸，那年“漳浦事变”就着实让这大堂的厅院吃了一惊。

1937 年初，中共闽粤边特委代理书记何鸣，从报纸上获悉蒋介石已接受我党提出的“停止内战，共同抗日”的主张，便将部队开入漳浦县城接受改编。他与国民党当局谈判，签订《政治协定》。将红三团 1000 余人改编为保安独立大队，何鸣任大队长兼政委。但在独立大队进驻漳浦的同一天，国民党第四路军总司令余汉谋，奉蒋介石密令，157 师以集中发饷并进行“整训”为名，要求红三团集中到文庙广场，当场解除独立大队千余人的武装。史称“漳浦事变”。后来延安便以“漳浦事变”为鉴，向南方各地游击队发出指示：统一建军（即新四军）独立领导抗日游击。

如今府前街断续难全，周围尚有废墟残墙。县衙与文庙间是一片还未投建的工地，工地上有人种菜施肥。仍坚守的骑楼老屋依旧店开人进，家猫闲散如常。

走在这样的街上，忽感时光如流水轻逝，静静处在岁月苍凉间。任凭日起日落，云卷云舒。抬仰间，檐头盛开的华丽砖雕，清冷地静伏了上百年。无论明风清雨，或是民国嬗变烟云，多少往事缓缓流过眼前的府前街。

“华尔街”里叹流年

一群海鸥在旧镇敦照港并不宽敞的水面上忽高忽低地飞舞盘旋，一阵阵的俯冲或尖叫才让人们更真切地意识到这一汪的平静已确是货真价实的海湾了。站在漳浦旧镇新福街的尽头，你看到的是渔船与海以及各色刚上岸的海鲜。新福街的老态显然适应不了这样忙碌且富有挑战的角色，繁忙的鱼货装卸与嘈杂的人群足让这条原本并不宽余的老街略感逼窘不适。

旧镇原名牯镇，因在牛牯山下而得名，后去“牛”旁改为古镇。而在闽南语的读音中旧镇的“旧”就发“牯”的音。新福街，全长约七百余米，末端连着敦照港的后港尾码头，中间与崎街相交接。因为老街的一面紧挨着港湾，所以与闽南骑楼的大多建筑略有不同的是地基和底层部分多为当地的花岗岩石块砌成。沿海港的后门门洞开阔，外接可由一人上下的私家码头，方便当年的电船靠近卸货。临街的外墙建筑的风格多为红砖绿栏，少数店面二楼还留有当年的木柱回廊。如今站在新福街放眼望去，多数老去的建筑中日趋夹杂些翻建的钢筋水泥新屋，这对于这座有着近千年历史的小镇不能不说是种硬伤。走进老街，找寻那些与老镇古街有关的风华旧貌，打探那些与小镇风情若有若无相关联的细节，是走入小镇老街后无法躲及的话题。尽管这些记忆大多是街上老人们他们父母辈的故事，不过也不乏是他们幼年时的亲身经历。很多回忆仿佛是一口被激活的泉眼，冒开了，便有汩汩不断泉涌之势。

旧镇宋代已形成集镇，明代隆庆元年（1567 年）开始与东南亚通航贸易。旧镇的外贸船可到月港纳税，从九龙江口的奎屿受检出洋。明末清初的战乱使旧镇一度荒凉，自康熙二十年（1681 年）统一台湾后，旧镇昔埠重开。清末至民国抗战前夕，旧镇经济极度繁荣。单就一条新福街就出现了五大商行和十八户较有名气的商号，时称“五行十八号”。

与街边安逸泡茶的老者闲谈，他们很乐意讲述 20 世纪发生在本街有关“五行十八号”的内容。由于商号众多，记忆趋糊，因而“十八号”难叙周全，但镇上的这五大商行仍然是旧镇老人口中的津津乐道的话题。这五行以港口贸易为主，家族式经营，分别为振成行、捷发行、美孚行、义合行、宝成行。在走进当年的美孚行商号原址时，如今还可看到商行店家当年营造时的匠心独运。从私家码头的后门到店铺的前门，一米见宽的石条货道笔直铺设。问其缘由，原来当年店家主要出口当地的荔枝干、大米、花生油等土特产，由水路运到香港、马来西亚、新加坡等地，再从外面带回来煤油、石灰、香皂、棉纱、香烟、火柴、布匹等日常生活用品，其中以火油（煤油）居多。而当时的美孚石油公司的煤油为铁桶装运，店内铺上石条便于铁桶滚动搬运。当年商贾繁荣鼎盛时，新福街扮演并承担着旧镇乃至漳浦海运贸易的执牛耳者。漳浦一带腹地土产品经鹿溪及浯江用小船运到旧镇港口，经“五行十八号”的经销网络再从这里下水出发，也可从厦门纳税后直接通航台湾和东南亚。尤其在清末“五口通商”后，旧镇港与厦门、汕头、台湾、香港、温州、宁波、上海等埠的通航贸易更加频繁，旧镇成了土产和舶来品的集散地。民国 26 年（1937 年），兴建后港尾码头。旧镇的港口常年停泊的汽船、机帆船就有“海平号”“侨通号”“吉平号”“美成号”等。那时的新福街有着漳浦“华尔街”的美誉。

遥想当年，海鸥扑棱着翅膀飞越过层层的桅杆，汽笛的长鸣和着海鸟的嘶叫声让敦照港喧嚣无比，货道里赤着上身辗转油桶的帮工们热汗淋漓走向柜台，向身着长衫熟稔拨打算珠的账房先生讨要工钱……

如今的新福街仍可轻易地找到当年的“捷发行”，当年那栋三层楼高建筑是整条新福街的最高建筑，现在老厝还在，风韵犹存，但繁华不再了。其实当你将新福街的过去烂熟于心的时候，你无论站在街的何处，都可以恍如隔世地穿越一回。就当是20世纪的20年代一个初春的傍晚，繁忙了一天的新福街开始了另一种生态的繁华，碾米厂发出的电力，让新福街沿街路灯白炽如昼。走在全漳浦县的第一条洋灰路上，穿着上海最新款的尖头皮鞋，纵使漫无目标地踢沓闲逛，鞋面也始终干净如初。街上熙熙攘攘的人群服饰多样，有着以左掩右的粗布襟衣的本地人，有穿长衫戴礼帽拿文明棍的商人，小镇里不时还能冒出些穿着高开衩旗袍的时尚女郎……

一样的海风吹拂，一样的海腥扑面。但现在的新福街已感受不到昨日的灵动与温度了，可只要心系着它那似乎可触手的凉和暖，心头便会涌动些感动与憧憬。当然来了新福街，一定要去街尽头的港口，那里有着最新鲜的鱼货：黄翅的翼还怒张着，珠带鱼那一层薄鳞闪着银光，午鱼的嘴微微翕动似乎欲语还休，还有那刚撬开的肥美牡蛎……或许能让我们饕餮一餐的美味海鲜，也一定能带给我们重温那段辉煌的欲望。

绕不开香烟话题的小镇老街

一个地方如果连以串街走巷为职业的载客师傅听了都愣上三秒以上的地名，那一定是偏僻且罕至的。但云霄的和平路却是个例外。在当地老人的指点下，摩的师傅好不容易才找到了和平老街。这也难怪，有关它的记载或宣传的确不多。

对和平路而言，它的由来竟有些尴尬。1927 年 9 月，云霄当地的方、张、吴三大宗族发生了一场载入当地方志的大型械斗。场面极其惨烈，双方动用了枪械，还建起驻防的碉堡。这场不断升级的进攻和防守，一直相持了三个月，后来统计死者达九十多人，伤者不计其数。此事惊动了驻在漳州城里的国民党 49 师师长张贞，张贞派部队驻扎云霄，拘办三姓械斗头子，处罚 10 万元巨款充为军饷。但面对民风悍强、血性张扬的云霄乡民，张贞为了维稳需要，派部队拆毁械斗期间所建的碉堡，顺带也把云霄的老城墙拆除了。也在那年，拓漳之地的云霄成立市政委员会，开始了新生活运动的教化，选址修建商贸大街取名和平。和平路就这样承载着繁庶与消怨的使命出现在了云霄百姓的视野中。

走进和平路，你会惊艳连连。流连于闽南大地骑楼老街，保存如此完美，立面装帧有如此华丽的古街的确不多了。和平古街美在外饰、美在完整。

骑楼外墙多为红砖砌成，个别为灰色雕花水泥面。整个和平路规制均匀，楼面二楼均开窗三扇，木质镂雕或是格式百叶窗。窗户两侧多为欧式罗马柱，楣窗呈半圆形、方形、敞肩形，配以浅雕或砖雕修饰。沿楼不少楼面的腰线或窗台下方用灵动螭纹或浮法工艺圈饰老店商号，依稀可见张合成卷烟厂、捷茂书局、赞生药店、陶兴烟丝店、灵通茶叶店等在老云霄人心中耳熟能详的老字号。骑楼三楼沿街面多为阳台，并构建及腰高的女儿墙或琉璃花柱隔栏。远远望去，整条和平路虽窗饰、墙饰不尽统一，但和谐又富于变化，相融且各有特点。

位于和平路 185 号的一家老铺面，堪称和平路店面装饰的精华代表。楼开三窗，方形木制。楣窗半圆内为彩色瓷面砖填饰。木窗间及边框采用闽南地区罕见的镂空透字的彩色花砖镶嵌，有万福形，有双喜形。三楼女儿墙更是重彩装潢，七彩花砖有序砌排，灿烂如虹。风格之西化，色彩之浓烈，用料之繁复实为罕见。这家老店原为布行，后辈已搬离，新主人对老屋历史语焉不详，只知当年的用料彩砖是用大帆船运来的。

注意到和平路 112 号，是因为它门店的标语：“为人民生活服务，”这是个有些创意也有些胆大的主张。对原创的口号而言，多一字或少一字都意味着风险，这一定是一家有故事的商铺。推门而进，店家如今做着老酒生意，店家自豪地介绍这就是鼎鼎大名的张合成卷烟厂的旧址，是和平路乃至云霄县不可小觑一家老字号。

提及云霄烟厂无人不晓，张合成、华美等五家卷烟厂被接管后成立了公营云霄卷烟厂，并利用新中国成立前遗留下来的两台小型卷烟机，出品英雄、航空、爱国牌香烟，后停办。1971 年复办并开始生产漳江、向东等牌号卷烟，并兼营烟丝和烟纸贴，后来开始生产滤嘴烟。云霄卷烟厂曾是云霄工资效益最好的企业。在当地有以能进烟厂工作为傲的口碑。对企业而言最好的业绩曾名列全省最佳经济效益企业第 5 位和最大经营规模工业企业第 39 名。

听着往事，看到这由两家门店组成的老厂旧址老派依旧，后院二楼不显眼墙角处一株白色三角梅花开艳丽，灿烂如星。店主见我看得愣然，也颇为得意，一株不落地不占位普通三角梅，给点阳光和杂土竟也枝繁花簇。身处日趋颓败的老宅，并无花凋粉残，倒添了一地繁华。

云霄的历史本就辉煌，和平路建筑亦不掩瑜。就这样理解和平路其实还是有善本难全之感。在云霄特别是在和平路，一定要谈的话题一定不能离开烟草。也因为和平路的这个首创之举，带动了云霄的烟草行业的兴起，培养了第一批的产业工人。从此，有关香烟制作的话题总会断断续续地冒出。

听到青春的左耳

转角就能遇到海，这是东山岛离海最近的生活街区。

顶街就位于铜山古城内，是一个听得到海涛，看得到海浪的街巷。顺着山势蜿蜒向上，最后站在岵嵝山的居高处，静候着千年不变的一湾蔚蓝。

电影《左耳》里有一个经典的镜头：许戈和吧啦爬上了屋顶看风景，两个年轻的主人公讲着不紧不慢的话。而透过电影里的镜头，让我们看到了白云、南门湾，还有那蓝蓝的海湾边上的铜山古城……

这是一个由石头构成的街。东山岛盛产花岗岩，站在古城的老街上放眼望去，满目尽是石世界。用石条铺路，用石块砌成的屋墙和半圆的门，一座座石墙黑瓦的矮房顺着山势有序地排列着。古色古香的城墙一角诉说着悠久的历史，苍老的石壁上留下了斑斑驳驳的痕迹。潮湿的墙角处生长着碧绿的苔藓，仙人掌和三角梅极适合这石缝里逼仄空间，给点舞台便灿烂地挺立着，不失时机给小巷增添一片绿意。人们行走在狭窄的石路上，两岸花岗岩斑驳的色彩如岁月喷涂的痕迹。石巷清清幽幽，俨然得道高僧，大风大浪中感悟了风雨的沧桑。在所有的铜山老街中就算顶街最出名了。

顶街是个有来历的街。据清人陈振藻之《铜山所志》载：当年，明太祖朱元璋为巩固海疆，派遣他的心腹江夏侯周德兴在闽粤交界的东山岛修造了铜山城，并让1200名漳州府兵到此把守。后来又调来同等数量的兴化府兵取而代之。但无论如何调防，面对如此美景，驻防守军们都患上思念亲人之苦。为稳定军心，周德兴改变策略，允许兵士亲属前来长住，共守海疆。这样，在铜山城的西南边，就出现了一条顺着山势平行而建的街。随着时间的推移，军人家属越来越多，就又在这条街的下边修建了一条新街。为了区别，先建的街就叫顶街，后建的街就叫下街。

电影《左耳》中，张漾家的店就在顶街。顶街本就是思念之街，亲情之街。在温暖和煦的阳光里，在湛蓝如洗的晴空里，片中少年心思迷离，情绪乱串，这便是生命最好的体验。于是走在这样的街上，突然会想起了一些人一些事，就所谓的胡思乱想，这是最环保最经济的消遣方式。因此，影片上映后，总有些煽情的女生，会静静地穿梭在这古城的故事长廊，去体会某种莫名的情愫，去寻找最浪漫的偶遇，或者一见钟情。没办法，谁叫这里那么美。

顶街的老屋一律地坐北朝南，密密地挨着，铜城里的老屋是有纪律的，仿佛是一群手挽手的列队战士。屋梁两边黑色燕尾高高翘起，而屋檐顶上，还能看到一个烘炉，里边或种着些诸如仙人掌、仙人球、龙舌兰甚至马齿苋这些带刺的植物，据说这样可以驱邪消灾。走进东山岛上的人家，抬头便可看见门额上，或石刻或木雕或彩绘着怒目圆睁的狮子头，那锐利的牙齿里横着一把宝剑，那也是人家驱邪消灾用的。另外还会挂“山西夫子”或“合家平安”的红布，房梁正中画着红色的蝙蝠，象征这家人对“洪福”的思慕与追求。毕竟是军人的后裔，铜城里的家庭几乎所有人家的正厅墙上，一律悬挂着关帝神像。两边对联几乎同书

“志在春秋功在汉，忠同日月义同天”，关帝神像上的额匾，一定是“浩然正气”，或是“义薄云天”。其实这样的摆设也是有沿革的，当年军营里的官兵是把关公作为英雄的形象供奉的。后来家属进城了，军属的家里除了拜灶神拜观世音，拜所有带来风调雨顺的诸神外，守城士兵的家里还会比普通人家多些敬奉，他们会把心目中的最完美最敬重的神请进新的家中。于是军营中供奉的关老爷就这样进入了寻常百姓家，并在东山逐渐流传形成风俗。离顶街不远的东山关帝庙，这座单檐歇山顶的庙宇镏金漆色、彩瓷剪贴。这集中了闽南建筑精华的建筑是东山忠义文化的辉煌代表。可见对忠义正气的追求，在平静中已经渗透进了东山人的骨髓。

顶街里最引人注目的建筑是街中段的牌坊，叫“纶章垂耀坊”。是明隆庆二年（1568 年）朝廷为表彰高中进士的唐文灿而修建的。牌坊前额镌刻“纶章垂耀”，后额刻“科第开先”。顶街中段牌坊下边的四官井。相传有 4 位骑着战马的郑成功军队官员，在清军从顶街北、南两端夹击时，不愿投降而连人带马投井殉国。

尚武是植入铜山的基因，而崇文则是顶街另一价值观侧面。位于顶街最北端的崇文书院，当年由镇海卫龚潮鼎倡建于明正德元年，而现在改成了黄道周纪念馆。想想也对，在一个军人集中的顶街里长大的孩子，对一个从小就受关帝忠君文化熏陶的学者，也只有在铜山，一个叫黄道周的明末官员，才能在那样的动荡中表现出血脉中固有的刚正不阿。“纲常万古，节义千秋，天地知我，家人无忧，”这句绝笔是写给他自己，也是写给铜山的。

电影《左耳》用胶片记录了一座城。而城里每户人家几乎在用同一种模式演绎自己心目中的那座城。无论是军是民，无论那座城是宽是窄，是繁华还是冷清，只要城里居住着自己牵念的人，家中悬挂着共同的图腾，一座城的精神就会延续不绝，就会让走进这座城的人，不由自主地爱上它。它也许不是你命中注定的那座城，但一定是所有来过的人都不会遗忘的城。

南诏，一座时间停滞的小镇

怀揣着这一份憧憬，从踏上诏安南诏镇县前古街的那一步开始，脚步就自然轻盈起来。

古街的开篇竟是三座敬奉各异、规式不同的寺庙，朴素而平静的出场。城隍庙、关帝庙、西亭佛祖庵交相辉映。对生活在这里有信仰的小镇居民的眼里，它们是融合的，从城隍庙的边门可以拐进武庙的后门，而从武庙的正门出来，几步之遥就是佛祖庵。你中有我，动静结合。这三组供奉的神明虽然路分两系，但建筑的制式终究还是有典型的闽南风格，从门上的门当、券拱到主要建筑的斗拱以及剪瓷雕饰的重彩歇山式屋顶。尽管大多数木结构件的漆面已经褪变，斑驳中反更真实地告诉每一个到访的人，这就是你要寻梦的地方。

因为这样的际遇，匆匆的步履趋缓了。恍若隔世，那一座座记载着岁月沧桑的古旧房屋临街而建，依次而立。仿佛诉说着千百年来曲折的经历，更折射出一种古老不朽的文化。那些或深或浅的历史，依旧古朴地延续到今天，一切仿佛初生，直抵心里最安静的田地。

南诏镇是一个古风犹存的小城，在这里你可以尽情地体验中国书画之乡的翰墨浓香，家家挂画，户户贴联，并且绝大多数还是手写书联。南诏也是个明清古建筑群的集中地。能够欣赏全国罕见的明清石牌坊，从城关的县前街道到东门中街绵延九百多米的古街就坐落着 7 座明清石牌坊，分散着沈氏宗祠、文昌宫、朱氏祖祠、大夫家庙等众多明清古建筑。

而沈氏宗祠就是这样的精华和典型。整座建筑由前厅、主堂、内天院和庑廊组成，宗祠前有外埕和大塘。主体建筑面阔五间，前厅进深二间，主堂进深三间。前厅明次间山墙以花岗岩石板密缝摆砌，做法考究。与众不同之处在于祠堂内，终年有一股清泉汩汩潺流，而祠堂的照壁与众不同地建在祠堂后。诏安沈姓是诏安的第一大姓。诏安素有“沈半县”之称，全县六十多万人口，其中半数姓沈，而东城沈氏又是诏安最大的族系，可见宗族之兴旺。据《沈氏宗谱》记载，诏安沈氏的开宗始祖是沈世纪，沈世纪是周文王之第十子聃季公的裔孙。沈世纪初为河南案牍吏，参与州县管理，多有功绩。后因边疆多事，他即毅然投笔从戎，成为陈政麾下一员勇将。后随陈政进闽入漳成为“开漳功臣”。诏安沈氏人才辈出，在中国当代艺术界有两位沈氏族人影响深远，一位是国画大师沈耀初，另一位是著名画家沈柔坚。沈世纪的后裔子孙另有一部分于明末清初至民国间从龙溪、漳浦、南靖、长泰及粤东移居入台。尤其在开垦台湾，保卫台湾的历史上留有不可磨灭的一笔。台湾的沈氏后裔，每年都会定期到云林县斗南镇泰安宫祖庙祭谒开漳始祖武德侯沈世纪。

而县前街的中段，还有一幢更“牛”的建筑“天然楼”。和周围普通的民房相比，“天然楼”显得洋派十足。在熙熙攘攘的古街上，一道欧式拱形大铁门将它与外界的喧嚣隔绝，令这座四层楼高的洋楼显得孤芳傲立。灰色的外墙，历经八十多年雨水冲刷，留下了岁月的痕迹，显得严肃、冷峻，但又十分坚固。

叩响雕花铁门，向开门的妇人说明来由后，房屋的男主人热情地带我参观。罗马风格的石柱、欧式的大阳台、雕刻着图案的窗户、彩色的窗玻璃，告诉人们这座洋楼当年建造时是如何用尽心思、精雕细琢。更让人不可思议的是，楼顶四周还分别建造了中国长城烽火台、美国的沃尔华斯大厦、英国的白金汉宫和俄罗斯的克里姆林宫、法国巴黎的埃菲尔铁塔等微缩建筑，显得十分有趣。

据了解，这座洋楼是华侨吴子芹耗资 4 万块银元兴建的，吴子芹别名吴天然，当时取名“天然书室”。

如今，这座历尽八十多年沧桑的洋楼风采依旧，墙体没有剥落、裂缝，地板砖完好如初，地下水道从不堵塞，藏在墙壁里的电线从没更换过。

房屋的原主人一定也是设计者，他一定是个有趣之人。他敢把在外游学的眼光带回故乡，在这砖瓦木石的建筑丛林中，突兀地玉立起这样一座揉进各种异国风情元素的钢筋水泥高楼。他一定顶住同乡人众多好奇和异样的目光。统一可以是艺术，但反叛到极致也一定是艺术，而且还是艺术的巅峰。

“天然楼”的独特外观和内涵吸引了许多路人的关注，而在民间，还有人传说这里曾经住过一些大人物。

坊间有传闻，新中国成立后，“天然楼”曾被当作诏安县的接待基地，20 世纪五六十年代，宋庆龄曾经来过诏安并下榻在“天然楼”，林彪也曾秘密来过诏安并住过“天然楼”。

走出“天然楼”，徜徉于小路上，日光绚烂当头地照在这条全程仅千余米的古街上。忽有自行车铃声响起，那是 20 世纪的声响，这样的铃声就是属于县前街的，属于南诏的。

在风驰电掣的今天，南诏这个风和日丽的小镇是适合停下脚步用心去细细体会的。寻迹所至，屋顶那一片不起眼的青苔怕都经过几百年的风吹雨淋。清新悠长的石板路就像一首典雅的诗，缓缓展开来，等你的心和目光去倾听和阅读，世俗的功名利禄、红尘烦恼在此顿时云消烟散。存在心底的只有一份宁静、一份安详、一份细细悠长的岁月。

静静流水古渡情

九龙江缓如彩带，在华安的新圩绕了个弯，江面变得宽阔起来。而从地图上看华安新圩，它刚好处于省道、鹰厦线、九龙江北溪和建设中通往龙岩高速的交集处，而这个交融相汇的地方就是新圩古渡口。九龙江的新圩古渡，就是长江上的驳运繁忙的朝天门，就是黄河上武林争锋的风陵渡。凡有古渡，必有古街。沿着古渡拾级而上，一条由码头而兴起的不知名的骑楼古街，就安静地处在一片绿荫之下，暗红瓦片的屋顶，红黑相间的砖柱，静静地映入我们的眼帘。我们暂且叫它新圩街吧。

立在渡口边上的一株大榕树郁郁葱葱，硕大的树干支撑起大片美丽浓荫，这是古渡和古街繁华的见证者，也是它们脱离喧嚣的坚定支持者。新圩古渡口并不古老，1918 年才建成投入使用。当年，地处崇山峻岭的华安县，既无公路，又无铁路，对外交通主要依靠九龙江北溪这条水路。树干上有一块牌子标明树龄已有两百年，新圩渡口何年开始营运尚无记载，但码头的投入使用是 1918 年。后来在商贾物流的交织中，一条并不长的街巷才慢慢建成。因此新圩古渡口历史上是九龙江北溪航道的重要渡口，是闽西北通往闽南的交通要道，也是“海上丝绸之路”的重要码头遗址。

码头投入使用那年，内山的黄枣村、店仔圩被北溪特大洪水所冲毁。因此两地的商铺、客栈、银庄纷纷迁往新圩。一条崭新的新圩街道终于完美地出现在人们的视野之中。虽然只有数百米，路也仅够数人同行。但对于一个因势就简而形成的商贸集散地而言，这条街道的形成对华安对新圩都是莫大的宽慰，与商品流动相融的地域空间终于打开了。宽敞处两侧多为骑楼、大店窗，狭窄处仅容单幢独处。新圩街形成后，上下游的物品，都要用双肩从古渡口挑上挑下，部分商品用于圩内店家经营外，绝大部分的商品还要再通过木帆船运送。华安的东溪窑瓷器，仙都的茶叶都要经此运出。熙熙攘攘的客商，赶得及的在此搭上赴漳州城的最后一班船，来不及的客商只好沮丧地站在榕荫下，当晚只得投宿在新圩街上的客栈了。当年的新圩街是“五日一圩”，每逢圩日，山内的农民或是对岸浦南商贩都会把自产或贩来的日用品或农副产品摆满整个街道。一条很狭窄的石板街道，到处涌动着的是斗笠和汗衫的人群。

古渡口的辉煌从20世纪的20年代起到80年代中期。那时有班船从新圩渡口与浦南对开，新圩的古渡口为祖辈生活在大山里的人们打开了对外交流的一扇窗。华安有上万名华侨旅居海外，华安有乌龙茶、山货、竹器外运出口，走的就是这其貌不扬的码头。在这来来往往的人群当中，就有原省委书记项南。当年他15岁，随父母从此乘船驶往龙海、厦门，并最终汇入革命的洪流。著名电影艺术家汤晓丹60年前就是从这个渡口登上木帆船，沿北溪顺流而下，到厦门转抵上海，开始了导演艺术之路。就连当年众多的漳州知青，也是在此急盼着回家的渡船……

悠悠古渡，在如盖的绿荫下一往情深地静观彩练如虹的九龙江。冬去春来，几度沧桑，它见证绿野两岸的人们智慧与辛劳，浓缩着源远流长、底蕴丰厚的闽南文化。

新圩的古街、古榕、古渡口至今还清楚地记得80年代末，汤老携夫人回乡探亲，还专程重游了新圩古街。他站在老榕下的古码头石坎上，望着滚滚东流的九龙江水而感慨良多。他一定想到了《渡江侦察记》里那女游击队长的轻松撑竿一跳，但在电影镜头之外的他，却始终没有跳出古渡与老街的情结之外。

东美侨村里的骑楼雅韵

走入漳州台商投资区角美镇东美村，你有恍如在漳州市区台湾路的感觉，这里的风貌堪比台湾路。

东美村，九龙江的北溪与西溪在这里相汇交融。跃过了东美村地界的九龙江江面顿时宽阔起来，便有了江河入海的阵势。因为是入海口，早年下南洋的先辈多从此漂洋出海，也因为多了“下南洋”的优势，东美这条百年老街比同时期其他地方的街巷多了几许繁华与洋气。

东美老街以太平街和后面街为主，多为闽南骑楼建筑。在这缩小版的“台湾路”上，沿街望去尽是20世纪的骑楼老宅，外墙镶嵌精致的石膏雕花，二楼那些虚掩的镂空雕花木窗内，曾有多少精致的故事发生。那透亮的五彩玻璃隐约闪烁着繁花似锦的昨日风情。烟炙砖砌成的楼柱蜿蜒伸展，两旁古色古香的店面多贴有大红的春联，那样火红的延续结结实实地告诉进入这条老街的人们，东美老街激情依旧。老街上尽管鳞次栉比的骑楼老屋早已被风雨腐蚀褪下了明丽的色彩，只留下一缕久远的温馨任人遐想。那不知剥落在何处的时光又如何被重新拾起，难道是那些怀揣着昨日情怀的过客或是生于斯长于斯的老街新生代。在这些斑驳的街巷深处，飞檐门落之间细细地品读那久远的故事，或爱或恨，或恩或怨。

有着辉煌过去的东美是从明朝开始就商贾云集的，据《龙海县志》

记载，东美街于明弘治元年(1488年)设东美市，当时有新行街、太平街、后面街、东兴街等多条繁华古街，这样的商贾云集也就必然成了邻近村庄的主要集市。

太平街与后面街的交汇处是一幢惹眼的三层楼门店，这就是让当年角美百姓津津乐道的东美百货大楼，这样的一幢商贸大楼能够选址远离城镇的东美村落，就是对一个商贾繁荣老街的最好佐证。如今老店铺的门楣上依稀还可见旧时的店名，“和兴糖铺商”“杏春园”“秋记”“福盛号”……

沿着街巷子走上一段便可看到东美小石桥，桥下碧波荡漾，村里的妇人结伴在此浣衣。这座建于明朝的石桥，桥下原先有着一个其貌不扬的码头，当年这里曾有多少留着长辫子，戴着瓜皮帽的东美年轻人，在这里乘船出洋，泪洒北港。

因为有了“下南洋”的特殊背景，东美村便多了一些与众不同的建筑。沿着老街走一段，便可看到曾氏“番仔楼”这一庞大的建筑群了。曾氏“番仔楼”是以曾家宗祠为中心的壮观楼群，建筑面积2627平方米，建有13幢共99个房间。始建于1903年，创建人是新加坡华侨巨富曾振源先生。他于19世纪初只身前往南洋谋生，通过自己的努力白手起家，最后成立丰源航务局，事业发展到鼎盛时期拥有29艘远洋轮船，在新加坡航运界声名远扬。“番仔楼”历时14年时间建造落成，耗费白银17万两。这座名噪一时的华侨豪宅，不仅布局严谨与构思巧妙，更舍得投入。楼柱间用“糖水灰”雕琢立体花卉雕饰，据楼内曾家后人介绍，这种“糖水灰”就是用红糖搅拌进口洋灰（水泥），这样的泥料更有张力和可塑性。为了在细节处彰显工艺精湛，每个立柱的表面均用人工细雕通体的凹槽纹理，让人大感震撼。为了让石雕工艺达到臻备完美，当工程进入最后精雕细琢的修饰阶段时，工匠们的石雕工钱是用雕凿出来的石粉称重去领取等量的白银。

自它诞生起曾氏“番仔楼”就富有传奇色彩，至今已历经百年沧桑，却依旧光彩照人。当年由南洋设计师设计图纸，外形装饰西式风格，内在配置趋于闽南传统结构，既美观又实用。整体布局是中国传统的三进式，楼与楼之间由前埕（院）、中埕、后埕隔开，设计极为周密，整座庄园楼房走廊、过道、相互畅通，两幢楼之间在二楼处用桥廊相连，雨天穿行各幢建筑可以免去沾水淋雨之不便。各幢楼皆为西式，“番仔楼”外装饰的进口花砖等装饰材料均由南洋专船运回，在交通不便的当时堪称大手笔。中楼的二楼主厅设有取暖壁炉，后花园东边建有风力抽水机楼，自来水管道由此通向各座建筑，一百年前闽南农村便有了现代社会的饮用水设施，这确实是这幢建筑可圈可点的看点。“番仔楼”还配有先进的地下排水系统，若有小球落入沟中，不论在哪个角落掉落，一旦下雨即可在“番仔楼”前面的“月池”中轻易找到。

曾氏“番仔楼”只是角美大型中西合璧建筑的典型代表之一，距此不远的“天一总局”“林氏义庄”也都兼具了华侨建筑中包容性和开放性的精华因素。

到了东美村一定要品尝“东美糕”。在东美老街就有好几家专门制作“东美糕”的糕点作坊。

相传在明崇祯年间，东美有位姓郭的老人，以绿豆磨粉为原料，制作出了一种糕点，它清香怡人、入口即化、清凉润喉，深受乡邻喜爱，人们称它为香脯糕。东美当地人喝乌龙茶时，喜欢配一口香脯糕，也常将香脯糕调成糊喂养婴孩。经过三百多年的传承，东美香脯糕从佐茶糕点演变成了闽南民俗符号。直至今天，漳州地区婚寿喜庆、祭祀敬祖，香脯糕是必备食品之一。2010 年，东美香脯糕制作技艺入选漳州市第四批非物质文化遗产名录。

据《龙海县志》记载，角美镇在1935年时，还分属龙溪县角美、石美、东美三乡，后三乡合并才成为如今的“角美镇”，东美村距漳州市区也就半个小时车程，找个双休日的午后，你便可以轻松来东美老街畅行一番。在“东美糕”香飘四季的东美老街，那暗红瓦片的屋顶、黑红相间的砖柱、那中西合璧的雕饰，都会让你尽情感喟那陆地与海洋文化交融聚合的璀璨光华；当然你也可以凝神静思地抚昔追今，那纵横于老街与古村间的河道，更会把昨日辉煌与当今的美好一并诉说。

找寻宋代的廊前时光

宋代是个有艺术气质的时代，打开宋词，字里行间总能飘逸出乡愁与眷恋，嗅出了那力透纸背的感伤，那典雅贵气的风姿。而宋时的文人画客又精于细如发丝的工笔勾描，呈现的犹如历史深谷处的幽兰，千百年来始终散发着沁人心脾的芬芳。在那用心与用情都渐臻佳境的宋代，一定也是呼唤工匠精神的时代。在漳州一提起宋代时期的建筑，你不由得会想到九龙江畔的江东桥，会想到云洞岩顶上的宋亭，更一定会想到漳州古城内的比干庙……因而大凡宋代时期的漳州留存建筑多伴有强烈的视觉震撼，巨大而厚重的石板，严丝合缝的上下真昂，历经地震、暴风屹立不倒的石结构，林林总总。时至今日也件件精湛无比，以至一听到是宋代所建时，我总会先深吸一口气。

靖城镇廊前村正位于荆江和龙山溪汇合处，这条不知名的小河静静地流淌着，涨水时，九龙江西溪的水会漫至石桥。石桥建于南宋孝宗乾道六年（1171 年），距今已有八百余年历史，至今保存完好。由五根大石条铺就而成，每根条石长近十米，每根巨型条石有九吨多重。在其中外侧的一根条石上镌刻着："贵山主黄、杨二承事造桥一所，乾道六年庚寅岁，福遵院僧绍祖舍钱二百余贯，化诸坊助工重修，以此良因。福资存没干当，监造僧道源化，首正开仲拜题，都料邵贵" 64 字。道出了石桥的历史背景，出资人，和与造桥各诸相关人员。据史料称，该桥是南靖县迄今为止最早的石砌双孔桥，并被列入南靖县第六批文物保护单位。

石桥下的小河是流往九龙江。宋时，同在廊前的正峰寺（古称福遵院）香火鼎盛、每逢重大佛事香客云集，原先只有一座简易木板搭成的小桥，福遵院高僧绍祖将平日里来自乡里信众奉献的添香油钱积攒下的二百余贯铜钱，叫来周围村庄民众共修石桥，方便香客与民众。

如今，游客站在宋桥边的土地庙，望着平静古石桥，端详着这些饱经沧桑的条石，人们会感喟古人的智慧与毅力。石板桥的取材与建造充满了勇气和智慧。哪怕就是河边不远处就是盛产花岗岩山体，单是掘岩取石就充满了玄机与运筹。尽管廊前的古石桥每根条石有九吨多重，但在宋代能工巧匠的集体智慧下，还是让它安稳地在此静候了八百多年了。

正当廊前石桥完工之前，福遵院（正峰寺）香火一年四季一样的旺盛。许多从漳州城里慕名而来的香客，多会相约从内城的子城壕沟码头上船，雇只小杉板船一个时辰就可以到达福遵院了。而今宋代时期福遵院内的大部建筑已经不存在了，但当年两座经幢石塔其中的一座又一次回归到了信众的视野。重寻回并修复后的正峰寺四面佛经幢石塔，这石塔当年刻有龙、虎、象雕像，上部四面刻有四幅佛像，保存完好，分别为释迦牟尼佛、阿弥陀佛、药师佛、观世音菩萨雕像。“文革”期间寺内的两座四面佛经幢石塔被毁，部分石构件被丢弃在离正峰寺四百多米的园地里。直到 2016 年春节前夕，村民又将寻回的四面佛经幢石构件配上新置底座重回正峰寺原址，然另有一座却仍未寻到。

位于南靖县靖城镇部前村的正峰寺，有着近千年的历史，是漳州九禅名寺之一，其第三殿“萃觉楼”曾是理学名儒王履亨，（字咸熙）的“王咸熙读书处”。当年正值清末，漳州名儒王咸熙平生喜欢在幽静的环境中读攻书，在他 19 岁时，特别选择漳州郡东赤岭帝君庙边古觉缘禅室作为读书处，22 岁时又辗转到南靖县廊前正峰寺继续攻读，并为名寺留下一联：“借尔暮鼓晨钟；警吾云窗雪案。”隔年，考进龙溪县学秀才，宣统元年己酉考中岁贡，同年被举为孝廉方正，越年庚戌赴京，应保和殿召试，授承德郎，以岁贡投铨吏部，却不就职而归乡。时龙溪县知事曹本章聘请他主持龙溪县南南隅义学。后来，王咸熙率领三儿子迪寿、四儿子迪庄在漳州城内的上苑街创办旌孝祠、砾斋两所学塾，生徒四五百人，倾动四邑，还两次上狮子岩讲学。

如果漳州人对王咸熙还有所陌生的话，那王咸熙之子王作人先生，就是漳州学界的著名人物。王作人，笃信程朱理学崇尚礼仪纲常，精通诗词典故，任教四十多年桃李满天下，著有《括斋吟草》诗集，在世时被学界称为“漳州活字典”。王作人曾多次登临正峰寺，并写下了其中一副对联：“喜寻古寺正峰寺，恍听先辈读书声。”如今在古城内王家老宅仍可见王咸熙部分遗物和其撰的楹联一对：“任老子婆娑风月，看儿曹整顿纲常。”至今读来仍回味悠长。这些年来，王咸熙萃觉楼读书的历史故事，一直激励着廊前后生学子。

村内这口宋井更是近千年来惠泽于廊前乡民，始建于宋代元丰年间的这口双孔古井，方形井沿由四片石板镶砌而成，每片石护栏板均与相邻两板有镶嵌其间。石板上分别镌刻：“正峰院僧惠圆奉舍鼎新重砌，岁次戊午谨题。”“丙寅周广重修。”“信士周旺沾口同蔡裕、陈戴共舍石砌重修，癸卯谨题。”“僧道初舍，辛卯重修。”从碑文里可以看出，这口古井分别于宋代进行了 4 次修葺。捐资者分别有正峰院的僧人惠圆和道初，信士蔡裕、陈戴、周广、周旺治等人。

据传北宋年间，当地遇到百年一遇的大旱，致使田园龟裂，禾苗枯焦，就连九龙江水也几乎干涸。部前村附近一带村民喝水成了问题。

正峰院僧人惠圆主持重砌此井，掘深老井以让村民喝上了甘甜的井水。村里百岁老人回忆，从此无论旱情如何严重，这口古井从未干涸过。古井虽历尽沧桑，仍为廊前村民所用，如今掬一捧井水浅尝仍清凉甘甜。

一个临水而居面积不大的靖城廊前村，便坐拥宋桥、宋井和宋代经幢之宋代三物，这村落的确有些不寻常。找个双休日的午后，不妨去趟廊前老村，走走宋桥，看看宋井，还可以在宋代经幢前仔细辨寻岁月的遗痕。

眺望圆山，夕阳余晖不愠不火；亲水龙江，江风徐徐花木幽香。宋代，从这里一眼望去……

三月的葛竹

春天，你就去趟葛竹吧。

因为这里一定有你想要的。来到葛竹不妨先去探望下西溪源头。作为一个饮着九龙江水成长起来的龙江人，没有理由不来亲眼一探母亲河的源头。

西溪源头就静静地流淌在与平和东槐交界处科岭头的大山脚下，小溪边矗有一块八吨多重的巨石，上书“九龙江西溪源”六个大字，这也是有关部门着手出台措施保护母亲河水质与环境的一种态度。

从葛竹潺潺不息的流露便开始，她以隐约而委婉的足迹，从竹林从树海的深处走来，一路低回萦绕，一路沧桑前行，在这奔腾不息的前行中曾为一个叫月港的古老码头输送过克拉克瓷，也为一个叫漳州的老城输送着不断繁衍所需要的木材和粮食，更输送过一个叫林语堂的文学大师，只是那时他还叫和乐。在他的回忆录中他清晰地记得河滩险急时“船夫把裤子卷到腿上，跳入河中，把船找在肩上”“当五篷船驶到漳州时，视野突然开阔，两岸树木葱茏青翠”。

葛竹村一定是属于春天的，这个被树海、竹林、茶园层层包裹着的山中村落，到了春天三月，便是一片白色香雪海世界。在这南靖与平和的交接处，当年闽南游击队的主要基点村，常年的空气中弥漫着水气和花香山中小村，盛产一种叫枳实的入药之果树。到了三月，小村的房前屋后、河谷山坡凡有枳实树的地方，那白色的花儿便沸沸扬扬地开满了枝头，微风吹过，山村的草垛上、柴堆里、土楼的房檐处、满地都是撒着白色的花瓣儿。那细小且又情动的精灵，让整个山村都霎时风情万种起来。这不禁让人想起了温庭筠路过商州时，曾吟下的那诗句“槲叶落山路，枳花明驿墙。”一个明字让枳花仿佛可以媚亮整个商州府。如今这样的媚就在眼前，就在葛竹。

这时人在他乡的葛竹人，在这微信的时代总会被或组团或骑行的各路旅友把自己家乡当年看惯的美景一一呈现。这时一个久远的记忆开始在心中萦绕，镜头下的那一片枳实花依然是多年前的模样，满树素染似雪，透过时空传递而来的资讯，淡淡花香仿佛就从手机里弥漫开来。

在这闽南春暖花开的三月，一定要来趟葛竹。在枳实花盛开的季节，沿着河边的村道慢慢地走去，在这里还有成群的白鸭慢条斯理地在开满枳花的树下或溪边与你分享着这一年一度的视觉盛宴。后来这些从容不迫的白鸭也入镜了，是它们把土楼、枳花、小溪与绿莹莹的春意一连串了起来。河道两旁连绵不尽的枳实树便相约竟时怒放开来。一望而去的山峦上、茶园边到处都是一片片雪白的枳实花，赏花的游客从四面八方奔袭而来，这个属于三月的小山村便开启了网红时代。于是当地政府每年此时都会举办枳实花节，让人们一边漫赏枳实花的惊艳，穿行于连绵的花海：穿行于村庄与溪流间，在惊喜连连之后，还可以品尝到各种各样的土楼野味，既一饱眼福，又过足嘴瘾。枳实花搭台，经贸唱戏，南坑乡葛竹村就更加声名远扬了。最早发现葛竹香雪海的是南靖本土摄影师冯木波，这位《中国国家地理》的特约摄影师，在2003年偶然踏进这个封闭山村看到这被遗忘的美景后，便开始用镜头记录下“香雪海”，和“香雪海”下的曼妙女生。于是他的作品开始网上疯传。三月的葛竹就这样火了。

曼妙的不只是枳花和涓涓流水，那放眼望去连绵不绝、错落有致的茶园本身就是一道极致的风景。来过多次葛竹，也接触了不少葛竹新一代的种茶人。他们有回乡创业的年轻人，有接过父辈的制茶传统而继续前行的专业合作社。于是爬上茶园，你的镜头摄下的茶径图案有如Wi-Fi 信息标识图形，创业者们把这片区域形象地称为“Wi-Fi 茶园”。而赖氏后人代表赖玉春则沿袭着“金观音”的传统制作，用崭新的销售理念讲述着茶人的故事。

身居葛竹山中，一座座土楼星罗棋布，竹林茂密、古道蜿蜒、溪水清冽、阡陌纵横如世处桃源。那诗意的乡村不只在春天的三月，哪怕是我们来时的八月盛夏也宛如诗画。村里小溪边的老榕、古径、小桥、枳树，更有那远处的茶园……葛竹四时景色宜人，令人陶醉。在这样美丽乡村，无论是闲暇的傍晚或是悠闲的午后，徜徉在这样的地方，惬意之下如果能沏上一壶老茶，这时如果再下场细雨，你会有种不分此时此境如入仙境的恍惚……

葛竹的茶业种植历史悠久，又是土楼高竹“金观音”诞生地。土楼高竹“金观音”能有这样的稳定品质，跟合作社社员传世裁茶技艺不无关系，更与葛竹村地处平均海拔近 900 米的山地位置不无关联，这里的山区常年气温较低，使得生长在这里的茶叶生长的周期因此拖长，这也是为何泡水后的茶叶肥厚明亮且较为耐泡的缘故。对比寻常的“铁观音”泡个七八泡可能就没味儿，但土楼高竹“金观音”如果用的是山泉水，基本可以持续到 20 泡左右。

问其为何有如此“耐泡”之缘故，才得知土楼高竹“金观音”合作社的社员们严格按照古人古茶制茶方法，只有这样因循守旧，葛竹村的茶叶种植史，可窥探的历史应为清乾隆年间，时任翰林院编修的赖翰颙，历任特派稽察六科参修《大清律》和国史馆纂修官等职。乾隆二年（1737年），赖翰颙双亲相继逝世后，无意功名利禄的他即上表辞职。回乡后，赖翰颙隐居南坑山区，潜心钻研学问，著书立说。他热心家乡公益，牵头修建葛竹通平和县的乞天岭大道和大岭通往南靖县城的九曲岭大道。曾身居京城的他深谙知识与家事的重要性，在他的力促下，不仅在葛竹立下各种乡规民约，还创办书院、塾学。并积极推动家乡农、林业的生产，他从外地引进山东梨、红柿、桂花、绿衣枳实、铁观音茶等优良品种。

葛竹，除了茶园和闻名南靖的“太史家庙”，还有值得一看的两座牌坊。如果说宗祠与家庙是在尽情地展现辉煌，那每一座贞节牌坊后面其实都隐藏着一个悲情的故事。大山深处的葛竹也不例外。村中的“贤通堂”前，早年就是通往南靖县城的官道，石径古道是用大的鹅卵石铺成的。古石道上就立有一座由乾隆皇帝赐建的“钦旌节孝”牌坊，原坊宽6米、高4米，是为赖翰颙的长媳、浙江杭州府知府黄金钟（龙文区湘桥人）的孙女黄氏而建的牌坊。在宫前自然村枋上杆古道边有一座道光皇帝赐建的“贞女牌坊”，宽6米，高4米，为赖翰颙的曾孙赖梦祥之妻黄氏而建。二位黄氏，一位仅26岁就为亡夫而守节一生，养子育女；另一位只因定下婚约，未结婚其夫即病故，后来年轻的黄氏毅然如约嫁入，并守贞一世。“节妇”“贞女”是当时社会对她们的最高肯定。这两个生活在清代的女子，用自己的美好青春、灵动身躯去漫磨无尽的日子，在长辈和同族人的同情和关切中低调且内敛地践行着忠孝节义精神内涵，到了生命的风烛残年中便可以坦然地等待那用尽一生的来自官家的评判，或立碑或入志，于是便可含笑九泉了。遗憾的是，牌坊在“文革”中被毁了。残风中，山道边还剩几块残柱和一块写着“节孝”的石匾，另有大学士蔡新题的石刻对联：“内德为风风以咏，贞心匪石石应知。”旷野中的残石沉寂在三月的春风里。

风在咏，石应知。村里那漫天飞舞的白色枳花或许是纷纷飘落的泪花……

美篇里的五座漳州乡村

闽南的古村大多山清水秀风光宜人，那些房屋、树木、田园、祠堂的布局又总是隐藏着外人不可名状的玄机，而把这些生活息息相关的节点串联一起的，便是那千百年来生生不息的美丽乡村。这些散落在乡野里没有商贾精算，少些喧嚣脂粉。但在群山环抱与绿水莹莹间却多出了祠堂书院、牌匾旗杆。书香仕气与勤俭家风就在这样让人神往的意境里流芳悠长。

洪坑篇

静静地走在千年村道上，重访曾经富甲一方的孤寂和美丽，唯愿一排恢宏永存于郊野乡林之间，让平日里寂静的乡村平添几许温柔与诗意。

按照老祖宗的说法，“有洪坑富，没有洪坑厝”，说的就是洪坑的古厝很壮观出名。一弯碧塘映衬着村里的古厝，与村庄几乎同时诞生的古村道静静蜿蜒于此。在还没铺上水泥之前，这是条铺满沙石的小道，横穿于村里的中央。在千年村道旁就是让游客趋之若鹜的“七房大厝”，每一房格局和风格都差不多，依坡面水，一字排开。大厝之间门户相连，颇具迷宫特色。在设计上，大屋与大屋、大屋与护厝、护厝与护厝之间门户相连。只要七座大屋的大门锁上，外人便无法进入，而各家各户却出入方便，来去自如。民国时期，曾有一小伙土匪进村扰民，打家劫舍。但因洪坑地形复杂，房舍奇特，所以土匪们进村首尾不能呼应，一进村就迷了路，转来转去就是出不了村。非但财物没抢到，还被吓出一身冷汗，从此土匪们再也不敢进村扰民。古道边古厝里，最具特色的当属康熙六十年建造的石楼鸿湖楼。它与南靖客家土楼形制相仿，只是建筑材料为青石青砖，故不称土楼。石楼共有 18 间房子，各间相通，冬暖夏凉，曾经各户人员聚集，十分热闹。大约在 20 世纪 90 年代初，楼内的村民陆续往外搬，在村里其他地方建房，如今楼内仅住着一位修族谱的老人。

钟灵毓秀的洪坑也是个出英才的地方。其中最出色的当属戴文赛，29 岁的戴文赛便获英国剑桥大学博士学位，曾任中央研究院天文研究所研究员，后任南京大学数学天文学系系主任，是提出宇观这一新概念的第一人，开创了中国天文学哲学领域中对宇观过程的特征和规律的研究，为国家培养了大量天文人才。浩渺的宇宙中，编号 3405 的小行星就以他的名字命名。

走进洪坑，尚有一处闽南最早的“村民公约”，就是清康熙年间的“鸿湖社会禁牌”的石碑。这个石碑安静地处于村上的一角，但石碑的出现却是一件极具考证意义的事。碑上所写的尽是不许犯尊欺弱、窃取物件，不许架棚作厕、起盖小屋等乡规民约条文。老祖宗句句都在讲规矩，细想一下其实对一个集体、一个组织，讲规矩都是件很重要的事。时至今天讲规矩的话题不也时还在出现。

在洪坑，处处流淌宁静。挑个平日里青壮年外出务工的时辰或是雨后的时节去村里走走，这偏居于芗城一隅的精致村景显得格外澄清，也让人的心变得透亮起来。飞过蕉林的鸟雀偶尔啼鸣几声，平日里看惯了外人冒失进出的狗儿也不愿打破这眼前的宁静。唯有远处断断续续飘来的车声，才让这流淌的宁静变得更加婉转和悠长。

湘桥篇

九龙江西溪的水经过闸口顺畅地进入了九十九道湾。走在这弯弯的河道边，是湘桥村百年的村道。古村道挨着古河道在这里仿佛成了天经地义，这缓缓流淌着的是昨夜的春水。村上的老街倒很干净，除了一些未扫除的落叶，空无一人。在这里，处处充满恬静。苍劲老榕发出嫩绿的新叶，撑满村落的大部分空间。石阶缝隙间争先恐后地长出片片肾蕨，叶尖挂着颗颗晶莹的露珠。猛吸一口湘桥空气，你会察觉芳草与湿润泥土的气息钻入其中。

一条不知名的村街把古厝群和华佗庙连在了一起，九十九湾内河蜿蜒而过，平日里村民们在这里可撒网、垂钓、洗衣、游泳……每当端午节时，还会吸引成千上万的村民前来观看龙舟赛会。

湘桥村的“大夫第”“翰林第”“贡元第”“进士第”等10余座历经数百年的明清古建筑赫然呈现在眼前。这些古厝建于清朝至民国初期，均坐东北朝西南一字形排开，座座相连。每座古厝结构规格大致相同，为五进式或三进式。屋前石埕连片，都设旗座，立旗杆，旗杆石上有凿孔，圆、方、六角、八角等形状，在暗示着原来屋主的显赫与威势。旗座上的飞禽走兽，曼妙如生。

“大夫第”是最壮观宅第，没有之一。典型的清代官宅建筑，宅院大门额顶悬挂“大夫第”匾。在闽南、在湘桥考究一座大宅院其实应该先看石鼓。石鼓上的浅深浮雕及动物形象已经告诉你了这家主人的官级与品位，如同当今的晒微博。大院内朱廊画壁，长廊曲回。宅内每进都有一幅大型木格屏风，这种既装饰又实用的隔屏，在清雅淡幽间让宅落更迷离。在古厝群中间，还矗立着一座保存完好的华佗庙，它是全省唯一的华佗庙，庙内供奉三国名医华佗。庙虽不大，但却特色有三。其一是闽南少见的“畚”形窗。其二是主殿左右墙上相传是大书法家朱熹的手笔“忠”“孝”“廉”“节”。其三是大殿上的“仙方妙著”巨匾，书风灵动超脱。

九十九湾是湘桥的魂，村道旁的绕村河道九十九湾也称湘江，湘江上架有一古桥名曰湘桥。在此灵桥仙水的境地里，湘桥村便人杰地灵起来。漳州画院首任院长黄稷堂就是在这块秀水仙桥上成长的乡贤俊彦。黄稷堂，号湘道人，晚号稷翁。师从刘海粟、潘天寿等名家，其画作笔墨凝练、形神生动，尤以花鸟画为最。隽永简练、灵性超脱是其绘画风格。黄稷堂惯用左手作画，右手写字，且能双管齐书。他不仅擅于书画，亦精于篆刻。当年弘一法师驻锡七宝寺，与黄稷堂交往颇深，两人常在一起商榷书法艺术，黄稷堂亦曾受托为弘一治印，其篆刻得到法师的高度评价“仁者篆刻甚精”。稷堂晚年作画时，落款常为“湘桥稷翁”。可见湘桥的水，湘桥的魂早已平静地沁入了他的心脾。如今漳州的文人雅士仍以能得到一幅黄稷堂的写意小品真迹为自豪。湘桥本就一幅画，从这画中走出一个最引漳州人骄傲的画家便不足为奇。

湘桥，适合午后时光的消磨与挥霍。在这可以安静地看九十九道湾的白鹭灵动的倒影，也可以和坐在石阶上的老人谈一段掩在门后的往事……

山重篇

初春时节，山重村的田野地头，大地顿被唤醒，睁开绿色的眸。

山间田地仿佛换上节日彩装。春意弥漫视野，果园里桃李芬芳，粉色与净白争奇斗艳。山重的田野一大片亮丽的色彩闪着你的眼。那金黄的颜色，密密匝匝，层层叠叠，把绿色的大地装点得活泼灵动起来。那就是一片一片的油菜花，几乎在一夜间金黄的色彩便将原野染透。

一条千年古道老街把千年的山重村从人间引入仙境，村街旁矗立着千年古樟树、宋代石佛塔、明代昭灵宫、林氏家庙等文化古迹。山重村，山水形胜，青山叠翠、秀水涟漾。田野山麓中的万亩花海，极具美感的鹅卵石而筑的古村落，述说千年历史的古树，独特原生态乡村民俗，形成山重村特有的乡野古韵。

钟灵宫是山重人最信仰的神明之一。钟灵宫供奉着神将赵子龙。昭灵宫有着历史建筑的特点，和所有闽南的寺庙一样，石鼓门当、神龙石柱，厝中有一小庭院。那雕饰漫灭的香炉图腾，直白地告诉走近它的人，这是有历史故事发生的地方。殿的右侧供奉着注生夫人也称注生娘娘，深受求生贵子的人们的信仰。殿的左侧是森罗殿，即供奉着阎罗王。传承和弘扬，警示与爱护贯穿于此庙。有这样的寺庙当作文化传承的督导，山重一定是个有情有义的地方。

古山重已有一千三百多年的历史。村中老街从东、西、南、北四个城门作为起点，现仅存北门、西门遗址。沿着古街巷绕上民居一圈，这里民房都是土木结构，墙壁是鹅卵石砌成的，人行道、井院也均采用鹅卵石铺成，由于鹅卵石本身色泽的多变，大小的不一，站在远处往古街老屋望去，随意裁切都是一幅画风主流的农村题材油画作品。如今居住在此的人已不多，很多人搬迁新居，唯有几位老人舍不得离开，仍起居于此。幸好有老者的坚守，每次美术专业的学生来此写生，老人、老屋、老街必是取景之一。村道的尽头就是一棵硕大的卧樟，历经了千年的风雨沧桑，却在几年前的一次台风中被刮倒了，所以取名为“卧樟”。

奇特的是这棵樟树还寄生着一棵榕树，枯樟茂榕相依相存，景致独特。这棵樟树的周长需有七人才能合抱，腹腔空荡的树心可容纳村童在此嬉闹。

在山重这样的古村落里，因为有了那些曲曲折折的几条深巷，所以才会让每一次踏进这幽深逼仄的人们，深深地喜欢上了它。在穿过村庄的那段发现之旅中，在一片闪烁着鹅卵石散淡余晖的明清建筑里。鹅卵石与青石板铺就的小街，就是这个村落主角。在偏安一隅的乡村，放逐一条如此幽深的小巷，让你可以放浪形骸地穿行于浮生流年，把自己的日子过得慢悠悠且悄无声息。

塔下篇

塔下村是一个中国典型客家村落。这里四面环山，山中古木参天，碧绿如黛，站在村中央的沿溪的村道上，看得到水气与山色的弥漫，霭雾在青气中浮淡。一条欢快小河在山谷间跳跃而来，在村中形成了有凹凸感的造型。一条伴溪而立古村道像一条银链，把山脚下溪岸边几十个形态各异的土楼串成一串宁静、朴雅，美妙绝伦的珍珠项链。溪两岸林立着错落有致的客家土楼，依山傍水层层而立，或圆或方，千姿百态。以不同建筑风格静静的屹立着，土墙、黑瓦、红对联在夕阳斜照下散发着耀眼的色彩。

塔下村的历史可追溯到元末明初。由于闽西南山高林密，盗匪猛兽为患，加上不时有村落间的争斗，最初居住的土茅屋不适合聚居需要，于是张姓族人沿着溪谷两旁，建造了一座座集居住、防御等功能于一体的围合型土楼。由于地理环境所限，张姓族人在沿溪两岸的空地上，又建起了一座座单院式土木、砖木结构的吊脚楼，形成大楼带小楼、高低错落布局的奇妙景观。楼前屋后铺就的卵石小径，被几百年前先人们的足迹磨得圆润，细雨轻烟，闪出柔和的光泽。

由于从踏下山迁居此地，客家话的“踏下”与“塔下”谐音，多年后，张氏子孙为了纪念先人，把此地叫作塔下，不少人以为塔下有塔，其实塔下无塔。

沿着村道一路向上，一片眉月形斜坡的草地前就是德远堂家庙。草地连着一片葱郁的风水林，树林随着山峰向上延伸，直入云天。家庙前是一口半圆形池塘，庙宇疏影倒映。池塘前边两侧石坪上耸立 23 支石龙旗杆，杆柱浮雕蟠龙，势欲腾飞。德远堂现存国内最多的石龙旗。在旧时每一次竖起石龙旗杆，就意味着一件可彪炳千古的好事诞生了。仅从清乾隆至光绪年间，族中有 14 人获得举人、进士学衔，于是张家家庙前便先后树起 14 支石龙旗杆。旗杆文化已成为塔下张氏族人笃重文明、注重教化的思想理念。

站在塔下的跨溪而立的桥上，手抚桥栏望远，树木郁郁葱葱，山色如黛，连绵的竹林，葳蕤的草木。暮色中，溪水流动的声响从桥下传来，清新中夹带着些许雾气。河两岸土楼人家的炊烟袅袅升腾，一轮明月不知何时已从山岗爬升，月色静静地流泻，为大地覆上一层轻纱。塔下村，你可知梦里花落多少？

埭美篇

宁静姿态下的埭美一定是一位温婉多情的江南女子。那温婉多情的江南女子啊，一定是水一样的忧愁，水一样的明媚，水一样的清纯。

被誉为“闽南第一村”的埭美水上古村。四面绕水，一条狭长的村道把 276 座极具闽南特色的红砖古厝穿绕串在了一起。村里古建筑群对称排列构成一个颇有阵势的水上村庄。在盈盈水间的古厝每座都是大小一致、风格相同的明清古厝。每一座都是硬山式曲线燕尾脊，红瓦屋面，石砌墙体。有一种美来自集体的凝聚力，规整、统齐是这种美的主色调。因为一句祖训，也因为高不过祖厝的内心暗示。于是在全体村民的自觉下，一个绮丽般秀色可人的水上村庄就这样诞生了。

一排排整齐划一的古厝之间，边门对着边门，中间只隔一米多宽，当所有边门都打开，一条由村头连到村尾的快捷通道就这么形成了。哪天遇上了不期而遇的雨，生活在埭美最好的好处便悄无声息地体现出来，不带雨伞走遍全村也不会淋湿，走的就是这条村道捷径。

这条下雨天不用打伞的通道，也是埭美村民的平日里休闲天地。夏日里从河里“狗爬”上岸的孩童，第一件事就是一屁股或坐或躺在这条天然的凉席上。古村的石板条长巷是很干净的，躺着讲些自己关注的话题，一不小心便睡沉了过去。大人从地里回来，一条遮蔽艳阳的小巷里净是些酣睡的孩童，这样日落前的农家景致就是一幅闲散极致的幸福景象。颇有晚唐诗人王驾笔下的“桑柘影斜春社散，家家扶得醉人归”之趣。村上的农夫经常中午田地里干活回来，也是直接扑腾到河里痛快洗澡一把。一条老巷拉近了村民与邻村之河的亲近感。

环绕村庄的内河通往外界的南溪港。南溪港曾经是繁荣一时的闽南重要古港，几百年前埭美村人利用自家门前水路的方便向厦门运输大米、日用品等，并在厦门开店。南溪港也是当地村民外迁台湾或向台湾运输农产品、杂货的重要转运港。现在族群中的一个分支已在台湾生根壮大。

埭美的美是由外人先发现的，想来也对，长期生活在此的村民对如此的大美已见怪不怪了。马来西亚的摄影师符士光是第一个发现埭美社水上古民居的人，感叹如此规整壮丽之美的他，多次组织马来西亚摄影团来到埭美，用照相机记录这里的灵秀山水，红砖燕尾。不仅把所拍摄的照片留在了埭美展出，还在马来西亚《光明日报》《新洲日报》等报纸上发表文章宣传埭美，希望让更多的人看到珍贵的水上古民居。这种“出口转内销”式的宣传反而加大了宣传的效果。如今埭美村吸引着越来越多的游客，逛古巷、进农家，畅游古村落。一睹古老的建筑，深探古朴的民风。

埭美像一首诗，清新而淡雅；埭美也像幅画，高雅而古朴；在水一方的埭美更像一首曲子，悠扬而多情。如今小村开发水上旅游项目，昔日鼓声震撼的龙舟，已用来轻悠浆划娱乐游人。那城市里来的女子，轻语朗笑，桨声欸乃。

有水的地方多温情。埭美像一缕缕温馨的丝绸，为你裁剪出眸子里闪耀的美丽，让你在红砖的世界里体悟悠久的闽南风情。那些古老的日子，那些遮雨挡风的燕尾小巷幽仄深远，好像已把历史的诗卷和前人的足音静静地收拢、保存，等的就是你静下心来的细品和遐想。

无言的木棉庵

木棉庵，324国道缓缓地从它眼前滑过，呼啸而过的滚滚车流往往过于熟悉它呆板的外观存在，虽说庵的前面筑有一亭，但匆匆的旅人也仍是舍不得停下来或是有走近它的冲动。我是在一个初春的傍晚，扣开了这木棉庵的门扉的。虽正值春雷沉闷时节，但南国的天籁永远流行着退不尽的绿籍和盎然的生机，亭子边有一硕大的榕树，树荫蔽天，夕阳透过密密匝匝枝丫而漏进的余晖直刺我的眼，而亭子的背景则完全衬托在一片相思和杨梅的翠屏绿意中。

我已数次来过木棉庵了，不是来烧香许愿，虽说这里的签很灵。我很大的程度是来看居于亭后的一段饱浸着历史磨合而留下的石碑，其中就有一截出自抗倭名将俞大猷落笔遒劲的遗墨“宋郑虎臣诛贾似道于此”。然而正是站在这段饱浸着血渍和哀厌，愁鸣和哭泣一直在延续的残碑前，似乎围绕石碑故事而展开的两个主人公一直要打破眼前的寂静，这也使我的心口在隐约地作痛。

时光定格于1278年的八月，炎炎骄阳，烤着这片土质偏酸，红壤广袤，适合种植柑橘、甘蔗的土地，只见红尘滚滚远处走来一队行押的官兵和几副被掀去轿盖的破败抬轿，为首的行押官人会稽尉郑虎臣骑一枣红马，挥舞藤鞭，对着轿内的被贬循州贾似道不停地吆喝着。贾似道，最高官阶为朝廷的右丞相，在率兵抵御元兵南犯时，一心抱着求和的希冀，因而未曾发兵，便鸣锣收兵，后十万大军毁于一溃，自己则诚惶诚恐地爬上一叶小舟，倒是相当顺利地抵达京城，但接下来的事却不那么顺利了，当他颤巍巍地伏在金銮殿叩首求饶时，虽免于一死，但太后为了严肃朝纲，仍赐给了他一个远征南蛮的机会。这也是曾经飞扬跋扈“取宫人娼尼有美色者为妾，日淫乐其中”的贾似道走在这条荆棘丛生的红壤小道上的真正原因，他从建宁出发时昔日骄奢淫逸的右丞相贾似道尚有侍数十人，然而历经千里奔波和会稽尉不断寻机的凌辱讥讽，因此除了有血缘关系的儿子尚在身边外，过惯了灯红酒绿的奢侈生活的红粉佳人们是不可能随迁至瘴气肆虐的南蛮，大都瞅个机会另寻安身之处了，此时身上系着免死牌的贾似道到了一旦走出了漳州府外送客止步的五里亭，他或许已经感到了某种杀机的存在。而恰恰在此时，相当于如今刑警队长一职的郑虎臣也正在充分酝酿久藏在心中的计谋，而这种动机却始发于他父亲郑埙曾被贾陷害并流配，因此他在自告奋勇要了担任解押任务的同时，也已经在不断的讥辱中，找到了最终了结恩怨的办法。此时木棉庵前硕大的榕荫成全了郑虎臣，当骄阳下暴晒多时的贾似道乞求在这片浓荫下歇息时，郑也瞅准了贾在摘下圣旨如厕的一瞬间，以平时练就的功夫，一刀便使恩怨终结。

在透过浓荫的隙阳的躁动下，一摊污秽的血渍也把这个横亘于树荫下一动也不动的人体永远定位在了奸人的格式中，而举刀于平衡私愤的押解官人，后人则在这浓荫密匝的地方修建了一座亭，而后还远不够表达对南宋没落君王的忠义，又在这个污血四溅的地方竖了几块碑。贾似道，是永远翻不了身了，他除了在背了个临阵脱逃、指挥不力的罪名外，他还是一个贪财好色之徒。传说他在位时，得知兵部尚书余介生前有一价值不菲的玉带，但已随葬，便“下令发其棺而取之”。可见他为了敛财物连死人也不放过。但是，不管贾似道对权对物如何的巧取豪夺，生活如何的荒淫骄奢，以及贻误战机，临阵脱逃又是如何罪不可赦，我们都可暂且不去谈它，而单就木棉庵是否有某种意义上存在的必要，并经得住历史与现实的拷问来展开讨论。在此仅凭借贾的性命是否该结束来论断是不可靠的，还应该从郑虎臣举刀一挥的动机和实施后的行为来具体分析。应该说郑杀贾肯定是超越了职权，置朝廷的指令于不顾，其次又是一种典型的“公”仇私报。依照当代“法治”的目光来看，这种残杀将使罩在郑头上的光环逊色不少。可正当我在为郑的定性举棋不定时，这时我竟在偶然的机会里从明代卢熊《苏州府志》等一些史籍中零碎地得知了复仇后的“刑警队长”的若干行踪，当郑虎臣收拾完从贾似道身上掠夺来的金银细软，跨上枣红马马不停蹄地逃回苏州老家时，已不再是一个昔日靠俸禄苦苦支撑穷警察了，当元人夺取了大半江山后，按捺不住暴富心态的郑虎臣开始了大批地购置土地和修建豪宅，此时郑便成了苏州府里无人不知的“郑半州”了，他不仅纳妾收婢还“四时饮馔、各有名品”，快活得像个神仙。而此时的郑虎臣恰恰以自己露骨表现抹杀了怒杀时讹传的为民请命、豪气干云的定性，最终也把他的举动钉在了贪婪与暴虐的柱子上。

因此说纸醉金迷的郑虎臣也许做梦也不会想到几千里远外的木棉庵前，当地的善良村民正在筹款修筑一座围绕他而展开的纪念工程，而恰恰是这种带有评断功能的建筑物的存在，又将在被掩饰的实情上披上一层面纱。时至今日，木棉庵依旧，木棉亭依旧，亭前那硕大的浓荫依旧。

我选择静默地离开了木棉庵，当我回首一眼跟我一样保持静默的木棉庵时，此时我发现那扇叩开的门扉活像哑口无言而张开的嘴……

珠石坂里品禅联

这样的山在植被茂密满眼都是郁郁葱葱的闽南山区并不出众。这样的庙在逢名岩便大兴土木，遇灵水就矗柱横梁的时下也不显起眼。但对我而言，这样的山，这样的庙会因一幅历经岁月洗礼而完整保留下来的宋代石刻对联而熠熠生辉，光彩夺目。这就是位于长泰坂里的珠石岩。

我们一行文友是应坂里乡政府和新春村的邀请来此采风的，这次采风先去了一个叫新春的闽南村落，和周围的村子相比，新春是个剪不断历史感的典型村落。村子的各处不经意地散落着年代不同的建筑、石构件。村子的北坡能掘出商代石锛、网纹陶片；清代的大夫第、崇本堂也基本完整地保留下来；其中民国时期的建筑较多，这也和村民在清晚期大量移居印度尼西亚并经商成功有关。因为有了这样一个历史铺垫或是渲染，当看到一座山庙是建筑在一个与诗词、绘画、石构特别亲近的宋代时，我一点都不稀奇。

在登上珠石峰的山路上，一个文友加藏友的采风作家眼尖地从裸出泥土里淘出了一块闪着沉静青光的龙泉残片。观感和质感都毫不掩饰这只是一个清后期的生活用瓷，在一个远离村庄的茂林小道上，一个蛰伏了百余年的龙泉残片似乎在精心破茧，有备而来。是来报信还是来努力找人诉说一个与陶瓷有关的传说。

这是一个与这所山庙有关的传说。八百多年前的珠石峰，山清水秀，生活在此山中的村民历代以烧陶制瓷为生。一少年在炎炎夏日挑着一对陶缸正行进在珠石茂林山路上，口渴时前方不远处有一泓泉水，于是急忙放下担子跑了过去，挑担没放平，沿着山坡滚了下去，陶缸在滚动中与山石碰撞发出的清脆撕裂声回荡在空旷的山谷。少年沮丧地待在山脊往下望，想了半天只好无奈地回走。这时一个清晰的声音划过寂静的山林："凡事不要灰心，不要放弃希望，干吗不下山看看结果呢"。灵光消失，山林香气扑鼻 。观世音菩萨的一番指点让这个少年冲下山去。躺在山脚下的一对陶缸只破碎了一只，另一只却完好无损，更天意的是陶缸滚落的地方不远处就有一户人家刚好要出门买陶缸腌咸菜，对这只天降祥缸备感如意，于是愿意用两倍的价钱买了这只如意缸。少年后来意气风发，事业有成。感念观世音菩萨的点化，便出资筑刻了石室观世音。

故事的结局如此美丽，冲着这样充满幸福、吉利的传说，我们更加快了脚步。一个坐山面野的观世音洞窟便出现在眼前。洞窟的观世音是现代石刻件，来此许愿而满载收获的村民不仅把鲜花、果品供奉其前，还为灵验的观世音菩萨层叠披上漳绣披风。充当这次采风导游的是县旅游局的叶小秋副局长，她也是文学中人，短发正装，说话办事干练得体。很具当下女干部的要素。对我们这帮笔锋各趣、涉猎有别的文友还是多有关照。她笑着对我们说此庙妙就妙在此联中。这是一联撰刻在花岗岩石室左右两侧的阴文石刻联，尽管岁月洗礼，铅华磨砺，但联文的边沿还能清楚看到工匠精心饰雕螭龙花纹。且书写者当年用笔恒实，力透纸背。还是让这幅迎风雨，顶日晒将近八百年的联文清楚的辨识出来。"珠堪御灾可宝也，石似能言有应焉，"横批只有二字"有扉"。

很显然，上下联子的头一字合起来便是我们站的山"珠石"二字。是因为先有联子，后人以此联命名此山，还是书联者有意将山名镶嵌其中便不得而知了。

上下联的文字表达已经摆明此山庙的灵验和法力。但我还是把注意力放在了这副联子的横枇上。妙就妙在横幅上，字面简约不简单。两字横批不多见，言简意赅。透过联子我在努力猜测这不肯多写的书联人。是一个还愿而来的款款书生，在一场如意的应试后，焚香沐手之余发出的一声感喟 。还是一远离尘嚣的高僧，在闭关数十日后，备感一脉清新，一扫往日若有所思 ，径直研墨一气提笔呵成。

我想无论对于意气风发者，还是对于遁入空门者，只要心有大成，胸怀敬意 ，你所踏出的每一步一定步步扎实，你所推开的每一扇一定处处有扉。

土楼的土

有一种特质的土，它最具凝聚性和本质性。也正因为有它的夯实和质朴，也才成就了闽南山水间的土楼。这样古拙夯土的出现不是偶然，它必然与和夯土一样团结和实在的客家人有关。

一千多年前，中原先民为躲避战乱经过长距离迁徙，来到这物种丰富，远离战火的闽粤赣三省交界处。可能是因为他们走累了，也可能是他们经过多番比较，认为这是一块能够安稳落脚过日子的福地，于是他们放下了行囊，圈地而居，犁地为田了。为区别于当地原居民，他们自称“客家人”。在其后千余年的生产劳动发展过程中，他们分居八闽山间，不同的生活模式和思维方式也造就了他们氛围各异的“客家文化”，这种文化也包括建筑文化。土楼也就成了客家文化的又一典型象征。

和培田的客家人的思路不同，培田的建筑式样是开放型的“九厅十八井”格局，讲究的是大方和阔气，而闽南山区的圆楼大都由二三圈组成，由内到外，环环相套，它注重的是一种团结和严谨。土楼外圈高十余米，一般高为三至四层，有一二百个房间。一层是灶间和餐房，二层是存放粮食和农具的仓房，三四层是卧室。内圈两层，有三十至五十个房间，一般是客房。中心是祖堂，供奉着祖先的牌位，是祭祀、议事、集会的场所。客家土楼依山势傍溪而建，站在土楼的最高处往下望，溪水很有可能只见源头，然后会消失在一片葱郁的竹林或田垄阡陌之间。客家人是讲究风水的，他们把这种源源不绝的来水视为经济的丰裕之源，所以是忌讳水的浩浩荡荡一路而去的。熠黑的土墙与扶影的竹林相映成趣，粗犷宏伟的土楼，在群山的突兀下，犹如一幅饱蘸历史沧桑的壮阔画卷，美不胜收。

土楼的墙，一定是坚实的。闽南的山区基本上是远离战火硝烟的，但只有一次让土楼受了惊。那就是清末时兵败如山倒的“长毛反”（据说是太平天国的残部）一路的逃亡，他们的一支逃进了南蛮的八闽山间。在闽南的山区，他们对土楼和土楼内的客家人发生了兴趣，这种兴趣的最大恶果，就是又饥又饿的“长毛反”死死地围困住土楼几个月。他们切断了水源，但他们错了，土楼内有永不干涸的水井。于是他们采用火攻，但他们也错了，土楼是不怕烧的，因为土楼以生土为主要建筑材料，掺上细砂、石灰、糯米饭、红糖、竹片、木条，经反复揉搓、舂压，再用“大墙板”夯筑成厚厚的楼墙。土块遇火是要变成熟砖的，变得更坚不可摧了。

在这场和“长毛反”的较量中，土楼人家的客家人不急不躁，外面是乱箭齐发，叫骂声不绝于耳。土楼内是鸡犬之声相闻，晨晚炊烟照常缭绕。“长毛反”等不及了，用火烧土楼的大门，客家人利用早已设置的槽渠放水熄火；“长毛反”砍来长长的杉木撞击木门，客家人用早已备好的石敢和条石死死顶住。“长毛反”只得无可奈何地退却。

在这场较量中，与其说是土楼夯实坚固与外来肆虐的较量，不如说胆大心细，临危不惧的客家人与凶神恶煞“长毛反”的一场心智耐力的较量。因为有这样夯土般不言放弃的山民存在，也才有这样气势恢宏的土楼诞生。两者相得益彰而相互印证，这出“长毛反”在客家土地上气急败坏的闹剧充其量只是这种互证的一个旁补。

土本是散的，揉碎了它就是土料沙砾；用水和了，它能揉能黏的；用火烧了，它坚若硬石。而所有的形式中，只有用夯才最体现土的本质特性。它素面朝天的裸露，它不惧风雨的傲立。这种因为实在，因为本质，因为凝聚才获得的成功，何止是土楼的土所散发出的思考。因为有了积砾成城的土楼的土，才造就了固实夯厚的土楼的楼，所以我们今天才很容易为“夯实”这个词意找个最好的注解。

陈珦和他的松洲书院

九龙江北溪在进入漳州平原时，有意无意间放慢了步履匆匆的脚步。在这两岸遍植香蕉、龙眼的绿波林海中，因为一幢燕尾飞檐，前后两落的建筑而书香四溢。因为这样的慕名，曾经多次来过松洲书院这个位于漳州芗城区松洲村其貌不扬的庭院。在这个只剩残垣断壁石兽柱基的遗址前，会禁不住的感喟岁月的沧桑，世事凡物的无常。

漳州在全国可能会轻易地数上几个第一，圆山脚下芬芳清郁的水仙，东山海滨发散着灵光的硅砂……但这些物质力对漳州的偏颇，却无法阻止文明进化的机缘再次垂青于闽南人民。松洲书院却因是全国第一家官办书院的历史错爱而载入史册。而这种文化优良基因承传却与一位地域的先拓者有关，与一位有文化情怀的漳州刺史有关，与一位有武士血脉的将领有关。他就是开漳圣王陈元光之子——陈珦。

唐景龙二年（708 年），刚刚开拓完荒蛮之地不久的龙溪县令席宏，一直在思考一件让他困惑许久的事，那就是在大力推广中原先进农业经验的同时，也必须着手开创柬野植良的文明风尚。书院一直是他认为最好的场所。他给远在长安的漳州刺史陈元光的儿子，主管教育的州文学陈珦修书一封，信中内容大意为“吉莆归而万邦为宪，太丘处而四境无盗。为导民于礼乐，无混迹于渔樵。且十室必有忠信，而海滨世无仕进者，实无教之尤，非生姿之愧。盖鹿鸣不闻清音，龙门焉敢高仰！望唯开其茅塞，勿托疾以薪忧”。作为县令的席宏还是有些胆识和远见的，他没有许以重金，而是采用诉苦和请求的口吻，用摆事实讲实情的方式得到了在京城过安逸生活的陈珦的响应。当然陈珦在做出这一决断时一定想到了自己的所学之长，一定想到远在异乡的年迈的父亲。于是学富五车的陈珦来了，来到了一个让他兴学驻教的地域，来到了注定把他载入史册的地方。

陈珦是从漳州走出的第一个学子，在大唐万岁通天元年（696 年），年轻意气的陈珦举明经，授职翰林承旨直学士。明科是当时仅次于进士的科举考试，这一年他 16 岁。这个出生在中原河洛固始地区的青年人，行走在十里大道的长安城里脚步轻盈，丝带飘逸。而 12 年后他在收到来自南蛮之地漳州席宏的一封书信后，便找了个“疏乞归养”借口悄悄地回到了随父出征、少年成长的地方，但这回他多了一份责任，多了一份牵挂。他想把长安城里的学脉与书香带进漳州。他想办一个属于他也属于这个新兴南闽的书院。

书院的创办显然并非想象中的顺利，陈珦在走遍芗江两岸之际，一直在寻找一处站在高处能望到浩浩江水，又能与州府之地保持一定距离的平坡开阔之地。当他来到浦南的松洲保时，他驻足停步了。这是一个临水面山一马平川的沃土良田。他喃喃自语，此地定是一块能思考治学之地，又能放马驰骋之野，同时也是一块极佳的风水之穴。

在陈珦的主持督办下，书院的工程建设有条不紊地进行，经费有了保证，教职人员也有了着落。书院设经学博士 1 人，助教 1 人。各地州县对书院这一新鲜事物也寄予重望。各地精心选派良家子弟共计 48 人。学子年纪在 14 到 24 岁之间，即使书院的主持陈珦其年岁也在 30 之下。于是松州保便出现了一个年轻旺盛的校园，一个充满意气风发的书院，一个能产生思绪和情愫的场所。这时的漳州府外数十里之处充斥着狂放的思辩，乡里郊外响荡起任侠长啸。这是思想交融的结果，这是文明之风扫过的必然风化。因为有了这场一千二百年前的文化际遇，所以松洲有幸，所以漳州有幸。

然而这样情形很快有了变化，唐景云二年（711 年）陈元光战殁。这个突如其来的变故，打乱了陈珦素日诗书的生活，形势把他推向政治军事的舞台，这种角色的转化来得太突然，一介书生在此暂别书院，袭父职成了漳州刺史。他统兵，他撰奏。在他的指挥下，他征战平蛮屯兵开荒。在他的治理下，漳州大地物华天宝出现了难得的景平之势。纵使繁杂的军政事务让他踱出书房，面对时起的狼烟也只能一脸无奈。因为身为一介书生的陈珦，其内心始终牵挂着他一手创办的书院。等到陈珦重归书院，已是开元二十一年（733 年）的事了。那年他已 57 岁。留给他的时间已经不多了，经历过繁文缛节的官吏生活和挥军纵马人间经历的陈珦，此时对书院的教育体系有了更深层次的理解和思考，在他的执教过程中，他已经把崇武尚德与行文治天下有效地结合起来了。这是对尚有狼烟时起的闽南的一种教育应变。在他的人才观里，战时能秣马厉兵，闲来会赏月论道同等重要。这也是中原先人首先要适应南蛮之地的必然选择，因为战争与纷扰从他进入这块土地的那刻起就没有停止过。因此在他手上创办的这个中国土地上的第一个官办书院便赋予了更与众不同的使命。从松洲书院走出的学子，不但要有严谨的治学态度，同时也要有强壮的体魄，坚韧的性格。从一介书生到能文亦能武的转变，靠的就是这个貌不起眼的书院。这不禁让我们想起时下常常提及的教学改革和素质教育。在当下的父母眼里，每个家长都有自己的教育观和成才理念。纵横交错的归集与焦点无非是“名校”与“民校”的纠结，或是“重点”与“实验”的痛苦抉择。过多的在乎肤浅表象的得失，结果失去了对大是大非的关注，忽视了“茁壮成长”这种简单字眼的博大内涵。对一群从未体验过集体郊游，不敢上稍有危险的体育项目的孩子而言。他们很容易失去血性和担当，更无从谈起其后的“齐家、治国、平天下”。然而这种兼容并包的大视野教学观 ，却早在一千多年前的漳州不仅首倡而且顺畅进行。

走进松洲书院，如同翻阅一部浩瀚的史书，它让我们反思和警醒。

而站在书院这空荡的庭院中，你一定会听到风的声音，这风声一如一千多年前的调，它亘古不变。而当风扫过时，似乎隐约闻到了飘浮在松洲书院上空的墨香，这风如同书院一样积盈着力量。

闽籍册封第一使——潘荣

新华西路是商贾富庶之道，也是文化宗教之街。历史在这百年古街里浓缩和诉说，也遗留了自己清晰独特的烙印，新华西路就是漳州历史街区的“活化石”。旧时中心位置有道署、卫衙、县衙，此外昭忠祠、元妙观、东坂后教堂、天主教堂等中西宗教汇聚于此，崇正学校、西式医院等文明因子也纷至沓来。若能择一高处往此街望去，这里定吟唱着繁华光芒的一路笙歌，这里定沉淀着人杰地灵的一段乡愁。

位于新华西路中段的潘尚书府就是这样的一处充盈着乡愁的结点。潘府为明代南京户部尚书潘荣故居，潘荣（1419~1496年），字尊用，明龙溪县人。永乐十七年(1419年)生于龙溪县十二三都潘田社(今龙海市颜厝镇官田村)。《福建通志》称其“为宦者所讥而所守不变，当世贤大夫也”。

自古以来“人生七十古来稀”，在他77年的人生中经历七任皇帝的更迭，29那年科举“进士”步入官场，在其任内就为五位皇帝效力，著有《历朝统论》一书。潘荣在69岁那年辞京回乡，尚书府得以户部尚书官衔归里所建，通向其住宅的巷道就叫作尚书巷，后来尚书府竟成了东铺街的一个代名词。

潘荣载入史册成为东铺街上恒久的绝唱，并不是因为官拜户部尚书的这一荣耀，而是在他正当壮年之际被钦命琉球国正使，并打破了朝廷从不任用闽籍官员出使琉球的先例。天顺六年（1462 年）三月，琉球国中山王尚泰久逝世，他的第三王子尚德，派遣陪臣来朝，向朱祁钰皇帝报告父丧，请求按照以往外交惯例，册封尚德继承王位。四月，明朝派遣吏科右给事中潘荣受一品官服，出任琉球国册封正使，行人司行人蔡哲充任副使。册封使节的人选在那个讲究威仪天下的年代更凸显重要，明肖崇业在其《使琉球录》一书中就一语言中："遣人于四方，古人所慎择也，""尝览观汉唐之际，其有事于远人也，必广求可使绝域之人；无非欲其出虑发谋，殚忠毕力，能取重于外夷，以明中国之有人耳。"因而能作为闽人的第一任册封使，潘荣备感荣光。

对于闽籍人士的任用，特别是出使琉球的使节，朝廷从明初就有着不便明了的忌讳，或缘于地域或缘于族亲。因为早在洪武二十五年（1392 年）派出闽人三十六姓到琉球，他们"知书者授大夫、长史，以为贡谢之司；习海者授通事、总管，为指南之备"，琉球国王把他们安置在一处叫久米村的地方居住，称为"唐营"，后因显荣者多，改称"唐荣"。如果使者又是闽人，恐有偏袒或营党之嫌。但任用闽人也有其得天独厚的优势，漳泉自古海上贸易频繁，航海之事，视为寻常。即便选用素质良好的随行人员和熟谙水道的水手、富有操舟经验的掌舵往往也多来自泉州、月港两地之人，这些来自河南后裔随陈政一路从固始起程的六十四姓后代，他们中的一部因为泽海而居成了以海为生的渔民，但头脑里比长居内陆之民多了一根弦，这是血脉里与生俱来的勇气和文化传承。这种传承从商鼎、周钟之始，在唐兵呼啸地从中原而来时就裹挟其中。然而商业文化在当时的中国并不是主流文化，它和其他用以糊口养生的工艺技能一样为士大夫所不屑。但以海营生的居民从与海搏击中，又学到了另一种生存的本领——海上贸易。在为官所允时称为市，在为官者所不允时即称其为乱。在那段脱胎换骨的混乱与无序中，月港商船强有力的梁头构成对王朝秩序的猛烈冲击，无疑是商业文明开始走向蓝海的前奏和序曲。同时也诞生了一批看天象、识星座、能驾驭的航海之人。而明英宗恰好更看重这一点。对于潘荣的自身历练，其实也是水到渠成。他曾于天顺四年(1460年)九月作为副使身份前往蜀国册封蜀王，对使节工作有一定的经验。职场上对潘荣为人多有“宽宏平易，淡于禄利，在吏科十几年为巧宦者讥，而所守不变”或“与人交，洞见底里，不言人过”的赞吁。

其实让明英宗后来为此而备感自豪的想来还有另一个原因，现在想来或有些牵强，但对于逢大旱便设坛求雨，遇大灾便筑台祭拜的圣王而言，敬畏神明的潜意识让他更关乎起人相与运途这类似有似无的神秘关系。那是一个秋风飒爽的傍晚(1462年)，宫内正举行庆功宴席，一阵凉风袭来撩起了潘荣宽敞的官服衣袖，一旁酒意微醺的英宗看到潘荣手臂上的疤痕，笑问其故，潘荣如实禀报：儿时的端午节，母亲带他回龙溪马洲娘家，白天看九龙江上划龙舟，晚上到建在江边的寺庙拜水仙尊王。在拥挤的人群中小潘荣一脚踩空落进九龙江中，落水时袖口幸好挂在一竹排上，才没被冲走，但右手却被竹杈划了一大口子，母亲忙把香炉里的香灰敷在受伤的手臂上。得救后的小潘荣指着水仙尊王神像对众人说：就是这个老爷爷把我托出水，我才没让水冲走！人们一听都说：“水仙王显灵啦！是水仙王救了潘荣。”回忆完往事的潘荣感喟地对英宗说“如果没有马洲水仙王，愚臣就没能有今日亲睹万岁德广亨屯，量弘拯济，威仪天下之盛景。”言者无心，听者有意，英宗闻后大喜，他看着眼前的这位遇水无危，吉人自有天助之人，便更加坚信自己用人与决断。

无论是决策者英宗或是已经领命的潘荣其实内心都非常清楚，在当时诸多的外因都指向渡海册封一事并非轻易之举。当时的东海海氛未靖，倭寇与海盗掠杀频繁，当然如有海师护航，此事尚可妥稳，可如遇台风旋风，更惧恐有罹难之险；另则盛传钓鱼岛海域海鲸出没，大可逐翻帆船，月港、泉州等地渔民多有船覆人亡之报。因而为安全起见，明王朝对使臣渡海出国者曾作种种近乎严苛的要求：一定要在福建设厂造船并由福建按察司府佐督造；封舟若启航，地方军政当局应派水师乘鸟船护送出海，过猴屿至白洋才得辞归；出征前需设祭坛祈报海神等。这些事无巨细的烦琐程序还包括了船上要备耕具以遇海难时谋生，备棺供使臣万一之需，还要考量恤役、压钞、易货、分利的种种细节。总之朝廷视出使琉球之事为当时第一要务，并借此达到明王朝施恩四海、威震外夷的功效。

从定下人事、开启造船到封舟建毕下水试航，差不多整整用了两年。不能再拖了，因为七八月就是闽台海域台风最为频繁的时节。因此，天顺七年 (1463 年) 六月潘荣在马尾港祭坛祈报海神之后便率领近四百人的使团解缆启航了。一路顺风顺水，潘荣在过猴屿时就告诫司舵，船到钓鱼屿（岛）时应稍作停息，因为他知道过了钓鱼屿（岛）再驶不久便是姑米山，姑米山是明硫两国的交界处，一过姑米山琉球边防官员即远望封船便举火闻之马齿山，马齿山的哨所闻之亦用同样方式告知中山观察哨，届时就算正式出境了。

此次封舟渡海异常顺利，经过七昼夜终于抵达琉球。除了由于前期工作的就绪与通畅，也得益这支使团良好的军政素质。潘荣精选来自漳泉沿海的航海人员和工匠，他们心通、言通，真正做到同心同德、同舟共济。当然潘荣把这样的顺风顺水归功于水仙尊王的一路庇护。并不是每个册封使都能有潘荣的幸运，在他出使过后的二百年，同样的册封使杜三策回国后给朝廷的书面报告《使琉球疏》中，详细记录了他那次奉使册封的全部过程。特别是记录归航遇飓风生死悬于一线的情景：

“十一二日飓风又作，缆肚绳连断五次，无所以系舟，又恐下击碎船尾，事不可救。舵工郭芳料理舵事，被舵一侧，脑浆迸出，坠海而死。舵工柯镇又伤一肢，人遂无敢近舵者。东西南北，随浪漂转。尔时大风簸海，海浪拍天，蓬舟忽蘸于水中，海水忽涌于船上。一船之人，魂惊魄战，面色如灰。哭者叫者，呼天者，呼父母者，号天妃者，号佛者，号救苦救难观世音者，甚有用锥刺指，写血书丐命于海神者。”

抵达琉球后的潘荣在遵先例谕祭故王尚泰久，后册封王子尚德为中山王，并赠英宗皇帝御赐的玉带、蟒衣、极品服色等物件。尚德是泰久王的第三子，年纪尚轻，但“资质敏捷，才利过人；知谋自用，不纳贤谏；巧言饰非，擅杀良民”。因此，潘荣在与他多次会见中，反复宣传“天朝的威德”。并按诏书褒奖尚德王“性资仁厚，国众归心”，循循善诱，希望他广开言路、省刑薄敛、礼治邦国。

同年八月，在等候季风返国期间，潘荣应琉球国大夫程均、文达的邀请，抵文达居处东边的八景览胜，并留心收集琉球各方面国情。面对琉球优美的自然风光，潘荣借景抒情，撰文《中山八景记》，以景喻物，旁敲侧击，借以启迪琉球国君臣，希望琉球国上下都能做明君贤臣，礼乐安邦。十月，潘荣辞归，尚德王遣王察都、长史梁宾、都通事蔡齐、存留通事梁应等，另备船随天使赴京谢恩。

据琉球史料记载，天顺八年至成化四年（1468 年），琉球国先后多次遣使入闽赴京“谢恩事”“进贡事”“学造历法”。潘荣的琉球之行，静得优雅，动得从容，行得洒脱。在张弛有度外事活动中，尽显我大明国使臣礼仪、威武、才情的一面。也通过其个人的影响力，更进一步密切中琉两国的关系。

完成使命后于十月回朝，以出使有功擢升户部右侍郎，后升至南京户部尚书。弘治元年 (1488 年) 潘荣上书要求告老还乡，孝宗皇帝恩准并赐“月廪岁夫如制九年”（九年内照发薪米和用人费），辞京回乡后的潘荣选了漳州城商贾繁盛之地的东铺街新建府第。东铺街通往府第的巷叫尚书巷，相邻的巷叫给事巷，皆以他的官阶来称呼，时间一久便再无它呼了。潘荣的出生地官田社原名潘田，因为出了潘荣这样的大官几乎无异议地改名官田了。归乡闲居的潘荣最喜之事，还是回到儿时之地观看划龙舟。据说高兴之余，他还把皇帝赐给他的“黑地白月旗”和“乌龙白日旗”分别赐给马洲村和官田社。

现在马洲村民在水仙尊王庙的广场矗立起一尊高大的潘荣花岗岩雕像，潘荣像身着一品官服手握书卷，从容地凝视着缓缓流淌的九龙江。

每年的端午前后，九龙江水域上依旧锣鼓喧天、鞭炮齐鸣，一年一度的龙舟竞渡依旧精彩引人。同样的端午节，同样的九龙江，我猜测着：七百多年前，一位被马洲乡民们簇拥着观赛龙舟却沉默不语的老人，他到底在想什么，在呐喊喧嚣、鞭炮震耳的龙舟竞渡中，他除了读懂宦海沉浮，透过泪水模糊的双眼，他一定依稀又看到了当年封舟抵达琉球时那高樯重桅、旌旗猎猎的威仪场景……

林语堂在漳州的三个不眠之夜

大师语堂坐上海轮驶离厦门港，望着渐渐远去的鼓浪屿。它越来越小，越来越模糊，直至消失在茫茫海平面上。从此他踏上了去往圣约翰大学的漫漫求学路，他回漳州古城或是返回乡下坂仔的次数其实就已经屈指可数了。每一次回到故里，都是一次难于忘怀的人生经历。有太多的话要讲，又有太多困惑要解。每次回乡之夜都能让他彻夜未眠……

如果那是一夜的无眠，那肯定与亲情有关，与南靖山城有关。那次语堂从边荆江的码头踏上了这个江边小镇，他去的南靖山城还没有正式的街道命名，因为南靖县城的第一条街道是到了民国十四年，才由省议员黄王谟、商会李钟声、刘金声合议成立山城市区会，改建了城区才命名了中山路、民生路等。因此那次从厦门急匆匆返回坂仔的语堂提前在山城的小码头下了乌篷船，他和二姐在年前就约定了这次注定要记入历史的见面，于他有一种替姐上学的使命情怀，与其说他是来看望二姐美宫，不如说他是来复命的。他把从上海城隍庙前买的一大包奶油味五香豆分了两部分，多的那一半他想留给二姐。

林语堂二姐美宫嫁到如今县城中山路附近的教友家中。这次出嫁纯属偶然。林语堂在寻源书院读书时，二姐就在鼓浪屿读毓德女中。二姐后来考到福州念大学。由于家庭经济困难，父亲借钱给林语堂到上海念书，只得把二姐许配给山城的教友。后来，林语堂在一篇自叙的文章里谈到，二姐出嫁那天，语堂同船送姐姐出嫁，顺路到厦门读书。到了二姐婆家，二姐给林语堂四角钱说："我因为是女的，所以没有这种福气，你要立定决心，做个好人，做个有用的人，好好地用功读书，因为你必得成名。你从上海回家时，再来看我。"一想到二姐塞在他手里的四角钱，他的眼泪在眼眶里直打转。语堂记住了二姐的话，所以这年暑假返回坂仔时无论如何都得在南靖停船靠岸去看望了二姐的。在多年后林语堂自己的回忆录中他是这样写的"美宫对他在大学的生活及读些什么书问个不停"，在所有与美宫有关的回忆文章中，就这一句表述中的"问个不停"，说出了那晚姐弟俩夜谈的深入，那一定是个秉烛夜谈的无眠夜。这是女方家小舅子的第一次探访，对于这个穿长衫且来自繁华之地上海滩的客人，男主人也不好上前打断话题，尽管美宫刚怀上身孕不久。虽然没有更多的资料辅证那夜的话题内容，但从那句话中一定读到了二姐美宫两眼迷离的无奈。谈话何时结束无人知晓，但回到客房的语堂，满脑子尽是那一夜的话题，他谈了大学里所有美宫感兴趣的事物，也谈了大上海所有的新奇的见闻，从十六铺靠岸后看到的汇中饭店到圣约翰大学校园的法国梧桐……每一个有关大学生活的话题都是对二姐的伤害，语堂还能睡得下吗。谁知到了秋天，二姐却患了鼠疫去世，腹中还有 7 个月的孩子。这使林语堂悲痛不已。他曾无数次地对着廖翠凤和三个女儿说过："我青年时所流的眼泪，多是为她流的。"林语堂的二女儿在《林家次女》回忆录中写道：以后，无论什么时候，无论他是什么年龄，一提到二姐给他的四角钱，他都不免掉眼泪。

第二次的无眠确定与失恋有关，也与坂仔有关。那次的回乡，语堂是回来疗伤的。因为一场刻骨铭心的爱，也因为这场爱而无果的恋情还带来了另一场他毫无防备的婚介。在他满脑空白地走出陈家的那扇雕花铁门时，陈天恩医师的话言犹在耳。他在踉踉跄跄中回到了坂仔，扑在了母亲怀里。他这时的角色就是失意回家的孩子。在这样重大挫折降临的时候，无助的孩子最能释放自己疼楚的就是再回一次母亲的怀抱。即使到了夜深人静，不放心的母亲还是提着灯笼过来了几次，在母亲的拥抱与后背拍打中，语堂才慢慢地道出了与陈锦端的失恋实情和陈家婉转介绍隔壁廖家女儿的意外之事。林语堂的母亲识字不多，但可以读懂闽南语拼音的《圣经》，但她的针线篮里却有着一本英文版的妇女画报杂志，她用它来夹住绣花线，也用它来了解外面的世界。她知道，世上的路不止一条，当一扇门被关上时，上帝一定会为你打开另一扇窗。而廖家她确信一定就是那扇稍开了一条缝隙的窗。

当天色刚泛鱼肚白时，一夜未眠的林语堂走出了那间教堂边的小屋，他从天色渐亮的晨曦中已经知道了他应该走过去的方向。

第三次的无眠一定和婚庆有关，也与家乡的“东坂后”有关。那时的老漳州人口中的“东坂后”矗立着一座尖顶教堂。从陆安西路的“圆圈”一眼就能看见教堂那白色的尖顶。

在这几乎是古城内最高、最西化的恢宏建筑，这座钢筋混凝土的西式建筑，凭借着这样的气势，每逢与漳州有关的重大活动好像都离不开它的参与。难怪一见到它，总会令人有着无限的联想。首先想到了当年震撼中外的“福建事变”。漳州作为龙汀省首府，而龙汀省政府就设在这幢东坂后礼拜堂。林语堂大学毕业后不久，父亲林至诚返城回到了漳州，东坂后礼拜堂是他不可不来之地，或参训，或布道。而这幢见证过无数爱情的西式教堂，注定了要在1919年的某个幸福的日子，见证日后成为文学大师的林语堂的幸福，那夜的语堂就住在离教堂不远的民房里。而在此前的几天，作为父亲的林至诚一想到儿子和乐要结婚，又要出洋到赫赫有名的哈佛大学读书，他的多年梦想就要实现时，心花怒放的林牧师大声地吩咐：“新娘的花轿要大顶的，新娘子是胖胖的哟！”

那幸福的漳州一夜，注定就是无眠，因为这个婚姻来得有些迟到，但这个迟到的婚姻却也最为坚守也最为精彩。

大师的每一次的回乡，总会留下些不一般的传说。而每一次的传说里又总会演绎些彻夜不眠的情节。正是这样的一些看似与闲常无异的细节或琐碎，才把大师与这平和并随遇而安的古城牵连起来，这是个貌似闲散却内心执着的古城，从这样的古城里走出的大师一路走来，不紧不慢、从容恬淡……

抗战中漳州的一天

从全民抗战的那天算起，这已经是第三个年头了。这年的 7 月虽然进入了夏季，但比起往年好像倒没那么酷热难耐。

蔡丛禧从文川里挑着一担豆干面份和炸五香、肉箭，向旧桥的方向走去，他走得很惬意，因为日本的飞机已经有十几天没来漳州城的上空飞来飞去了。他每天都要挑一担豆干面份沿着南太武庙边石径先往八卦楼的方向走去。刚到可园，他就碰上了厝边开保寿堂药店的跛脚阿根。阿根一定刚从龙眼营的顺得昌客栈里吃鸦片回来，他老远就叫开啦：“丛禧叔，你咋早啊。”丛禧叔在文川里这带人缘很好。他和各种人客都讲得上话。“等候有闲，过来呷。”丛禧叔边挑边走边回应。这时候大概是早上的 9 点钟没到，按照丛禧叔的规律他这时候应该在家中备料，要到下午 1 点钟左右才挑担到旧桥头。那个时候到旧桥刚好碰上讲古场开讲。“阔嘴”仔是旧桥这带的讲古师，他讲的三侠五义最受欢迎。挑担的、卖货的和本地无事闲人都会来这听讲古。丛禧叔的豆干面份一般在下午三四点都会卖完。要是料不够，他会交代拖板车的回去叫他大儿子如渊多送些备料过来。

因为听说日本的飞机今天会再来，大家都不敢开店门，所以丛禧叔今天提早去卖，日本的飞机一般是中午饭后才会来。电船“金再发”号停靠在新桥头。没轰炸时，“金再发”是专门跑石码的，要在过去，它最远还走过厦门。汽笛一响，半个漳州都听得到。“金再发”今天很像是凤霞宫石埕里的缩头乌龟，趴在原处动也不动，不敢驶出码头，紧紧靠在江边的大榕树下。保安团的几个少年家，拿来的黑帆布将船的外围围得密集不露。

就在“阔嘴”仔在旧桥头讲古的时候，新华东的开参行的陈姓也一如往常到他隔壁去“捻八面”。他住的地段自古就是漳州城的好地段，漳州有句俗语叫:“东街金，南街银，西街马屎，北街苍蝇。”陈姓是读书人出身，他当然知道:金与银，指的是东街南街商业发达，地产值钱;城西有兵营，马多，所以马屎就多;城北是甘蔗地，苍蝇四处乱窜。这个小城市的百姓喜欢用“答嘴鼓”韵律，调侃自己的小城。陈姓也相信“小赌怡情”这句古话，所以他也不赴大赌，搏大赌的一般在澄光道的八卦楼一带。和陈姓一起搏的还有乡绅陈智君，他也住在新华东，他们要是不“捻八面”就在智君他家的后花园内泡茶。茶是小盏茶，冲腾所用均是德化盖碗或是宜兴小紫砂。今天陈姓一听日本的飞机还会再来，他就想，还是去智君家较稳，万一日本仔的飞机来，智君他家有一条地道，还可以躲一阵子。他这种担心不是没有道理，前几天臭日本的炸弹在南山寺边的旧桥头还炸了一个大洞，厝边的都跑去看，他也去。回来后饭也吃不下，最后总算吃下了，但还是把饭吐了一地。当时他看到有一个小孩的腿还挂在溪边的大龙眼树上。起初还以为是挂树的风筝，因为撕开的裤管还在风中鼓鼓地飘荡着，直到血水滴到了他哑口张开的嘴。

陈智君和陈姓在后花园反复捻洗茶杯准备泡茶的时候，住在新行街竹竿厝内施荫棠老先生，正在给在永春普法寺内闭关的弘一法师写信。弘一前段时间来过施家，这是施家在漳州城很站起的一件事。每有客人来坐，他讲的第一句总是，“你坐的这位刚好是大师……”。已经78岁的施老在信中执意尊请法师开关后，能否再莅漳弘法。这时门房来通报，国民政府的何参议在大厅待见。施荫棠老先生这时还担任福建第八中学校长、漳州国学专修学校校长的职务。他的书写正在兴头上，头也不回告诉门房“好茶待客，稍候即好”。施荫棠不仅是漳州城内文化权威，政治上他也是老同盟会会员。1911 年 11 月 11 日，施荫棠骑在一匹高大的白马上，腰佩宝刀，他率领石码农民武装 400 余人，乘篷船由浦头港登岸，进驻新行街。一路宣告：“漳州光复了。安民！安民！各行各业，照常营业！”那一幕，既是他个人这辈子最辉煌的记忆，也是这个城市从此告别帝制进入了民国的标志。所以官场上人物来去无数，但省城一旦派的人来漳州上任，必到施家拜访，算是一种礼数。

到晚上，一整天日本的飞机都停在厦门没有起飞，丛禧叔的豆干面份备得太少，只卖了不到三块半；陈智君家的地道今天一整天都没开启；倒是何参议从施家大门走出时，回过身来双手抱拳对着施老连说三声“多谢赐教”。

这年的 7 月，夏天比起往年好像来得都晚，天气真倒没那么酷热难耐。

漳州名人——陈亮

陈亮（陈智君），在老漳州人眼里却是个很有名气的人物，在民间还有他是漳州的“三朝元老”之说法。老漳州人一般称他陈智君。清朝时陈智君是龙溪县商会副会长，漳州光复时是漳州议事会会长，民国时期又是参议院议员、汀漳龙道道尹，国民革命军东路军进占福建省后，还一度任福建省财政厅会办等职。新中国成立后，任漳州市政协常委，担任民革漳州市委第一任主委。

陈亮（1884~1967 年），字智君，祖籍福建省海澄县人，早年入私塾，参加科试进秀才，后入漳州中西学堂。曾留学日本，就读于东京的日本政法大学，1907 年由章太炎介绍加入了同盟会，并参与领导了漳州辛亥光复活动。据文史资料介绍，1911 年武昌起义成功，漳州极为轰动，一批辛亥志士积极活动，发动青年学生开展各种活动，比如剪辫子，反对妇女裹小脚，演文明戏，宣传民主革命道理。11 月 9 日福州光复，消息传来，漳州道台、知府慌了手脚，汀漳龙道台何成浩表示投降，举家连夜逃走，同时挂印只身离漳的还有漳州知府陈嘉言。此时的漳州城其实已经处于权力真空状态。11 月 10 日，在漳州的同盟会会员陈兆龙、朱润卿、宋善庆、林者仁、施荫棠、陈智君、苏眇公等人，在漳州共谋趁机举事。11 月 11 日凌晨，石码农民武装队伍分水陆两路进入漳州。

这天的漳州古城注定要把这历史的一幕载入光荣的史册。位于今延安北路口的汀漳龙道道署前人头攒动，听到消息的漳州市民早早地在道署门口围观，连同门口那哑口大张的两只大石狮也目睹了这一切。道署门外那旗杆高悬的龙旗还无力地耷拉着，漳州辛亥光复会推举出的陈兆龙、陈智君、林者仁、李汉四人在还留有长辫的漳州百姓呐喊声中合力拉下龙旗，随即宣布漳州光复。

拉下龙旗之一的陈智君，那年还不到三十岁，正是血气方刚的年纪。作为漳州城内的富商之一，漳州东门街、新行街等漳州最繁华的地段就有他祖上留下来的数间店面和房产。东门街上的笃诚赐记参茸行就是他经营的。

此后因为他的辛亥革命背景，他当上了汀漳龙道道尹。那时的福建省省长是林森。国民革命军东征胜利时，他还在福建省财政厅任职了两年，当时他的顶头上司是何应钦。这样一个与民国历史人物有密切交往，又有辛亥革命历史背景，沧海沉浮、风云变幻的漳州历史人物，却为我们留下极少的个人资料。公开的资料中仅有一幅他写给友人的书法作品，我曾听一当事人在他去世的前一年，曾以“破四旧指挥部”的人员的身份和陈老接触过。

那时陈亮居住的房间很小，一张大床和一只大橱占去大部分空间，房内显得很逼仄。面对询问他身上有一种东西让我人变得心平气和，或许就是人们所说的气质。他说话的时候脸上居然带着微笑。这种微笑带着岁月的沧桑却又似有似无。他的平静让人相信他回答并无可疑。

那次见面后不到一年的时间，也就是 1967 年便在新华东路上有某一处老宅去世了，享年 83 岁。根据这条线索笔者寻访了当年的邻居，根据他们的回忆，当时他们去的那幢老宅后面还有一条壕沟，几经查证“破四旧”去的地址应是新华东路 178 号（现已旧城改造），而东门街上作为他经营的笃诚赐记参茸行也曾是他众多房产中的其中一处，而在新中国成立初他就把这大片房产转卖了。而这处大宅院才应是他早年真正生活过的地方。

其实从20世纪30年代开始，陈亮就远离了官场，凭借其深厚的国学基础（当年科举时还得了秀才），只在当时的龙溪县担任县志委员会的总编纂。因而新中国成立后他担任民革漳州市委主委，是重要民主人士，属于当时重点统战对象。他的许多地产后来也都出售了。其一一块地产及设施便被当时的财政局收购，后龙溪县分设后交给漳州市财政部门作为办公用地。当时沿街部分立面是欧式浮雕花窗，宽大的店面挑高二层净空，阳光充足透进店内。在店面厝与小姐间之楼是宽阔的内埕，原来内埕的一墙之隔就是元漳州路忠烈守臣迭理弥实的巨大墓碑。而紧挨着小姐楼有一条悠长的小巷——管厝巷。在这条巷里曾住过五四新文化的先驱——许地山。许地山最著名的散文名篇《落花生》曾入选小课语文课本教材。

位于东门街的原笃诚赐记参茸行店门后面有一片大埕。埕内有一座假山，假山上置一凉亭，圆拱形花园入门，院内植一株高大玉兰。在弱柳扶风、翠竹弄影之中有一幢被周边居民称为“小姐楼”的两层精致小楼。据曾在此工作过的退休干部老林回忆，当时常在这里举行各种会议，当年作为刚走上工作岗位的年轻人就在开会时常好奇打量着雅致的会议场所。“小姐楼”前的庭院怪石林立、树影婆娑之地也成了会议最后的合影场所。

后来“小姐楼”被另置为职工宿舍，20世纪90年代拆迁前有人就还曾上了“小姐楼”二楼一探究竟，透过窗户，仍可见当年精美雕刻的老红木硬床和一座镶有玻璃镜的大衣橱，那个大衣橱是两扇开的，衣橱的顶部有镂空雕花呈三角形突出，这种样式不要说在民国时期，就是到了20世纪的90年代中叶也都会有视觉震撼。估计应该是当年陈智君一家曾使用过的仅存的少数高档家具。除此之外，当时办公场所内还可散见镶着大理石面的红酸枝花茶几和清代青花镂空绣凳。估计应是和陈亮同一时代的用品。

叱咤风云降龙旗的英雄早已逝去。如今重新回望这样一个曾风云漳州的历史人物：为商，富甲一方；为学，早年留日海归；为政，历经数次政权更迭。只可惜我们虽尽努力却未能挖掘出更多与之相关的辛亥史料及名人信息。

饭桶与北贡

饭桶可不是桶，他可是月港一个知名人物的绰号。

在20世纪七八十年代的月港，全镇里的人没几人能随口报出公社书记或是派出所所长的姓名，却都能认得饭桶。饭桶这绰号易记也易传，真的没人在乎过他真实姓名。

听说饭桶的母亲新中国成立前是鼓浪屿岛上大户人家的小姐，也不知什么原因新中国成立后竟嫁给了码头边一个世代理发的剃头匠。饭桶在月港却可算得上是个人物。他喜欢在热闹的场子里出现，每次公社在公园召开文艺会演或开批斗会时，趁还没开始，他会跳上会台，先表演几个翻跟头，在一片口哨声和基干民兵的指责谩骂下，一手撑住会台的边沿划出一个漂亮的侧弧形翻身下台。这时他才在全场的哄笑中慢条斯理地整整满是尘土的衣裳，大摇大摆地离开。

他最拿手的把戏是骑一辆快散架的自行车，在冲上一个高坡的同时高亢地大喊一声："统统闪开，"然后放开双手，让自行车箭一般地冲下，此时他的衫衣往往没有扣上，于是在衣襟如旗轻飘逸起的同时更是传来一片尖叫，然而每次他都英雄般地全身而退。他的每一次出现定会引起月港孩童目光的聚焦，于是在他放手飞车的绝技表演后，他的身后一定跟着一帮流着鼻涕、穿着开口破球鞋的镇上孩童。他们呐喊着为饭桶的勇气助威，然后不失时机地要求"饭桶，再来一次，饭桶，再来一次”。饭桶会理所当然地向周边有抽烟的人们讨上两根烟，先把一根夹在耳上，然后点上另一根，待美美地吸上几大口后，口含香烟再纵身飞上自行车，又在一阵吆喝和孩童们的助威声中漂亮地表演了一回。饭桶嗜烟，没有了烟，他就没有了动力。

他在月港临海的一条小巷里开了间理发店，说是店却也言过其实，只不过是一个自制的理发椅外加一个上面挂着斑斑污渍毛巾的盥洗池，墙上挂着一面写有“要文斗、不要武斗”的镜子。这些就是他全部的谋生设施。

其实生计之余饭桶还是有追求的，他对“水查某”（美女）有着不一般的亢奋与热衷。按现在的理解，他还是有正确的审美倾向的。不止一次听小镇居民津津乐道他与“水查某”的传闻：据说有次饭桶用自行车载老母亲去邻近的公社办事，刚出大队部不远，他便远远看到路边一个“水查某”正欲招手拦车去县城，饭桶见状二话不说，当即卸下自己的母亲，载上女客一路驰骋而去……

饭桶除了不停地制造各种让大家兴奋和号叫的笑话外，他还是小镇少年青春期的义务讲解员。趁他一根烟还没抽完时，小镇里的少年会要求他讲个故事，他的故事仅仅局限在男女之间，他会在毫无忌讳的氛围下讲述一个个他年轻时的艳遇经过，内容无非是他被抽调参加厂矿建设在工地里发生的那些情感故事。“后来呢？”少年们不停地问，“后来嘛”，他往往没有后来，他的后来总是开始向周围的人们伸手要烟抽……

小镇里谈起饭桶总笑他是“半疯”，这个结论有点像“一半清醒一半醉”状态，而何时清醒何时醉，就全靠饭桶一人拿捏了。现在想来，在物质匮乏和世俗固执的特定年代，饭桶必须有饭桶的生存逻辑。他嗜烟，他也嗜“水查某”。或许只有当他成为公众人物，并在被虐与自虐的过程中，饭桶才得以他自有生存法则部分满足了他的需求。他不偷，不抢，心地也不坏。派出所即便听到与他有关的消息，也只是苦笑摇头。因此也只有他，可以在人们的围观与哄笑中“顺”手抓起水果摊上的梨并咬上一口，还可以大大方方地与你讨上一根烟，更可以公开地和“水查某”聊上几句话。而所有的这些“恶习”，居然被这个民风淳朴的小镇居民所乐意接受了，而且到了几天不见“饭桶”还真有点“想”的程度。

在没有娱乐的年代，他带给小镇的是轻松更是快乐。

在月港小镇居民的眼里，凡是外地来的就是北仔（北方人），也不问此人来自何方，哪怕来自比闽南更南方的广东也叫北仔。而北贡除了有北方的地理方位外，还兼具体大个高的特征，不是每个北仔都能达到北贡的境界的，小镇里也只有公社食堂才出了一位北贡。

在物质不富裕的年代，小镇里一眼望去人多精瘦，丰腴的女人少，腆着大肚的胖男人更罕见。但北贡却是小镇里人物景观中的特例。他的胖有些挑战我们的认知极限，他胖得走起路来两腿间的肉相互挤压着，那互挨着的肉还不争气地直打战。以致他得小心翼翼地走着路，用并不灵活的双腿支持起快要撑破的肚皮，尽管如此他还一路的气喘吁吁。北贡在小镇的公社里当炊事员兼采买，所以他有一辆改装的三轮自行车。这辆三轮车可帮了他的大忙，他每天乐呵呵地骑着他的专车去食品站凭票采买，这便成了小镇里一道回头率最高的独特风景。看着他胖得辛苦，善良的小镇居民几乎都认同北贡的胖是让食堂的油烟给害的。因为公社食堂的油烟比别的食堂更含油水，长年的烟熏火燎导致了北贡如今的现状。因为在闽南一直流传着这样一句话“三日无火烟，也未饿死伙头君（伙夫）”，其实现在我大约知道了其中的隐意，但在当时小镇里的人就简单地归为是平时伙房那弥漫的油雾渗入了体内，所以伙头君要比其他人来得长膘且耐饿。

大家只注意到北贡的胖和他的一脸和气，也就忽略了对他其他方面的关注。无论人家咋当面或背后指着他的肚子说东道西，他都一脸和气，对着人点头问好，递烟赔笑。看他一脸从不在乎的样子，大家也懒得再议论他的模样。有时人就得这样，在你无力扭转某种不利的窘态时，你干脆满不在乎或是一概的哼哼哈哈，过一阵子那烦恼与窘境也就随之过去了。一时不能改变外因时，不妨先把内因调理了，人或许也就活得自在了。

北贡和饭桶不同，他是体制内的人，他不能靠耍“半疯”或体能技巧来过日子，他靠的是忍耐和一脸从不松弛的笑。我注意北贡是从贴在公社门口的一张感谢信开始的，当时的外地干部多，搭食堂伙食的外地人就多，当时烧饭要自己带米，洗好，排队放入蒸笼，最后还不忘贴上写有一分的“搭伙费”。表扬北贡的感谢信是春节后第一个赶到公社的外地社教队员，当时食堂还未开火，而小镇过了中午就找不到小食摊了，到了晚上北贡看着饿着肚子的外地干部过意不去，不知从哪弄来一把米粉和几个鸡蛋，特意为他生火炒了一盘蛋炒米粉。被感动的社教队员离开公社时，特意为他这份蛋炒米粉写了封洋洋洒洒几百字的感谢信。我见过鸣谢拾金不昧的感谢信，见过表彰见义勇为的感谢信，就今生唯独见过专为一碗米粉而写的感谢信。因为队员刚从工农兵大学毕业不久，所用的词藻似乎与以往通用感谢信有所另类，用现在的语言讲这次写作完全属于发自肺腑的真情独白。在当时动不动就不许搞特殊化的年代里，这封感谢信里除了散发出米粉的香味还有浓浓的人情味。我生平第一次在大红纸里读到了“披风栉雨”和“感激涕零”这样非常用语，当然这是意外的收获。

月港在九龙江的下游，靠海，滩涂多，红树林也多。月港有着众多月牙形的隐蔽港口，这一独特的条件也成就了当年的走私营生。后来海禁，县衙盖了座晏海楼，既镇疆又避邪。据说从此之后，月港就安分了许多。但在这安分的小镇里，幸好有饭桶和北贡这些人物的存在，倒给小镇平添了不少生机。

黄素，漳州剪纸的灵魂人物

第一次看到黄素（1908~2004）的作品，是在一本新中国成立初龙溪地区编印的一本《剪纸》书上。那本书出版于1959年，那时北京的十大建筑刚刚落成，作为当时的新中国成立十周年重点献礼工程。而在漳州当时的龙溪专员公署文教局，却在紧张地编辑着拿得出手的献礼工程，为庆祝国庆十周年专门编辑了闽南民间工艺美术选集（剪纸）。由于经费紧张，这本书当年委托厦门第一印刷厂只印了500本。在这本仅有93页的书里，呈现了当时向整个龙溪地区征集而来的剪纸精品。由于这是当时文教系统重中之重的首要政治任务，因此各地报上来的剪纸作品无论是题材或质量均属上乘，体现了整个龙溪地区的最高水平。在入选的所有作品中还可以看到陈金、林桃、赵尖兵、柯洛亚、洪苞等，但黄素一个人的作品占了近一半。

黄素的剪纸作品从创作时间看，分为新中国成立初期在漳浦农村的自发创作和后来进城后专业创作两个阶段。特别是后阶段，对一个开阔了视野的老艺人，不仅得到了更多的生活资讯，同时也或多或少接受体制内的艺术指导，因此前后的差异还是较大的。但无论如何欣赏黄素剪纸，完全可以把它当童话来品读。一幅《老鼠娶亲》图就是一个完整的童话章节，只有在心平气和的氛围下，才能将“人人喊打”的对象来平等对待，它们也有爱的权利，也应该享受幸福张扬。有提灯笼、有抬轿、有吹喇叭、有打豉敲锣……最喜的当然是坐在轿内的鼠新娘，一身浓妆艳抹、花团锦簇，幸福的喜悦从纸间弥漫开来。

剪纸在漳州已有悠久历史，不仅用于喜庆，也用于丧事。据志书载，宋代“元夕自初十放灯，十六夜，乃祀神祠……剪彩花备极工巧”“家礼奠用香烛酒果已是随俗……剪纸为车马人物”。民国时期，剪纸是妇女喜爱的一种民间艺术，流行于漳浦、云霄、长泰等地。黄素等一批老艺人就是在那样的环境下成长起来的。从十里八乡请她剪“大饼花”“双喜花”“五牲花”开始，剪纸擅长装饰图案，技艺精巧玲珑，格调古朴典雅，代表作有“龙飞凤舞”“老鼠娶亲”“八仙”等。

对于黄素剪纸作品的神奇传说最出名的有两个故事。一个是“纸鸡换活鸡”，当年困难时期全家饿得浮肿，恰巧黄素反映大跃进的作品《斗鸡》刊登在了《中国妇女报》上，报社寄来了三元稿费，村里人劝黄素“素姑啊，去买只鸡来炖汤吃就好了”。于是黄素用这三元稿费到镇上买了两只鸡，全家饕餮一顿，竟治好了全家的浮肿。另一个是“纸猫吓走活老鼠”，20 世纪 80 年代，住在县文化馆的黄素，宿舍里常有老鼠窜入衣橱咬破衣服，灵机一动的黄素剪了只纸猫贴在衣厨内壁，从此老鼠绝迹……

在漳浦有人把黄素、陈金、林桃、陈匏来，合称为剪纸界“四大神剪”。对漳浦剪纸做出的重大创新贡献是陈金、黄素等老艺人借鉴传统刺绣表现手法，创造了“排剪”技法，形成漳浦剪纸构图丰富匀称，线条繁复细腻的写实特色；林桃虽与黄素同处于漳浦旧镇，但林桃却很少走出家乡白沙村，两位老人虽没见过面但彼此都知道白沙村里有巧手“阿桃”（林桃），镇里有个剪纸“素姑”（黄素）。对众多的老艺人而言，“素姑”是幸运的，她幸运地碰上了当进旧镇镇文化站站长刘两全，这是个有文化情怀的文化站站长，当年由于成分不好，大学毕业后的刘两全被分配到了旧镇文化站，是他首先发现了漳浦农村丰富的剪纸艺术资源，在下放中发现了黄素、林桃等一批能工巧匠，从而开始有意识地召集全镇老艺人剪纸比赛，引导她们突破题材的瓶颈，从艺术的必然王国走向广阔的自由王国。黄素的另一个幸运是在46岁那年被破格招工，并在1965年在她已到了57岁临退休的年龄，组织上因出口创汇的工作需要，考虑其特殊才艺正式将其调入漳州市工艺美术厂从事剪纸工艺术创作。对于土长土长的农村艺人的这次进城，这件事在当时的漳浦县引起了不小的轰动。但幸福的时光并没有持续太久，“文革”很快开始了。当时的市工艺美术厂集中了刺绣、绘画、木偶雕刻、剪纸等大批漳州本土能工巧匠，在向“封资修”全面开火的年代，这批艺人被安置到了战备大桥下的一家汽修车，黄素当时的任务就是用剪刀剪车用帆布。黄素的外孙女张峥嵘（漳浦剪纸第三代传承人）回忆说，她随漳浦芗剧团来漳州演出时，曾去探望过外婆，当时她摸着外婆粗糙的手问外婆受得了吗？外婆还笑着跟外孙女说：苦不怕，怕的是手变粗变麻了，以后不知还能不能剪纸了……

那时的张峥嵘在漳浦已小有名气。从11岁开始登台唱戏，一有时间便缠着外婆学剪纸。但在那个年代，剪纸被看作是百无一用的手艺。峥嵘的姐姐还专门拜师外婆学剪纸，最后还是改行学了绣花，因为绣个枕头能赚五毛钱。但1995年的一次经历让张峥嵘改变了想法，当时漳浦县文化馆接到上海国际桂花节的邀请，陈秋日、张峥嵘作为剪纸工艺代表人物，带着100多幅作品赴上海展览。在25天的展示中，面对着参观的大量市民、学校师生和国外友人，一个人在台上表演过于枯燥，张峥嵘想到了自己从事了12年的芗剧表演，于是她灵机一动第一次在表演剪纸的同时开口唱了《梁山伯与祝英台》中的“十八相送”乡韵乡情并伴着剪刀在手中灵动的翻舞，曲终唱毕一幅剪纸作品一气呵成。没想到，两种闽南艺术的首次融合竟一试成功，轰动全场。后来每逢有重大外事活动，这种剪纸与芗剧表演的深度融合形式竟成了保留节目。

在黄素的影响下，其胞妹黄瓠、女儿郑小蕊、外孙女张峥嵘、曾外孙女杨卓青等都成了漳浦剪纸的艺术传人，原福建省副省长张家坤曾评价这一家为闻名八闽的“剪纸世家”。仅黄素一人就带出了陈秋日、郑小蕊、张峥嵘、高少苹、吴碧娜、高秋云、洪淑金等当前活跃在剪纸界高徒。如今在黄素为代表的一批剪纸老艺人影响下，漳浦县现拥有近千人的剪纸创作队伍。出现了陈秋日、张峥嵘、高少苹、欧阳艳君、李小燕、陈燕榕、卢淑蓉、游金美等著名剪纸艺人，并呈现了有年龄层次的创作梯队。

漳浦剪纸，一张红纸，一把剪刀。在精巧与灵动间那纷飞的纸花是艺术精灵的化身。在剪女们心中，她们折叠的是千年的文化，镂空是悠远的情思，展开的是美好的梦幻，张贴的心中不散的乡愁。

文史专家——王文径

关于漳窑传奇，如果说是华安的邹财金揭开了漳窑的神秘面纱，那对“漳窑”身份界定和名词定义，在漳州的古陶瓷考古界有一个人物是不能回避的，那就是原漳浦县博物馆的馆长王文径(1952 ~ 2011年)。

2011年2月10日，王文径因病辞世，这对漳州文化界可谓是重大损失。王文径本身就是个传奇式的人物，用原漳州作协主席青禾老师的话来评价，“他是个天才型人物”。小学毕业的王文径当过石匠、泥瓦匠、木匠、机修工、拖拉机手、赤脚医生……看着《赤脚医生手册》他亲自接生自己家的第一个孩子；他在漳浦住过的两幢房子是他自己设计、自己施工的，连房子的窗户都是自己做的；关键是王文径还是一位作家，他是“文革”后漳州的第一批作家群中写小说的一位，他的短篇小说《寒夜里的呼唤》在《福建文学》发表后反响强烈，他是全省颇有影响的新生代作家之一。他几乎又是无师自通地学会了书法、篆刻和考古技艺，并在20世纪80年代中后期突然跻身考古事业，一干便成效斐然。他主持了对明卢维祯墓、灶山唐墓、石榴东晋墓群的发掘。漳浦博物馆镇馆之宝——国家一级文物的时大彬制紫砂壶，就是他发现的。除此之外，他还参与组织了漳浦最浩大的文化工程《黄漳浦文集》(黄道周文集)的编辑工作，全书共五十卷一百三十余万字。

笔者印象最深的是，那年市作协开会，作为当年漳浦作协的负责人，他最后一次参加会议，眼尖的他在漳浦搭车时从县城拆迁路边捡回了一个描有“中苏友谊纪念”图案的瓷质茶壶，开会前还向笔者先讲了这件茶壶背后的故事。由于把精力过多地放于所钟情的文学、书法与考古，他不是很在意他的衣着。据跟他在漳浦共事过的徐女士回忆，有一次他要出国学术交流，竟找不到一件干净点的衣服，衣服不是沾上墨汁就是上山考古时被茅草划破。后来他特意买来了一套新西装，同事们一再劝他，一定要等到出国上飞机前再穿，不听话的王文径竟先试穿了一回，结果边抽烟边写文章时，还是让烟头烫了个洞……

因为心无挂碍，并凭借着博而精知识储备，最终让他以古陶瓷和考古专家的身份闻名于世，除了那把国宝“时大彬制壶”，他还是真正发现和进入“漳窑”遗址的第一批专家之一。

当邹财金发现精美白釉米色器的消息传开后，凭着敏感和兴趣的王文径虽然人在漳浦却心系华安。特别是1986年，福建省文博研究员、陶瓷专家栗建安虽然在华安县高安乡的东溪头找到了烧造青花瓷的大窑场，却没有找到漳瓷的标本，但提出了漳窑在高安东溪头的猜测后。王文径开始把注意力放在“漳窑”的寻址上。到了1988年底，上海博物馆也发现了一件漳窑的佛像，佛像底座有几行不大清楚的铭文，依稀可辨有“……浦东宁乡……”字样，陶瓷组的陆先生又专程前来找过王文径，希望这位天才与奇才并存的王文径能帮忙解开这一重大的历史谜团。

那段时间王文径认真研究了来自华安、南靖等地窑址的相关信息，当时福建省文物鉴定组黄汉杰在看过华安博物馆的一些标本，也同样做出了漳窑在华安与南靖接壤处的推测。于是王文径决定将华安西南侧的东溪头作为实地调查的重点，也算是给上海博物馆一个交代。

当时市文化局愿意提供调查所需的经费，王文径又联系了窑址所在的华安县博物馆馆长林焘，又和当年米色器的发现者、文化站长邹财金见了面。通过高安乡政府出面，几乎借遍了整个乡镇在第二天清晨五六点才雇到了四辆摩托车出发。

他们一行人由一位曾经到过下东溪头的乡民带路，先是沿着西的方向，穿过一片茂密的林地，向归德溪河谷走去，这一路上都是在灌木丛中穿行。见到了一处窑址，是一个修路时暴露的断面，挖出一堆破碗，记得有几件是署“明成化”的青花款，他们将标本堆在一起，放在显眼的地方，继续往前。

在靠近河谷处，在树丛中见到两支窑炉的烟筒，居然挺立在密林中一百年，很是意外，应该是属于阶级式的窑炉，但因树木太密，无法靠近，感觉这一大片窑场都被淹没在这些树林中。越过归德溪，溪边有几处石刻，其中几件应该是加工瓷土的石磨，水锥的构件。作坊边上有一座小小的神庙，极可能就是当时的窑神庙，庙上的砖木结构已荡然无存，但神台上还摆了几件瓷制的小佛像，还有烛台、香炉等物，但均属于次品。

后来发现了一片被藤蔓覆盖着的建筑遗址，一层层的断墙正从溪边伸向坡上的密林中，残存的建筑高高低低，错落有致，连接着这些单体的一条条的石阶路，有几处被踏得很见光滑，可以想象出这座村庄当年的繁荣。

在村庄遗址的附近，找到一个倒在地上的墓碑，墓主是苏姓，死于宣统二年。这个窑场原来就是苏姓人开的，新中国成立前夕，还有一个苏姓的人靠从这里挑瓷器到外面卖谋生的传说相符。

由于携带不方便，第二天王文径先带上了一箱标本，乘早班车回漳州，剩下的一箱标本等下一班车运回去。没想到这一批珍贵的文物却命运多舛，后来竟再也查寻不到了。

虽然遭受了这场丢失标本的挫折，但东溪头这个窑址已经进入王文径生活之中，挥之不去。那片连绵数十里的葱茏绿浪，也多次进入他的梦中。就是这片茂密的树林，崎岖的山路，阻断了人踪鸟迹，收藏了这片山林和溪谷，这一座村落，也收藏了这座窑场的秘密，这正是东溪窑何以能躲过历史关注的目光，千呼万唤始出来的主要原因。

这东溪头窑正是人们所要寻找的漳窑，也是明清时期闽南地区已知的最大窑场，窑应当始烧于明中叶，青花瓷和米黄瓷并重。月港的兴盛，刺激了该窑的生产和产品的选择，曾经一度烧制质量很高的摆设瓷和生活用瓷，通过水路从归德溪到永丰溪，到达月港出海，行销海外，这一时期可能也是东溪头窑的鼎盛时期，清顺治以后，清廷的海禁政策，阻断了通往海外这一最大销售市场的去路，而清初的社会动乱也很大程度影响了民间的瓷品需求量，致使东溪窑一度走入低谷。此后，便转为主烧生活瓷。青花瓷和仿哥瓷代替了米黄色釉，漳瓷成为该窑的主要产品。同治间的太平天国运动，可能有部分窑工参加了太平军或太平军曾在这一地区活动，窑场被清军围剿，东溪头窑受到沉重打击，进入第二次低谷期，也是衰败期。但清末民初尚有窑工在此生活，由于当地山高水深，几乎找不到一块可供开垦种植的平地，人的存在便可能是窑的存在。

在以后多次论述中，王文径得出了这样的结论，关于漳窑的概念应是指漳州窑口的瓷产品，米黄色釉器是其中的一种典型产品，而不是全部，也似可认为是其中一个时期的主要产品。那么，我认为所谓的漳瓷应有两层含义：广义的漳窑指的是漳州地区的各名窑产品；狭义的漳瓷指的才是华安高安乡东溪头窑产的米黄色釉瓷器。

不愧是作家出身，连他的考古情怀与文物评论都比“学院派”的专家们写得更好看耐读。让读者有身临其境的感觉。通过此次探险般的实地考察和遗址挖掘，王文径不仅对“漳窑”的身世做了明确界定，且第一次对“漳窑”的含义从广义与狭义上进行了详尽阐述,“漳窑”的定义至此基本形成。

“奇人”王文径,若他身上真有“奇”别于他人的部分,那他的“奇”就是对文化发自内心真挚的热爱与执着。

棉花画的孤独承传

提起漳州棉花画，很容易让人想起20世纪80年代那段让人怀念的日子。因为对生活在九龙江流域的漳州人而言，那时他们迁新厝，贺新婚，往往首选的礼品就是以“丹凤朝阳”“松鹤延年”为主题的棉花画。若是能得到黄家声、游秋源两位棉花画创始人的作品，更是备感兴奋。但随着时光的洗礼，家饰材质的丰富，棉花画从20世纪90年代便退出了市民的视野，更随着两位大师的离世，棉花画的话题似乎也逐渐地被人们所忽略。

2004年中央电视台《夕阳红》栏目的记者在进入法国普通人家制作节目时，国外的朋友友好地指着墙上悬挂的漳州棉花画，兴奋地表达“欢迎，来自棉花画故乡的朋友”。这个信息很快反馈到了漳州，有关部门多方寻找才找到了漳州唯一仍在制作棉花画的名师——郭美瑜，商谈能否再次重振棉花画，让它再次重振雄风，走出国门……

走进郭美瑜那简陋的制作场地，探访这位师从黄家声、游秋源大师的棉花画承传人，还是在她刚刚得到漳州“民间文化优秀承传人”荣誉称号之际。说是制作场地，其实就是在她谋生的小照相馆里，单靠制作棉花画已很难维持生计，从棉花画厂下岗后，她便承继了祖父留下的百年老店“璇宫照相馆”。在这个不足十平方米的小店内，郭美瑜径直地把我带到她刚刚为福建省工艺美术馆开馆准备的作品《百鸟朝凤》前，真的被震撼了，一只昂首于山岗的凤凰，那浑身五彩的冀羽，迎风而飘，在它傲视的炬光下，仙鹤引颈高鸣；鸳鸯嬉闹相随；松鸡娴悦安娱；春燕呢喃低语。不同季节的鲜花争相怒放，只为一睹百鸟之王的神采。郭美瑜的制作功艺是相当的精湛，一根藤，一缡丝，一撮不经意的细节都可以被精致的细品。

问及棉花画的历史，郭美瑜的兴致便提了起来，她告诉笔者，棉花画最早是漳州一带弹棉匠为满足顾客的需要，在棉被上铺花缀字。弹棉师傅黄家声、游秋源等人为寻找弹棉行业的新路，大胆创作，把附在棉被上的平面棉花画分离出来，运用扎、塑、贴等工艺手法，配上无光纺布山水画作背景，镶入精致的玻璃镜框，创造出别具一格的棉花画工艺品。

当问及她从师学艺的过程时，郭美瑜笑得很灿烂，她很感激很能有这样的机遇学艺于黄家声、游秋源两位师傅，也就在 1971 年，漳州棉被社组建了一个棉花画制作车间，说是车间其实就是在现在的芗城南门头沿街店面的楼上隔了一间不足 15 平方米的小地方。当时为了开拓棉花画，特意招了五个 16 岁左右的女孩子来学习，郭美瑜是这群女孩当中的大姐，那年她刚好 18 岁。当时两位师傅并没有急着让她们入行学艺，而是师傅自己扎棉捻线，她们的主要工作，就是整天睁大眼睛看着师傅忙活。用她们师傅的话就叫作要她们看“饱眼”才上工，等她们从一个程序“看饱”了再接着看另一程序，这种毫不保留的跟班，着实让这群刚走出社会学艺的女工受益匪浅。“饱眼”后她们从一只松鹤，一束花草入手，她们边学边做，悟性很高的郭美瑜又自学了素描构画法，为了掌握动物及人体塑像基本功，她又请教了同厂的雕塑师郭旭狮，郭师傅在当时可是一个顶有名气的工艺人才，他当年曾参与了福州五一广场“毛主席挥手我前进”塑像创作工程。1973 年漳州棉花画在广交会上大受外商欢迎，她们这批棉花画厂第一批招收的女工便开始承担棉花画出口制作的工作。

回忆起当年漳州棉花画厂的鼎盛时期时，当时棉花画厂的效益在市二轻系统里是最好的，在那段对棉花画称得上是黄金岁月的年代里，棉花厂的女工找起对象就像当年外贸市场上的棉花画一样的“畅销”。1979 年中央新闻电影制片厂的《祖国新貌》纪录片拍摄组还专程来到了漳州，他们把镜头对准黄家声和郭美瑜等五个女工。这是继漳州州木偶雕刻被拍成电影纪录片后，漳州的又一手工工艺再次得到电影胶片的记录。在当时棉花画供不应求，主要以出口创汇为主，为了满足国内市场的需求，80 年代仅漳州市区就有两家专门生产棉花画的企业，一厂生产“创始牌”棉花画，二厂生产“家声牌”棉花画。此外还有漳州市镜艺厂、广告公司、工艺厂、民政工艺厂和龙海镜艺厂等 10 多家企业也兼营棉花画。漳州的棉花画产品畅销省内外，远销日本、西德、美国等地。我国外交部还曾把漳州棉花画作为外交馈赠的礼品。

为了弥补棉花画品种的不足，郭美瑜还开始自己尝试着将其他材料不断地添加到棉花画的作品中，大大丰富了棉花画的立体观感受和表现题材。她从 1981 年开始便与游秋源合作将绒线引入作品的表现材质，开创了绒线画创作的首例。后来又把光导纤维也引入棉花画作品中，将原本表现单一的镜框，让它接上了电，加强了作品的光电效果和动态感。1981 年绒线画作品《凤凰》，参加了全省纺织品比赛大受好评，1982 年她创作的《白兔与蘑菇》获市工艺美术作品赛优秀奖；1987 年她的声光电棉花画作品《丹凤呈祥》获全省工艺作品百花奖，同年并参加了全省工艺美术创作设计代表大会。

如今棉花画已很少被人提及，就像一个被遗忘于冷宫中的嫔妃，这种失落的出现除了当年恶性竞争中少数棉花画厂的以次充好外，还有就是棉花画花样品种的单调也造成人们审美感观上的短暂疲劳，其次就是棉花画的制作过程繁细，时间工期长，难有高利润可图，厂家也逐渐地放弃。

当问及漳州现有的棉花画制作人数时，郭美瑜的神情便凝重了起来，当年一起制作棉花画的姐妹们有的当上了珠宝店的老板，有的从事于其他工作，就连她后来招收的徒弟也都无一从事棉花画的制作了，她现在的困惑除了棉花画后继无人外，另一个对棉花画最大的硬伤害也一时无法克服。她解释道，漳州唯一的漂染厂倒闭后，脱脂棉花的上色就无法进行，就连棉花画专用胶水也无法得到。这些问题不解决，漳州棉花画走出低谷便无从说起。今天的这种情形，是热爱棉花画的郭美瑜所措手不及的，她一个人的力量是有限的，就像一个长时间孤独旋转的舞者，没有舞台音乐配合，没有台下掌声的响起，最终只能让舞者逐渐放慢旋转的舞步。一个人的传承既是漫漫的独行更是一种勇敢的继承。

再次站在郭美瑜的巨幅棉花画作品《百鸟朝凤》前，我们看到的是这只孤独的凤凰在翘首等待，它在等待什么？我相信它一定是在等待棉花画春天的再次到来。

古城里的电影海报人

在漳州古城“非遗”展示馆推出的“老电影海报珍藏展”，让参观的观众有了一种时光重唤的感觉，站在那些曾让自己热血沸腾的影片海报上，昨日之景历历在目……

收藏这些海报的是漳州收藏家柯两德，笔者曾在十多年前去丹霞古玩城目睹过这些老海报风采，当年在他经营的古玩店里，他小心翼翼从成堆电影海报里拿出了平整叠成的略带发黄的宣传画。从 20 世纪 90 年代中期开始，柯两德便率先在冷门的电影海报收藏领域上投入精力，其实这也源于他从小对电影的兴趣。谈到电影，他就想到童年时在漳浦农村看场电影的不易，因为这样的心结让他有了更大的收藏动力。从他收藏 1966 年纪录片《毛主席是我们心中的红太阳》的第一张海报开始，柯两德便在电影海报收藏领域一发不可收拾。这次展览由于受场地所限，展出的百余张电影海报精品，仅是从他众多的海报中挑选出来的一少部分而已。其中的《鸡毛信》电影海报是最让他记忆深刻的，在两万多张的电影海报独缺这张存世量不多的宣传海报（估计全国仅存几十张），他的执着感动了他周围的朋友，在朋友的帮助下，在外地购回了他期盼许久的《鸡毛信》……

回顾电影海报史，当年的海报纯粹是为了电影的上片做宣传广告用途，就如现在卖场中的促销招贴，是用手工绘制的，又称手绘电影海报，现真迹已较少见，好莱坞早期著名影片《飘》《卡萨布兰卡》等，早期的电影海报都是手绘的，画面精美细致，至今仍有很高的艺术价值。

随着电影的普及，电影海报制作技术的进步，电影海报本身也因其画面精美、表现手法独特、文化内涵丰富，成为一种艺术品，具有欣赏和收藏价值，但国外的海报收藏家一般只收藏原版电影海报，电影海报也因其数量稀少、升值潜力巨大而备受宠爱。

女排“保姆”顾化群

距漳州女排训练馆仅一墙之隔的离休干部“顾大叔”家里，书柜里装着满满的相册。今年 84 岁的“顾大叔”，他就是中国女排漳州训练基地接待科原科长顾化群。在他珍藏的这些老相册里，记录的是漳州基地 45 年的光辉历程，记录的是他四十多年来和中国排球运动员的点点滴滴……

顾化群的身世有些传奇，上海解放时，他还是上海三极无线电学校的学生，后来参军加入了解放军随军服务团入闽，今年刚好是他入闽 68 周年。早年他任职于福建军区第六军分区（漳州军分区前身），后来转业到了体委。而 1972 年漳州体训基地成立时他便担任了负责后勤的接待科科长，开始长达四十多年与排球不解之缘。

在与顾化群的交谈中，对他最大的印象就是，他的话语中充满了对女排姑娘的关爱，对漳州训练基地的一往情深。包括采访结束后，他还是一再地强调:“一定要突出女排的刻苦和拼搏精神，”这也是我采访过的老同志最执着于文章立意的一个。放心，我们早已把女排和拼搏紧密地联系在了一起，在漳州，在中国，中国女排就是不言放弃的刻苦拼搏的精神图腾。

1972 年建成的中国女排使用的竹棚训练馆，可谓是“娘家人”对排球贡献的首端，它的建成可以用“奇迹”二字来形容。据顾化群回忆，当时有关部门仅拨付 3 万元的资金用于排球基地的建设，而为了“多、快、好、省”地建好排球训练馆。当时的驻漳部队指战员开着推土机帮助整地，用军用卡车帮运砖块。漳州本土的能工巧匠们充分发挥了闽南地域多盛产毛竹的这一优势，当年南靖县组织了上千名民兵到船场、南坑一带上山砍伐几万根毛竹赶运往漳州市区。在漳州竹器厂师傅的指导下仅用 28 天就建成体育史上的奇观建筑——竹棚训练馆。训练馆内的地面则是细沙、白灰和红土压实夯平而成的“三合土”地面。因为“三合土”的特性所致，很快场地就被高强度的女排训练折腾“坏”了——表面的土层被蹭掉，便露出了底层的细沙。女排姑娘们却经常要在这样的场地上滚翻救球，女排队员的腿部没有不被蹭破的，队医清洗渗血的伤口有时还清出了沙子。当年的“竹棚训练馆”墙上就写着这样的标语：“滚上一身泥，磨去几层皮，不怕千般苦，苦练技战术，立志攀高峰。”这就是我们常说的“竹棚精神”。

顾化群在接待科长的岗位上一干就是 30 年。如今物资丰富了，但在计划经济的年代如何确保运动员的物资供应，顾科长可是动足了脑筋。谈到 20 世纪 70 年代的后勤保障，顾化群笑着说，那时连卫生用品的“草纸”都得凭票供应，而运动员的消耗大，每次到商业部门“批条子”拿特供时，商业系统的有些办事人员还颇有微词，很不理解。为了打消他们的疑虑，加深与商业部门的沟通理解。在顾科长的协调下漳州体训基地还专门邀请的商业系统的工作人员到训练馆看了场排球运动员的平时训练。据说，从此以后漳州商业系统便有确保“三员”（漳州机场飞行员、训练基地运动员、175 医院住院的指战员）的特殊供应一说。

正值豆蔻年华的女排姑娘和同龄的女生一样的爱美。据“顾大叔”回忆：由于女排姑娘的体型的特殊，想在南方的漳州买件休闲的衣服便有些困难，特别是在改革开放初期。女排姑娘们便想到他这个无微不至又无所不包的“顾大叔”。果然，“顾大叔”联系了位于教子桥附近常有外贸订单的漳州服装厂，在训练之余带领着这群爱美的姑娘们进厂采购。他指着一张女排队员杨希兴高采烈地挑选服装的老照片，以长辈的自豪神情告诉我，美丽端庄的杨希在日本参赛时，还被当地的球迷夸为“来自中国的山口百惠”。

在与众多的女排姑娘“忘年交”的“顾大叔”眼里，有个女排姑娘和他私交最好，也交往的时间最长，那就是郎平。第一次来漳州是1976年，是以北京青年女排到漳州来参加全国青年队集训，当年特别好胜的郎平梳着两个小辫。在“顾大叔”的珍藏的影集里，不乏郎平和他女儿的合影，郎平女儿和“顾大叔”孙子坐在顾家地板上玩耍的照片……“顾大叔”珍藏着与郎平有关的每一件物品，每次重大比赛结束后印制的纪念册、书信、纪念品……

郎平执教的中国女排或许还会如期来漳集训，但这次“顾大叔”已经早早准备了给郎平的一份珍贵的见面礼，那就是四十年来郎平在漳集训时的照片集……

天山下的漳州人

暮春时节，带着采访漳州援疆队员的使命，漳州市文联组织部分作家赴新疆木垒哈萨克自治县。自 2010 年中央决定开展新一轮援疆工作以来，漳州市对口支援昌吉州木垒县，按照省委、省政府“项目援疆、产业援疆、智力援疆”的总目标，我市新一轮援疆队员在指挥长——木垒县委副书记李明清同志的带领下，以市委、市政府确定的援建规划为抓手，克服远离亲人、气候恶劣等各种困难，满腔热情地投入新一轮援疆事业中，各项工作都走在我省援建工作的前列，采访结束感触颇深。

漳州最好的社区中心建在了木垒

“漳州把最好的社区楼建在了木垒，”在木垒县园林社区居委会采访时，社区服务中心主任王霞带着感激和热情向我们一语道出。的确，漳州的社区服务中心（居委会）无论是近年来旧城改造后新筑场所或是原有位于旧城区居委会，大都场地较为拥挤，特别是位于城市中心的社区中心多为旧式居民楼的二楼，一溜儿的办公桌把一间较大的房间隔成服务人员办事场所，在这样简陋场所里只能进行简单的即办式服务，为居民延伸服务和文体活动难于展开。曾在芗城区担任常委的李明清，深刻体会到了城市社区服务中心场所格局建设的重要性，在规划漳州援建的西河、园林两个社区服务中心时，一直着重从源头上高规格、高起点，把有限的资金做最大的功能放大。负责具体项目的援疆队员李南峰和茅柄辉两位同志采用蹲点跟踪，紧盯工程质量的方法为两个项目如期高质量完工打下扎实基础。

建成后的两个社区服务中心都是单幢整体多层建筑，每幢的建筑面积都是一千多平米，框架结构，地上三层。批复总投资 300 万元，全部由福建援疆资金全额修建，两个工程从 2011 年 7 月 5 日开工，2012 年 7 月 10 日竣工并通过验收投入使用，仅用了一年时间便高质量地完成了两幢高起点和高标准的社区中心楼。

无论是走进园林或是西河社区中心，宽敞的服务大厅，温馨服务提醒，还是一千健全的娱乐设施都一改作者对居委会工作是简单成发放避孕药具加居民表格盖章的粗浅认识。这里的社区中心电子屏幕滚动着各类小到天气预报和便民服务的信息，在一面贴有“服务只有更好，没有最好；满意只有起点，没有终点”的横幅下，西河社区的工作人员为当地居民提供了“居住证采集点”“计划生育服务站”和“家政服务中介站”具体便民服务。二楼的社区楼是县图书馆的社区分馆，这里摆放有新疆文化建设“东风工程”出版的几千本崭新书籍。另一侧是老人寄养中心，干净的被服和炊具为临时寄托的老人提供钟点服务。此外三楼还有文娱室、会议室、少数民族妇女手工艺室……

木垒的社区居民真好，设施精良的社区居民服务中心让木垒人民和漳州人民心贴得更近了。

漳州最追梦的女教师

2012 年 8 月，来昌吉州木垒县的援疆干部队伍中，一位漂亮干练的女教师格外引人注目，她就是援疆教师汪颜青，她也是新一轮援疆工作中漳州唯一的一名女同志。她的到来着实让这支清一色男性的队伍中多了一抹亮丽的颜色，多了一份清新的空气。

新疆一直是她想来的地方，那年一场电影《冰山上的来客》就把还在少女时期的汪颜青的心揪住了，雪山、哨卡、那悠扬的热瓦甫琴声和塔吉克优美歌舞无不牵动那追梦的心。18 岁那年有了一次的边疆支教机会，因母亲舍不得而放弃。如今，她觉得时机成熟了，再次提出援疆支教，并得到了爱人的支持。这回终于圆了她的新疆支教梦。

面对全新的挑战，汪老师在心理上是有所准备的，但现实的支教生活中，汪老师还是遇到了很多考验。首先是对亲人的牵挂，年过八旬，身患高血压的父母，独自在家。女儿过生日，父母生病住院了，都是她最思念的日子，她感激爱人默默承担这一切，“没有爱人的支持，我真的走不了”她感慨地说。最让她感动的是从没开过电脑的老妈为了能天天看见女儿，居然学会上 QQ 网上视频……

来到木垒第一小学的汪老师还为全校教师开设题为《新课程标准解读》《新课标下，如何改进课堂教学》及《关于小学课堂教学的思考》三场讲座。新思路、新理念，生动、鲜活的案例，引发了当地老师对当前课堂教学的再思考。

针对木垒县地处偏远、教师外出学习机会较少，教育资源不足的实际。汪老师提出了发展跨地区网络教研的新思路，即木垒一小与福建省漳州市龙师附小教师结对子，建立一个教师网络教研群，并引进各地名师、专家参与群的教研活动，拓宽教研的形式。这个想法得到双方学校领导及指挥部领导的大力支持，汪老师制订了翔实的计划，如今，创建的“教育智慧分享群”已开始活动，实现了两地教师的沟通与交流；与名师零距离对话，质疑问难，共享经验。

“走进木垒的那一天起，我就是木垒的一员，木垒一小四（1）班学生就是我的孩子。”汪老师这样说的，更是这样做的。她关心每一名学生，特别是生活上有困难的学生。她和班上困难学生吕明亮结对子，利用休息时间和班主任一起来到了木垒县照壁山北闸村，慰问吕明亮一家。汪老师除了送去粮油和慰问金，还不定期为这名孩子义务补课，此外汪老师还与木垒县西河社区一贫困户吾尔兰一家（哈萨克族）结对子，用自己的点滴爱心去充盈民族交流的情感空间。

汪老师是在努力地追梦，梦里情形虽与现实有一定差距，但越是缩小这样差距的一小步，越是她完善自我，实现人生价值的一大步。

漳州纬度最高的食堂

来到木垒来到漳州援疆队员中间，就一定要去一趟“援疆楼”。而“援疆楼”内就有一间位于纬度最高的漳州食堂。说起这个不起眼的食堂，就要提起这个全省第一座的援疆干部之家“援疆楼”的建设。

这是一组不起眼的数据：经木垒县发改委批准援疆公寓楼建设项目立项，批复建筑面积1760.10平方米，砖混结构，地上五层、地下一层。该工程位于县政府公寓楼东侧、原林业派出所院内，项目单位为木垒县政府办公室。该项目为交支票，工程于2011年4月18日开标，2011年4月26日开工，2011年10月25日竣工，2011年11月22日通过验收并投入使用。

当年招投标，当年见效益。这体现了木垒县委县政府对援疆队员的关心和重视。为了让这群远离家乡援疆队员有一个自己的家，能有一间做家乡风味口味的食堂，木垒用最快的速度建成福建省所有在建“援疆楼”的第一座。这里就是温暖的家，漳州的援疆队员工作之余也有属于自己的天地。这里演绎的更多的是友情和团结。

指挥长李明清常以自己是团队中年龄最大的优势，把自己定位成了“老大哥”。他知道每逢休息日总是这些“弟弟”“妹妹”最爱“赖床”的时刻，他总是早早起床，为队员把最可口的稀饭做好。

来自漳州市医院的李浩医生，在家很少下厨房，但在这间漳州食堂里，他居然学做了一道地道的新疆菜“羊肉抓饭”。他自鸣得意地介绍他“李氏”招牌菜的做法和步骤：主料有胡萝卜、洋葱、大蒜、新鲜羊肉、孜然粒、葡萄干。先把羊肉洗净切块，放热锅中炒，记住当炒六分熟时……

这样的招牌菜还有来自市公安局刑侦支队的宋毅强拿手的“漳州炒饭”，来自漳州市中医院的黄泽荣家常“四菜一汤”……为了丰富食材，来自漳浦达志中学的林艺光还托人从老家寄来了海带、紫菜、海鱼干。

为了让援疆队员喝上更可口的水质，省援疆指挥部还为食堂装上了厨房专用净水器，为了保证饭菜的营养科学，队员的两名医生当起了食堂的采买和“营养师”……

正是这样团结的集体，才会在远离家乡和亲人的天山脚下安下心来，为了心中那份沉甸甸的责任而无私奉献。

高远的蓝天下，骏马好似彩云朵；辽阔的草原上，牛羊就像珍珠撒。白雪皑皑的天山北麓，长河流淌的木垒河畔，来自漳州的援疆队员正用自己的奉献吟唱着一首感动的歌，歌声回荡在戈壁、草场……这是一支跨越万水千山的友谊之歌，奉献之歌。

蛮人林志远真的有蛮劲

第一次见到林志远时，他还是个三十出头的工人。那是 20 世纪 80 年代中期，我在读高中，一个热爱文学的同学告诉我，今晚带我去一个地方，认识一个人。带我去的同学叫洪炳煌，后来当了老师。去认识的那个神秘的人物就是林志远，去的那个地方是他家，龙海轮胎厂的狭小宿舍。那天的志远兄，穿着咖啡色的粗纹针织毛衣，头发卷曲且凌乱。白天他在厂里的值班室把门，晚上回家时，家门大开，文友云集。米酒、香烟、花生米和谈不完的文艺话题……

后来，每次见到志远兄，他都会给我带来惊喜。还在工厂时，他的小说《古树·鹰·老人》经作家海迪推荐，发表在 1988 第一期的《福建文学》。后来他执意去了“鲁迅文学院”作家班学习，不久他的短篇小说《夏天风流超短裙》便在《人民文学》发表。工厂倒闭后，他去了厦门，在电视台扛起摄像机，一个人心中如果牵挂着文字，他终会与众不同。几年后，他凭借着一个人采访、撰稿创作的六集纪录片《陈嘉庚》，获得了“首届感动厦门十大人物”。

林志远终究放不下月港，放不下月港文化圈的兄弟们，当他打拼多年的集诚毅文化公司多有收获时，他电话告诉我，他想用公司之力出一套“月港文化丛书”。在我举双手赞成的同时也表示惊讶，此举明显超越了企业经营范围，不符现代企业经营之道。但这就是林志远，他总是用个人之力干些本就是某个职能部门该干的事，文雅的说法就叫“文化越位”吧。在《月港集》一书（月港作家群作品集）的作品选择时，林志远选入了方达明的小说《气球》，这是一篇反映特定时代且以月港为背景的短篇小说，它获得了第 33 届联合报文学奖，在台湾见报后，大陆还未正式出版；选入了诗人子梵梅一篇记录与月港文化兴起有关的人物散文，选入了作家年月的美文《胡子大哥》，蔡刚华的《海汀人物杂忆》等文。有了这些文字作品，哪天若有研究月港文化的有心人士翻开此书，呈现的就是一个特定文化时期的完整文化记录。

林志远的厦门集诚毅文化传播有限公司在出版公益文化丛书的同时，正在悄悄地干着一件恢宏的纪录片工程《项南》。1997 年他在摄制纪录片《陈嘉庚与集美中学》中，有幸采访当时的福建省委书记项南，并得到了项南书记亲笔书写的片名。在短暂的交往中，项南书记的平实的作风、睿智的思想给林志远留下深刻印象。2008 年《南方周末》刊载名为《改革八贤》的文章，项南列入“八贤”之一，这时才真正触动了林志远摄制《项南》纪录片的心弦。

林志远按着他的创作思路，沿着项南指挥改革过的地方一个个走过，几年下来他采访与项南有过工作交集的各类人士共计 258 人，再将影片中他们叙述的内容分门别类，逐一归档。为了《项南》这部纪录片，资金欠缺时，他甚至需要去贷款。去重要部门拍摄取景时，保安用手挡住摄像机，要求提供有关部门批示时，作为一家民营公司不能及时提供函件，于是林志远只好想办法，改另一幢高楼处往下取景。

拍《项南》，林志远整整准备了十年，十年对于一个人的一生而言，是极其珍贵的。在这部纪录片上，他消耗的是青春和热血，是支撑他无怨无悔地在这条路上走下去的动力。

付出总有回报。在这十年的坚持中，虽然辛苦，林志远也收获了很多帮助。纪录片《项南》能顺利完成拍摄，离不开老干部们的支持。有位老领导还曾对他说，“你们是在做把一个伟大的灵魂传给世人的工作”。

林志远，写小说上过《人民文学》；拍《陈嘉庚》获得了“首届感动厦门十大人物”；在2017年开春，五集纪录片《项南》已在福建东南卫视首播（由十二集精简而成）。

“蛮人斋”是他的书斋名，也是月港文化沙龙的阵地。2017年春节，林志远的“蛮人斋”暨月港文化基地在他的老家海澄镇丹坑村落成，让月港文化交流有个固定的地方，是林志远的多年意愿，这次他又做到了。

对于一个文化人，他用他的“蛮”劲堆砌文字和拍摄影像，用文学之神缪斯赋予他的悟性和价值尺度，在正能量的传递中不停地撰写并记录着……

“府埕”里的“而为居”

在漳州历史文化街区的核心区——古城“府埕”巷陌里有一幢双层小楼，那就是黄正非的书法工作室“而为居”。位于门前的一棵翠竹在闽南民居特有的红砖灰瓦间尤显夺目可人，难怪电影《云水谣》开场的长镜头就选择在这里游走。能在城市间找到这样富有诗意的地方进行艺术创作十足令人神往。正非个高清瘦，黑框眼镜、白色唐装，一眼就是那种“斯文”人。四壁的字画让人应接不暇，博古架上的明清瓷器尤显夺目，得知这些年来他除了不可割舍的书法之外，还执好于古玩鉴赏，在他看来书法家“读万卷书、行万里路”蓄养的“字外功夫”是何等重要。

我和正非兄算世交，亦算旧友。我还在读大学时家人曾带我去黄家做客，记得那天正非来开门，这算是我们的第一次照面，模样有些瘦弱但举止斯文。当时他正读初中，但已临帖多年。当年他大哥在漳州一家知名的国企当技术员，正是他大哥首先发现了他的书法灵气，买回了一大摞宣纸放在了他面前，才有他后来的沉湎其中而不拔。

后来我们再见面时，他已在“福建省首届高校书法美术大赛”喜得一等奖并有作品入展全国展览了。因为多了这层关系，所以我们无话不谈，和他谈的最多的恰恰不是书法或绘画，因为我只和专业人士谈非专业的话题。于是我们谈古瓷、说青花，没想到他在这方面也涉猎多年，不仅理论研讨，也多有收藏。后来我改谈文化之风，评说时下的学界之浮躁。他也感同身受，忧虑之情溢于言表。

正非兄有好事便会想到告诉我，比如他加入了中国书协，比如他获得了第三届中国书法“兰亭奖”艺术创作奖，比如他获得全国第二届隶书艺术大展“提名奖”……

对于正非书法，正如我在一篇《书法是会呼吸的线》里所说的：正非是固执的，在漳州书坛以魏晋明清行草之风盛行之下，他能静心躲进书斋，关起门来，独自畅游于汉隶的博大之境。那些清寂的夜晚，一册法贴、一刀宣纸、一砚浓墨、一壶清茶伴随着他一路执着前行地造访古人先贤，全然忘却了路之遥远。诚如他为书斋取名“而为”一样，意在“无所为而为”，在他看来“过程本身就是目的”。书法玩味更多的是一种在寂寞中修行的甘苦。

书法是会呼吸的线，有意味的线质在隶书创作中同样要得以强化和诠释。基于这样的认识，则不难理解正非笔下所营造的雄强宽绰、古拙奇崛、恣肆空灵的种种意象。正是那一根根富有思想情感、饱含生命律动的线条诠释着书家对自我心性的不断思考、体悟和修正。

正非对线条的感悟是敏锐的，也因为这样的敏锐使他很快从书法转入国画创作，一落笔便文人画风显现，诗意盎然。在他笔下：松下茅屋、峰峦葳蕤，苍松遒劲其间，槎枒纷披而下。虬曲苍松与山峦层叠间，皴写结合，色为浅绛。

他的画面往往临水而居，面向深山，吞吐着云气，打量着山水。山坳中的茅屋数间，小门敞开，窗户亮堂，偶见闲人散坐于席，从容冷观于眼前纷繁世俗。他的画作笔法劲秀、描写精工、皴染淹润、着色清淡，画面境界有一种神秘幽眇之感。正非把笔墨书意点缀在湖光山色间，让画面的意境与人文情怀相得益彰，体现了难得的文人情趣。

而为，为艺术而为，就必然选择有所不为。

我的语文老师

我所就读的那个小镇中学，有一弯半月砚池，和一座古朴雄厚隐透着重文尚礼的文庙，文庙两侧各有一排教室，我所在班级就处在右排倒数第二间。当时有分“快”“慢”班，那些上课乖巧、坐姿端正、举手标准，不轻易做小动作的基本上都被抽到了前面几间教室充当“示范窗口”。我们班按现在的说法，基本上是属于“课堂气氛活跃”的班级。虽然没有被公开挂上“慢班”字眼，但排在年级前30名的名单里，我们班只惭愧得挤上几名，而且净是那些不争气的名，负责任的年级组长经常背着手，在上课间来回巡视，当他透过窗户的栏栅看到我们自习课乱哄哄的情景时，他那鹰一般的眼光从我们这群人物身上扫过时，绝对不会想到这个被打入另册的班上，今后还会走出“大学讲师”“作家”“硕士”之类的人。而我却把这种转折，归功于一个叫“候文普”的语文教师。

从他走进我们教室的那一天起，就注定了我们今后思想和学风的转变的必然，他是在曾被划到“右”边后，喂了三年猪，待恢复高考制度后，才“解放”的，虬乱的胡须、矮小的个头、提着个破旧塑料皮袋走上讲台。我们无所谓“形象”，因为他比当年“卷起裤角、沾着泥巴”上课的代课教师形象强多了。

“吾姓侯，过去有学生称吾为‘猴子’（与猴同音），‘子’，先生教师也。”没想到一开课，不仅白送了我们一个“外号”，还让我们初次知道“子”原来在古文中居然还是“教师”的意思。他的这种随意和不羁，除了引发上课时阵阵笑声，还真的让“做小动作”“讲悄悄话”现象收敛了许多，更引起了我们上课时的专注。

从第一节语文课起，他就声称：“语文教学必须改革，而且已经到了非改不可的地步。”他把课堂45分钟，划成两部分，前部分20分钟讲“试验题材”，剩余25分钟属“应试”内容。当别班教师“照本宣科”时，他却要准备两种不同的教案，因为是尝试，他也没有具体详备的大纲，而是让一些初中学生该知、该学、该会的知识，堂而皇之走上课堂。为此他多次顶住当时学校领导的批评和警告，他教我们学“四角号码查字法”，他到处奔波，购买当时印数不多的有四角号码的字典，因为该种方法，查字快，易学、速效，他还用微薄的工资购买奖品举办“四角号码查字比赛”；他不厌其烦地每课一篇千家诗，每周一小考，每月一大考，让大家熟背熟记，你完全可以想象，教师在台上摇头，学生们在座上晃脑对句的阵势，那琅琅序韵仿佛又回到了当年私塾时代。他出上联，我们对下联，在滚瓜烂熟之后，我居然尝试写了一首怪怪的古体诗，竟勃得他的赏识，在课堂上引吭高吟。他还把“古今中外”名著搬上课堂，他甚至还让连环画这类“小人书”在课堂翻阅合法化，总之，他的改革，连我们当时都觉得过“火”，心里直打鼓，“侯子啊，你想把我们这一代引向何处？”对此他还曾“狡辩”，“你们这班学生，虽然在目前的统考上，分数不会马上立竿见影，但这种语文改革，会在今后的学习、工作中为你们帮忙不小，总之，我的教学是有针对性的，但却是隐性的；是有实效的，但不能在短期内见效。待你们长大后，才会明白老师的苦心和用意，你们一定会感谢我的”。对我们几个被他确认为有潜力的学生，他则常带着我们到处游逛。或坐在萋萋海塘堤上看栖食的白鹭盘旋嬉闹；或爬上翠峦叠嶂的岳岭，在废庙堆里翻寻瓦砾中的碑铭拓片，这种与自然的近距离接触，在很大程度上弥补了我们无法从课文中所吸取的营养。

我的作文在班级并不出色，但在一次《记一次有意义的暑假活动》这种老套作文中，我既“没有捡东西交老师”也没有“帮老汉推车上坡”，更没有“到五保户家做客扫地”，严重的是我写了私自在黑夜爬上山上陵园心惊胆战的经历，这种连我都觉得出格的作文却经他润色和推荐，被地区文联杂志《水仙花》采用，当初一年级学生的我不仅可以手捧印有自己名字的杂志，而且还居然能收到钱（稿费）时，冲这种“名利双收”的美事，我能不感谢“候子”吗？事后，我“乱写乱投”这个恶习便是一发不可收拾，而作文水平却在不知不觉中提高许多，县里作文比赛，我五次获奖，三次得第一。如今我的作品亦被多次收编入册（不是花钱买的），你说，我能不感谢他吗？当然，要感谢他的，还有我们班上的“大学讲师”和“硕士”，还有那些至今还能吟诗和快速翻阅字典的同学们。

可正当我们心存感激之情，私下几位同学正在时间安排上相互“妥协”，准备安排出几天时间去外地探访这位早已退休的老人时，我收到了一个陌生的长途电话，在一番语无伦次的表述中，我终于厘清了一个现实，“他的父亲，我的语文老师在一次车祸中离世了”。而他则是在翻阅报刊时看到我写的一篇有关他父亲的回忆文章后才抓起电话，给了我一个震惊的结果。

我真的很痛心，除了一通伤心电话后的悲痛，还痛心我们自己，如果说在那个特定年代，我们不能完全理解一个心怀善意的老师还尚可原谅的话，那么我们今天内心的无法平静，则是失去了一次与这位心怀善意的老师再次沟通感激的机缘。

乡村舞蹈家

在百花盛开的龙海市九湖镇，有一位不仅自己习舞、跳舞，多次代表漳州市参加全省舞蹈比赛并获奖退休教师，他还经常奔波于基层农村一线，在农闲时为农家传授舞蹈技巧，编排大鼓凉扇、秧歌舞，他就是九湖学区退管会会长朱百川。

朱老师的跳舞爱好源于“文革”前，当时他还是一个在龙溪师范就学的学生，就经常利用休息日将自排自演的舞蹈，通过文艺演出队下乡为山区的百姓演出。毕业后他被分配到石码一重点小学担任语文教员，可他仍然组织他任课班级的小学生以自编的舞蹈，走上街头为居民群众演出。在“文革”期间，朱老师被下放到了原籍九湖长福村，为了家庭的生计，下课之余他要到十余公里远的程溪大山上去砍柴火，并挑着百余斤重的担子走上十余里的山路，沉重的生活负担并没有摧垮他不泯的舞蹈心结，即使在农村小学他仍把一些优秀、健康的儿童舞蹈暗中传授给农家子弟。

到了 90 年代末，退休后的朱百川老师有了更充裕的时间，但他并没有把精力放在摆弄花草的日常消娱中，而是投向了自己钟爱的舞蹈事业。

在龙海市庆祝建党八十周年的文艺会演上，朱老师与另一退休女教师合作，自排自演双人舞《春天的故事》，演出效果反响强烈；后来，他们又对舞蹈作品稍作修改又把这个节目搬上了中山公园的文化广场，由于有扎实的艺术功底和平时的艰苦训练，他们凭借着优雅的舞姿，激情的投入，一下子赢得了台下观众热烈的掌声，走下舞台的朱老师被漳州师院的大学生们团团围住，纷纷索要签名……他还与社区的舞蹈骨干和芗剧爱好者一起，编演了描述红军进漳的芗剧小品《补鞋》，他扮演了剧中的主角：一个饱尝流窜兵痞欺凌并亲身体会到红军军纪严明的老鞋匠。他的精湛演出和舞蹈功底为这场小品戏增色不少，该剧也获得了文化部授予的群星奖。这也是漳州市在新中国成立以来群众业余演员获得的最高戏曲奖项。

朱老师还把极大的热情投入老年人舞蹈的普及和推广上，他先后参加了漳州首届老年人“激龄圈”舞和“健身球”韵律操的培训普及班，并以扎实的舞蹈功底被选入了漳州代表队，为了参加全省首届老年人“健身球”韵律操比赛，朱老师和他的舞伴们顶着炎炎烈日，在中国女排腾飞馆前的空地上，一天排练下来就是近十个小时，有时为了琢磨一个舞蹈动作，朱老师回家之后还要自己再“加班”几个小时。经过他们近两个月的紧张排练，朱老师和他的伙伴们终于在三明举办的全省首届“健身球”韵律操比赛中获得了团体一等奖；同样也是付出艰辛的训练，朱老师和队友们再次组队代表漳州地区在福州捧回了全省“激龄圈”舞蹈比赛的“最佳奖”。

舞蹈不是“阳春白雪”，舞蹈更应该走向广阔的农村天地。朱老师是这样想的，也是这样做的。他有常挂在嘴边的一句话：“文艺就是为工农兵服务的嘛。”朱老师家居九湖百花村，这里每年都有举办纪念朱熙、陈元光的庆典活动，朱老师就根据农村的实际情况和村民的欣赏胃口，编排了符合农村喜庆气氛的大鼓凉伞舞《庆丰收》，并组织了农民自己的腰鼓队，因此每逢节庆日，村里便响起了属于农家自己的鼓声，跳起了属于自己的舞蹈。

朱老师还拥有一副乐于助人的热心肠。每逢邻乡近村逢上个喜庆的节庆日，总免不了打个电话邀请朱老师前去教舞，碰上这种情况，朱老师总是二话没说，放下手中的活，骑上摩托车又为村民忙碌去了。下农村教舞可不是一件轻松事，除了要手把手的指导外，还要自己制作道具，甚至为演员化妆……

每当看着富裕起来的农民，终于又有了唱起来、舞起来的时候，朱老师挂在脸上的笑容总是灿烂的。

一个“小人物”和他的“小人书”

说他是“小人物”，是因为他确实太普通了，身体瘦弱，其貌不扬，骑着辆破旧自行车，穿着并不显眼的服装，住的也是胜利东路临近立交桥的一幢普通的二居室，工作在漳州一涉外宾馆的普通岗位，但正是这样一位与人擦身而过，却又不引人注目的小人物。却是在漳州乃至全省收集连环画(小人书)鼎鼎有名的人物——吕守真。一进他的屋子，酒柜、电视厨、就连餐厅的一隅，却堆满收集而来的连环画。一谈及连环画，小吕便流露出自豪与喜悦的神情，他说：“收集、整理、归类连环画已经成了他的生命中不可拆解的一部分了。”吕守真在宾馆的旅游部供职，但这并不妨碍他成为“福建省连环画爱好者联谊会”的创始人，他还是这个联谊会漳州地区唯一的一名理事。在采访中，他随手拿起一本程十发绘的《胆剑篇》向笔者介绍，这本绘风独特，市面价格已超百元的连环画，是贵州的一位“连友”寄来与他交流的。

问及他是如何走上“小人书”收藏这条道的，并坐上漳州“连友”的首把交椅。这位“小人物”便扯开了这段他与“小人书”的不解之缘。

1995年，吕守真在苏州、上海做货物中转，在没有业务时，好动且耐不住性子的他常常一个人在异地的街巷中闲逛。一次他看到了有人在成箱地收购旧版连环画，他半是好奇，半是惊讶，“小人书”居然也能买卖？经打听才知连环画在苏州、上海已经被当地收藏界所看好，有识之士已“先行一步”在民间低价收购品相较好的旧画册，并将零散收购来的画册归类成套。后来，小吕在上海文庙附近的地摊看到了收购而来的连环画被整理成套后高价待沽的情形时，精明的小吕马上意识到家乡漳州的连环画，还尚“养在深闺人未识”，漳州连环画市场大有前景。此时，中转生意开始下滑坡，怀揣做中转生意赚下来几十万元的小吕很快返回家乡，成了漳州规模收购旧版连环画的第一人。

刚出道时，小吕对连环画收集还不甚了解，他与旧书贩、废品收购商联系，只要有货，无论多寡，先买下再说。随着屋里连环画的日渐增多，起初还尚可用纸箱装塞进床底，再后来只好用麻袋装了。最多时，他收集的连环画数量达两万余册。这时屋前屋后，连停放自行车的柴草间也成了他连环画的仓库。在收藏中，他发自内心地爱上了小人书。有了相对数量的“原始积累”，小吕开始注重由数量型收藏转移到质量效益型收集。他逐渐把自己的收藏定位于旧体版连环画、套版连环画、文革连环画和英雄人物系列连环画等主题内容的连环画这类上。并开始走以书养书的道路，即收购自己喜爱的连环画，交流销售多余种类连环画，再用赚来的钱添置急需的连环画。

为了收集精品、孤品连环画，他几乎倾注几年生意所赚的钱。旧版连环画和革命英雄类连环画是小吕重点收藏的两大专题，为了充实这类专题藏品，他不惜资金和忍痛割爱自己精心收藏的名家精品类连环画，与省内外“连友”交换，一次他在一位“连友”家中看到一本40开本1976年由上海人民出版社出版，我国著名油画家陈逸飞先生等中国一流名家绘制的《鲁迅和青年的故事》画册，心爱不已，为了得到这套画册，他多次登门拜访，恳求转让，最终这位连友被他的“磨”功和不契精神所打动，转手相让。现在小吕收集到的连环画从最大8开本到最小256开本，从国内“连友”界比较推崇的五六十年代版《西厢记》

《山乡巨变》《人民公敌蒋介石》等书中极品，到收藏了数量二百余册新中国成立前后的旧版连环画，特别是在解放战争中解放区出了一本《活捉杜聿明》的宣传小画册，更是国内连藏界内难得的孤品。从收集“小人书”角度看，仅仅从数量的多寡论英雄，那只能称“连环画收藏者”，要达到真正玩家，还要达到能解析小人书、评述小人书，那才算真正意思上的玩家。

在我省“连友”界中，他们自行出版了一本《福建连藏》的定期内部书刊，小吕是这本杂志的编者之一。2000 年最后一期刊物上，我读到了一篇吕守真写的文章《漳州发现一本学校编绘的“批孔”小画册》，在这篇文章中，小吕介绍了如何在旧书摊中淘到一本由漳州一中学生在“文革”中自行编绘的批判“孔老二”的连环画册的经过，并详尽介绍了该书的绘画技巧和绘画风格以及发现该书的意义，笔调沉稳，很有玩家品位。

闲话“漳州三宝”

水仙花、八宝印泥、片仔癀被公认为“漳州三宝”。认识漳州，许多人或许会先从了解“漳州三宝”开始。久而久之，它们也就成了漳州的物产名片，就像烤鸭之于北京，梨膏糖之于上海……一个有鲜明地域性特产的城市是幸运的，如同一株长得个性的树，在茂盛葳蕤植物园中容易被人惊喜地一眼认出。

一

先说水仙花吧，区别于崇明水仙，漳州水仙花则以其球大、形美、花多见长。素有“天下水仙数漳州”的称誉。因为每年的春节晚会演播现场，除了明星、笑声，总能看到漳州水仙灿烂花开入镜来。所以水仙花是当仁不让的漳州市花，也是福建省省花，更入选中国十大名花。漳州人对水仙花的喜爱是和一年中最重要的节庆日——春节联系在一起的，一般水培后大约一个月就花开绽放，所以每年春节前，总是掐着手指数着该雕刻水仙花球的日子，讲究花开富贵的闽南人对这点是极为重视的，大家都娴静地期盼着“围炉”前第一片花瓣的舒展绽开，这定是节日里百谈不厌的话题，更是一年愿景的美好征兆。为讨吉祥，通常女主人还会剪两段红纸对称圈住水仙花叶。为了让水仙婀娜多姿地尽情展现，漳州花匠们独具了一门功夫——水仙花雕刻技艺，一颗花球在雕刻师手里可以变幻出孔雀、公鸡、大象或人物形态……惟妙惟肖，倍添妙趣。漳州人还把水仙花的题材融入美术作品与城市雕塑中。漳州本地知名画家伉俪林俊龙、李淑华夫妇还创作了《水仙花的故事》《凌波仙子》系列作品，并被中国美术馆收藏。漳州五中美术老师杨波涛创作的城市组雕“凌波仙子”，被漳州市民直白地称为“四仙女”，这组雕塑作品以九龙戏珠大圆球为中心四位凌波仙子翩翩起舞，四仙女形态各异，或梳妆打扮，或倒弹琵琶，或仙女戏水，或割爱吐珠。从四仙女入住城市中心后，其地标意义甚至超越作品本身，水仙姑娘“四仙女”的形象进驻了漳州人的心坎里。此后因城市发展及市政改造，“四仙女”被移出城市交通核心区，但心仪于“花”的漳州市民常还念及“花姑娘”们，时有政协委员提议让“花姑娘”回家。为响应民意，市政部门又按原比例重塑的群雕，“四仙女”又回到它的“出生地”。

二

八宝印泥的诞生有些“尴尬”，似如应验那句“无心插柳柳成荫”。它的创始人魏长安旧时在漳州城内经营着一家生意还算兴隆的“源丰药庄”，这是一家创制于清康熙十一年（1672 年）的古城老店，而这家老店的主打产品叫“八宝药膏”，专治刀伤、灼伤、疯犬咬伤，魏氏平素闲来喜好丹青，一次兴起，在刚完成的画作上用红色的药膏钤印，一钤鲜艳非凡，效果甚佳。灵机一动的魏长安于是在制作药膏的基础上，研制成“八宝印泥”应市，顺带还克服了历代因以蜜敷朱盖章易脱落不耐藏的缺陷。用膏药当钤印，除了药味扑鼻恐怕心里也会泛起另一层的惊艳联想。于是文人墨客惊呼为宝，源丰药庄生意顿时兴隆起来，只是专程赶来的顾主多是为了那盒能钤印的药膏。这也让魏长安在药业同行里有些难堪，这或许也是他后来专营八宝印泥，并改其店号改旗易帜为“魏丽华斋”的主要原因。鼎盛时八宝印泥还曾被作为贡品，民国时期，不仅有段时间是军阀群起，连漳州印泥生产也是群雄各居，除“魏丽华斋”继续生产“八宝印泥”外，就连刚崭露头角的美术教师黄稷堂也自料秘制了“八宝印泥”，来漳弘法并稍作停留的弘一法师不仅留作自用，还对这个“慧庐”标的八宝印泥赞不绝口，并亲撰：“莹润、精妙”以资鼓励。此外还有“绮红轩”“藏晴阁”“南升斋”“乙庐”“宝芳斋”“丽星斋”“图华斋”“国华斋”“成文斋”“南阳银珠行”等数十家。为了协调这种混乱的销售局势，1935 年，漳州成立印泥业同业公会，由“魏丽华斋”经理王钦明任主席委员，“图华斋”铺东张宜钦和“慧庐”号东黄稷堂任常务委员。统一使用“八宝印泥”这一品名，也规范了销售秩序，从此漳州八宝印泥行业走上相对稳定发展的阶段。

如今漳州八宝印泥厂的厂长杨锡伟在八宝印泥的传统配方上，对主要原材料的配制进行了保密性微调，并根据天气温度、湿度的变化，调整熬油的工艺，彻底解决了印泥的固化、渗化难题。

对于八宝印泥厂家而言，其实手中还握有另一“宝”。从 1917 年孙中山先生为八宝印泥留下“品重珍珠”的墨宝开始，一大批中国顶级书画界名人、政治人物先后为漳州珍宝挥毫泼墨、不吝赞辞。刘海粟先生也留下“漳州八宝印泥”的墨宝。方毅同志三次来厂并题词“八宝生辉”，彭冲同志还为该厂题写的厂名。李可染、尹瘦石、秦岭云、王遐举、沈鹏等太多的名家为厂家留下百余幅珍贵字画。如今这些名人字画时现展厅，并被结集成册。

三

从清代开始，漳州城内便陆续出现了多家手握秘方的著名老字号药店，如生产乌鸡白凤丸的“同善堂”，这家药店对乌鸡白凤丸选料及对炮制工序十分讲究。制作之前，所选的鸡均是浑身没有杂毛的白绒乌鸡。乌鸡经与中药材几十道工序反复舂、碾、筛下来，便成了粉末，最后用熬成黏稠状蜂蜜把“粉末”包起来装入蜡壳。而台湾路上的老字号店铺“天益寿药店”里的“天益寿米粉”，几乎是当年全城幼婴的唯一指定辅助食品。而古城内的馨苑茶庄对外虽称主营茶叶，但却兼卖专治跌打损伤、消炎止痛，一片即可退“癀”的药片。“癀”字这个本为牲畜之疫造的字，在闽南语的语系里却成了包罗各种不明原因而产生火气的特定用语。漳州方言就这样把一切炎症统用一“癀”盖之。又因只需一片即可消炎退癀，后便被称为片仔癀。

据说片仔癀是原为明朝宫廷所用，后宫内御医或因战乱或不满朝廷专制，隐姓埋名在漳东郊璞山岩寺为僧。当时寺僧多多有练武习拳，舞刀弄枪难免伤及身骨，这位出身御医的寺僧按宫廷秘方，采用上等麝香、天然牛黄、田七、蛇胆等名贵中药，炼制成药，称为“八宝丹”，因专治跌打损伤、消炎止痛效果显著而声名远扬。最后一位继承药方的僧人叫释延侯，因与馨苑茶庄老板李珠的业务往来，一来二去渐生感情，后来干脆还俗并娶李氏为妻。如果说“八宝印泥”让源丰药店出局药铺行当，而馨苑茶庄则是让它成功跨界。

1956 年，馨苑茶庄与同善堂、天益寿等 8 家药店，组建公私合营同善堂联合制药厂，后又改名为公私合营漳州制药厂。合并后的制药厂掌握了片仔癀的处方和生产工艺后，片仔癀逐渐成为该厂主打产品。着手改变制作工艺和包装式样，把切片袋装改为整粒盒装。如今的“片仔癀”不仅是中国的著名商标，更成了这座千年城市的战略品牌。对于“片仔癀”药粒，越来越多的人赋予了它更多的信任与希望。

只是当年同善堂苦心经营两百多年的拳头产品乌鸡白凤丸，却由于炮制工艺繁复或其他原因，合营后的漳州制药厂后来竟停产了，这不能不说是感喟之余的一种遗憾。

拥有了，那就该热烈地拥有；逝去的，我们也当靠记忆去珍存。一个城市如是，一个人亦当如是！

漳窑传奇

有一种瓷，你只有接近它，你才能感同身受地理解它的低调内敛，你也才能读懂那米黄釉的瓷色魅力。它从闽南这块山涧里轻盈地走来，带着质朴与简洁，但有着一种由内而外的华贵。虽只是落落大方纯色调，但却有着无法比拟的绚丽。这恰是对淡出瓷界许久的“漳窑”的一种最真实的表达。

凡是去过它出生地的，都对那里的山水，那里曾经发生过的故事情有独钟。站在华安高安镇三洋村的东溪头山谷里，你的耳边仿佛回荡着《青花瓷》歌词里所唱的思念和不舍的情韵。的确当年从这里出发漂洋过海的白釉米色器真的“去了我去不了的地方”。如今的东溪窑已是“海丝”申遗的重要遗产点之一。

提起“漳窑米色器”，人们便会想到位于高安的“东溪窑”遗址，如今已发现的窑址主要麻荫在东溪圩仔、扫帚石山、吊拱、崩爿湖、虾形山、猪槽楼、橄榄坑、后坑寮、蜈蚣后、墓坪洋、白叶坂山、马饭坑山、水尾和封门坑等处，共有窑口二十多处。人们也会想到东溪窑遗址的最早发现者——时任高安公社东溪头林场场长邹阳水，今年已 81 岁，还会提及上报者邹财金，现在邹财金也已经退休，然而一年前我第一次踏进高安时，他还是高安镇文化站站长，保护和研究东溪窑成了他那时最主要的工作。从三十年前的上报情况直到即将从巡查与保护的岗位上退休，他这辈子注定了要与东溪窑结下不了情。1983 年，邹财金采集了更多的散落的瓷器残片，有心的老邹把收集到的瓷器和方位进行了上报。根据邹财金上报的瓷器样式和方位，后来一拨拨来自漳州、厦门、泉州、潮州、福州、北京的专家来到了窑火熄灭近百年的古窑址进行了寻址、勘察与采样。因为老邹的这又一发现，再次掀起了中国古陶瓷界对“漳窑”产地的关注。在古玩界所说的“漳窑”专指被国内外瓷器收藏家认定的中国一代名瓷白釉米色瓷器，并不是窑址或地域之名。

早在 20 世纪 50 年代，北京故宫在整理皇家收藏瓷器中，就发现了数件精美的“漳窑”瓷器。故宫专家根据《福建通志》《闽产录异》中有“漳窑出漳州”和《闽书》亦有“漳窑在龙溪东溪”等记载，北京故宫派出了古陶瓷专家耿宝昌等来到了当时的龙溪专区，与漳州的文化部门组成联合调查组在漳州范围内找寻“东溪窑”。由于受“东溪”两字地理方位的影响，当时误把郭坑的“东溪”作为寻址的主要方向，结果一无所获。一直以来，寻找漳窑遗址成为陶瓷文物界长期以来悬而未决的大事，而邹财金这又一发现如果关乎漳窑的神秘面纱，那东溪窑址就能被准确定位，这将了去困扰在陶瓷收藏界长久以来对白釉米色器“漳窑”身世界定的疑团。于是 1986 年福建全省文物大普查正式将此事纳入日程，福建省文博研究员、陶瓷专家栗建安（现为中国古陶瓷学会副会长）在华安县高安乡的东溪头找到了烧造青花瓷的大窑场，虽没有找到“漳窑”白釉米色器标本的窑址，但提出了漳窑在华安、南靖交界的高安东溪头的猜测，并在第二次全国文物普查时登记在册，入编中国文物地图集。

中国一代名瓷——漳窑（白釉米色器），这种米黄色瓷器，釉面皆开冰裂细纹，纵横交错、曼妙天成的浅细丝纹游离于浅黄色的釉面，这种独特的釉色宛如触之不及的朦胧而又在羞涩中略带婉约。这是花开无意的境地，恰是青花里苏麻离青（又称苏泥勃青，简称“苏料”）所无法勾勒的，它虽没有青花瓷绽放出的绚烂与瑰丽，但却有低调奢华里自顾自的美丽。

漳窑器与青花瓷这两种瓷质有着两种截然不同的诗意表达，一个是本色表演，另一个是粉墨登场，恰如同一剧本的不同剧种演绎，或是柔美惬意，或是铿锵大气。米色器的“漳窑”是素面，是古拙，呈现的是柔美线条，成就的是无言格调。

东溪窑为何躲过了近百年时间的众人追寻，直到20世纪80年代初才被有心的邹财金发现，其实答案不难理解，东溪窑正处两县交界这片连绵数十里的葱茏绿浪中，这片茂密的树林，这段崎岖的山路，几乎阻断了关注它的人们。恰是这般的人踪鸟迹、林海深处也才收藏了这片窑场的秘密，这正是东溪窑何以能躲过历史关注的目光，千呼万唤始出来的主要原因。

窑炉主要是使用横室阶级窑，装烧工艺以匣钵、垫圈为主，支钉为辅。烧成温度绝大多数是中温，极少数胎质精细的是高温。后期产品以烧造青花为主，兼烧青釉、白釉、青白釉、色釉和少量三彩、五彩瓷器。产品类型繁多，以器物的性质分类，有陈设供器、日常生活器皿、文房珍玩三大类。其器物精美，造型古拙，具有较高的艺术价值，为明清时期文人的珍玩之物，也被国内外各大博物馆所珍藏。尽管东溪窑并非官窑，但其产品以质优而被列为贡品。明末清初“漳窑”正值壮年盛世，出厂后的瓷器经九龙江的西溪、北溪分别载至月港，再沿着海上“丝绸之路”外销到南洋诸岛国及日本、欧美各国。

这东溪头窑正是人们所要寻找的漳窑，也是明清时期闽南地区已知的最大窑场，窑应当始烧于明中叶，青花瓷和米黄瓷并重。月港的兴盛，刺激了该窑的生产和产品的选择，曾经一度烧制质量很高的摆设瓷和生活用瓷，出窑产品主要靠人工肩担至苏氏“大本营”——古龙溪县二十五都升平保芥坑（今名内溪自然村）进行分装，再挑至北溪分渡口（下樟、汰口），也有一部分通过水路从归德溪到永丰溪，到达月港出海，行销海外，这一时期可能也是东溪头窑的鼎盛时期，清顺治以后，清廷的海禁政策，阻断了通往海外这一最大销售市场的去路，而清初的社会动乱也很大程度影响了民间的瓷品需求量，致使东溪窑一度走入低谷。此后，便转为主烧生活瓷。清同治年间的太平天国运动，或许是部分窑工参加了太平军或太平军曾在这一地区活动，窑场被清军围剿，东溪头窑受到沉重打击，进入第二次低谷期。漳窑的淡出，或因为清廷的海禁政策，让以生产出产品为生计且烧红了几百年的窑火走向了寂静和落寞。或因一场逃奔而来的农民武装而最后土崩瓦解。

从 1986 年开始，省、国家和日本、东南亚古陶瓷专家及考古工作者多次进驻华安、南靖进行考查。几经专家的标本采集与论证，最后得出“漳窑”（白釉米色器）出自华安东溪窑的结论。东溪窑在明清时期为闽南地区最大的窑场，其覆盖面广，窑地规模达 10 平方公里；烧造年代长，根据地方文献《漳州什记》记载：“漳州瓷窑号东溪者，始创于前明，”没落于清中后期，前后生产持续达四百多年，位列当时漳州地区窑场之首，在福建仅次于德化窑。

如今重走“东溪窑”遗址，那一座座小山包里，那落叶枯枝间常有数片青花的乍现，红土里不时偶露着匣钵的残件，这些与那场盛况空前有关的细节，都在无声地讲述着昨日的辉煌。于是，在一大片广袤的山林间，你的每一次踩下，那松软的堆积层下总发出着清脆的瓷碎声。那一声声的噼啪作响，都是一次次生命的呼唤。呼唤着东溪窑的重归，呼唤着漳窑的再世。

如今在东溪窑旧址的附近又出现了专门生产“漳窑”的瓷业公司，

现代的制瓷匠人完整地按着传统“漳窑”的制瓷工艺程序，用手工有条不紊地在揉泥、拉坯、修坯、描色、上釉……正是为了确保“漳窑”的生产条件符合当年“东溪窑”的硬件环境，按挖掘考古出的原址比例，缩小并再造了与高安上虾形遗址一样的横式阶级窑。一样的柴火热烧、一样的投放方式、一样的烟道布局，用以确保漳窑生产环境传承有序。而今漳窑传统制作技艺成功入选了第三批福建省非物质文化遗产名录。漳窑，这个从中国瓷器制造大家庭中失散了一百多年的游子终于回归了。

如今，从“东溪窑”千呼万唤始出来的漳窑正迈着轻盈的脚步向我们走来。

带着一股漫不经心的从容和清朗飘逸，但却有着不一般温柔可融……

用它执一盏茶，细品，茶水在那片米黄中温香玉软。用它塑一尊渡海观世音，静心，一炷香燃中但见波光粼粼。

又见《巡医又过大娘家》

有一幅画，我始终记挂着。我关注与这幅画作有关的消息、人物或是物件，哪怕是一则不起眼的评论。最近一次进入我的视野是2015年4月10日《闽南日报》二版一则“林俊龙先生国画作品入藏中国美术馆”的消息，同日新华网等媒体转载此报道。

2015年4月7日下午的中国美术馆，漳州著名画家林俊龙的子女将当年风靡全国的一幅画作《巡医又过大娘家》捐赠给了中国美术馆。这本是一条非常重要的文化新闻，然而却没有引起更多读者的关注。其实，《巡医又过大娘家》能被中国美术馆收藏，缘于一个月前一则家喻户晓的消息：漳州市百名书画名家作品展将于3月25日在北京中国美术馆开幕。漳州的有关部门精心挑选了百余名较有影响力的漳州籍书画名家的作品进京参展。那次参展作品共153件，汇聚了漳州市美术书法的国家级会员、漳州籍在外地工作的美术书法国家级会员以及漳州先贤书画名家的精品力作，展览共分乡贤遗风、桑梓情怀、传承创新三大类。参展作品于3月19日从漳州起运，3月22日晚进入北京，3月24日按照三大类分三个展厅进行布展。在此之前，百名书画名家作品展已先后在漳州、福州成功举办。

展览如期结束后，中国美术馆的专家唯独看上了林俊龙中国画作品《巡医又过大娘家》。然而收藏一事并不顺畅，中国美术馆还是费了些周折，才得知林俊龙的女儿竟然是福建省画院的一级美术师林任菁。接下来的事情就变得顺利了，林家经过商议特别是得到林俊龙的妻子李淑华的认可后，决定采用无偿捐赠的方式使作品回归中国美术馆，因为在他们家人的心中，中国美术馆才是这幅作品真正的家。其实《巡医又过大娘家》早在 1973 年就已被中国美术馆收藏，但在那个动乱的年代也不知何因，这幅原创作品竟不知去向。现在再次收藏于馆中的这幅，是林俊龙先生后来再创作的。

林俊龙 (1939 ~ 1990 年)，字石仓，福建龙海步文石仓人。在漳州第六小学就读时，就获得全市小学生美术比赛第一名。1957 年初中毕业放弃去中国美院附中学习的机会，到漳州工艺美术厂当学徒，从此走上美术创作的道路。擅长中国画，历任工艺美术厂辅导员，电影站、文化馆宣传干事，1983 年调福建画院任专职画师，二级美术师，福建省美协常务理事，漳州美协主席。1964 与李淑华共同创作了《龙江颂》并当年入选第四届全国美展；之后创作势头正旺的林俊龙再次以《巡医又过大娘家》《山村女教师》入选全国中国画连环画展；《周总理与邓大姐》（林俊龙、李淑华合作）《元宵图》入选第六届全国美展；《水仙花》入选第六届全国美展优秀作品展，获全国第三届年画展二等奖；《世界很大又很小》入选第七届全国美展。林俊龙与李淑华的夫妻结合可谓“珠联璧合”，虽然李淑华比林俊龙大了三岁，但他们不仅是生活上的伴侣，也是艺术上的知己，他们双双凭借各自的实力加入中国美协。据女儿林任菁回忆，20 世纪 80 年代中期她还在福建工艺美校读书时，她父母就是龙溪地区仅有的两名中国美术家协会会员，也成就了自新中国成立后漳州第一对夫妻画家（国家级）的佳话。

《巡医又过大娘家》描绘一位女军医巡诊途中再次路过以前曾接受她治疗的社员家门口的情景，老大娘喜出望外，忙接过背包、草帽，对待亲闺女一般迎接军医。小孙女像见到久别的亲人，从远处跑了过来，扑向女军医的怀里，双脚高高踮起，亲昵地依偎在蹲下来抱她的女军医的肩上，生动自然，让人感受到彼此之间的亲密无间。孩子的情感是最直接、最纯真无邪的，此作巧妙地通过孩子的情感展现了军民鱼水情的浓烈与纯净。主体人物突出，辅以桃花、竹子、芭蕉、栅栏等构成一幅生动的、真实的画面。

在笔者看来这幅画作有两处亮点，一个是作品取名《巡医又过大娘家》中的“又”字，一个“又”字便把特定年代里的军医下乡巡诊常态化的描述交代清楚；另一个是画中小女孩的“扑”的动作，在当时的农村，腼腆与内向往往是那时代小女孩的集体性格，能够在一眼看到女军医时，便扑过去偎依在她的身上，这已经向广大观众透露了太多画外之音。一个真正优秀的画家，他的画作若想成为不朽，除了讲究构图与线条，善于勾勒墨色浓淡，还要会讲故事，在泼墨挥毫间讲好充满人性之美的故事。

在那个不宜谈论风花雪月的年代里，一个内心充蕴着传统美学的画家，在讲好人性之美故事的同时，仍执着地把中国画中的竹、花、芭蕉、栅栏等传统国画因子巧妙植入其中，不失为特定时代的一种艺术坚守。

创作于1972年的中国画作品《巡医又过大娘家》，在1973年入选全国中国画展并被选送参加当年的中华人民共和国展览会，到日本等展出，复制多幅由上海博物馆、天津艺术博物馆等收藏。这幅作品不仅是当时国画人物作品的代表，更反映了福建省20世纪70年代的美术发展与创作水平。更是漳州有史以来单幅作品印刷数量最多的画作。该作品曾多次刊印于当时的出版物中，仅笔者收藏到的印刷品就有《红小兵》《群众医学》《福建文艺》等，并于1975年被印制为年画以及年历卡片，得到广泛传播，是当时人们喜闻乐见的一幅美术佳作。

在中国美术馆接受这件作品的现场，中国美术馆馆长吴为山先生动情地说了一段话，除了感谢林家子女将先父作品捐赠中国美术馆的义举，同时对林俊龙先生的艺术创作以及其中所蕴含的珍贵的时代价值和艺术价值做出了高度评价。在谈话中特别提到了他和这幅作品深厚的艺术渊源，在他十几岁学画时，初次看到这件作品的印刷品，即对它印象深刻并临摹过此作……

这是一张闪烁着人性光辉的优秀美术作品，若有机会细品画卷，你一定会读到人间真情的美丽与纯朴，也定会读到一个与爱有关的故事……

乡里芗韵

今晚我待的这个村落正逢祭奠开漳圣王的隆重盛典。因此集资请了芗剧团前往助兴。芗剧原名歌仔戏，是流行于福建漳州芗江一带的汉族戏曲剧种。它与盛行于台湾歌仔戏同宗同源。歌仔本就是漳州方言的曲艺小调，曲调有七字仔调、杂念调、大调等。

一听是县里的专业剧团要来，日头还挂在荔枝树的西梢时，就不断有老妪稀疏把早已备好的“靠背椅”搬到紧临戏台处，有太师椅、有扯条板凳，有干脆抱来一叠塑料坐凳，虽或高或低，参差不齐，但朴素的乡民会自觉地按着先来占据的位置，依次摆好。这占位置还有个不成文规矩，先到定位的，不能把凳子摆太靠前，即是免去长久仰头看戏的酸痛外，还要特意留下一条叫“月排”的道，除了专门让给村里顽童搬块石头、砖块垫脚，趴在戏台边瞧热闹外，还是在开戏前让请戏头家端上放有红包的托盘，答谢剧团唱些吉利的“三出头”而专辟的通道。我也吩咐占个位子，因为已经许久未曾看戏了，并交代“别太靠前，也别太居中”，目的很明显，如耐不住性子时，好撤。

一阵鞭炮响后，“咚咚咚”一串硬派的开场锣鼓便拉开了今晚的芗剧《玉佩奇冤》的序幕。

孩童时看芗剧，我集中看打斗场面，看角色的各类花脸和官员、小姐出场时那浑身绸缎绣上的珠宝锦饰；少年时看芗剧更多的关注剧情、关注剧内奸人是否被斩头断身，落难秀才是否有出人头地时；青壮年时期的我，看起芗剧不知是何种感受？我对自己真有点不能把握了。

这是一出反映宋朝一门忠烈抗金的武戏。金兵入侵中原。因战事紧迫，女将月英放下尚在襁褓中的一对儿女上了战场。后男婴在战乱中散失，被一好心猎人捡到并抚养成人。18年后，金兵再次入侵，成人后的将门之子，投军报国，后凭玉佩与亲生母亲重逢相认，并击破金兵的曲折事故。

原本准备看上几场戏便告退，然而一开场便遭遇武戏，那打斗场势中的武旦高翻劈跳，一招一式，尽显舞台真功；再听到月英那清婉嘹纯开场唱段及失散婴儿乌发委地，抑扬顿挫、悲情四溢的唱腔时，不禁叫绝；再者是引人关注，环环紧扣的剧情设置，一下子把我的心揪住了。一幕接一幕看下来，我除了体味久违的芗剧丰韵，捡回儿时专情关注的氛围外，还比以往拥有更多的感受。我仔细地听那甜婉清丽的唱腔；关注那招式分明的台步；理解那悬念设置的情节。此外，可能与我平时搞创作有关，我竟慢慢沉醉在芗剧唱词和台词所独特的魅力中。比如，月英痛失男婴，老旗台兵私喃一段充斥闽南俚语的独白就很有韵味：

金番入侵实在真无谱
月英本生男女各一个
现成只剩一个小查某（女孩）
看着心里确实很艰苦
……

虽然造句通俗简陋，但却朗朗上口，这种充满韵律的独白在戏文中多次在大段落唱腔的空白处被适时的运用，这种借助闽南“答嘴鼓”

曲艺形式，注重调侃、幽默的语段，很调村民的胃口。这些俏皮话让涂着白鼻梁的丑角声情并茂诉说后，台下往往就会爆出一阵会意开怀的笑声。

我真的被感染了，这是一种由里至外的感动，尽管村野乡邻不可能倾情盛邀所谓“天皇”或“巨星”莅临，虽然他们仍然停留在“好人有好报”“才子配佳人”的诸类简单的美好憧憬中，但却可以自由无拘的呼吸，完全平等的宣泄和感知，而不必受拿腔捏调框套的束缚；同一出戏文，可以凭定各自拥有的年轮圈定和阅历去感同，而无须较真结论的是否统一。纵使在会意处，不羁狂笑也罢、鼓掌也罢，自由节制而无顾他端，全无我经历过的某些大型直播晚会，随着摇摆的电视镜头受制于“笑托”“掌托”的窘境。

月光已融进榕树顶茫茫的苍穹，锣鼓的喧闹早就蒸腾在香烛冥冥绕环的氤氲中，社戏的高潮正澎湃在老妪的心口。剧情演绎中，我静静地回眸身后已渐入佳境的乡民，望着他们无与伦比的痛快和美妙，我相信这种满足一定会连绵在他们数日呷茗的醇香中。

我真的不忍打破他们的入神和宁静而提前退场，竟联想起若我们能少些热衷于表面喧嚣与浮华，省一些杯盏交错的功利应酬，安静于乡野郊壤一夜，和朴实无华的村民们一同看场“忠良斗奸害，正义驱邪恶”的戏文，这样的“与民同乐”，其实也是蛮有生活的意义，我们收获的何止是舞台上演绎的种种警示……

漳州小吃咏叹调

漳州的一天，其实是从清晨小吃店里的剪刀咔嚓声响中苏醒过来的。遍布古城的豆花粉丝、卤面摊点……让漳州百姓与古城游客在美食多样选择上惊艳连连。一场饕餮，其实就是味蕾上的一次旅行。一座城市的风味小吃，在某种意义上是这个城市历史与文化在生活上精彩与丰富的直接体现。如同面食，到了漳州便有了各种花样翻新的做法：卤面、手抓面、干拌面、沙茶面、鸭面……豆花（豆腐脑）在全国的美食版图中，漳州应是为数不多能赋以其如此繁杂内涵的城市。

在漳州，许多小吃会围绕着“正宗”二字展开着犹如江湖掌门人的争锋鏖战。君不见“正宗卤面海”“正宗洋老洲”……的招牌让人眼花缭乱、惊艳连连。在城市版图的扩张中，旧城改造也往往造成原本“霸主”地位的食摊或小店流动起来，这样的战局变化，使得相定固对于一域的食客也跟着阵地流动或盘整起来，于是就有了“原五中沙茶面”“原圆圈生烫”……这样别具一格的称谓。

在所有的美食里应首推“卤面”最具代表性。漳州卤面，据说已有上千年的历史。686 年建郡时，由移居此地的大批北方汉族带过来的。面食就渐渐成了节日、婚嫁、乔迁之类喜庆时候的特殊食品。漳州卤面在漳州美食江湖的地位可以算是“大佬”。这位“大佬”的地位之所以无人撸及，也正因为漳州的红白喜事都会牵扯到它。甚至碰到家中好事打招呼，也是极尽隐意："到时记得过去吃卤面！"

"打卤"是整个卤面制作的关键，请人"打卤"便变得异常慎重起来，千头万绪也往往是先把"打卤"的人敲定了，才想起另外更慎重的事……说起来也轻巧，"打卤"无非就是在骨头汤里放入勾了芡的肉片、剥去壳的虾仁、浸泡好的鱿鱼干、干贝、黄花菜、香菇丝和笋丝一起煮开，再小心翼翼地把搅拌好的鸡蛋浇进调好的汤锅中，再加酱油和调好的水淀粉，就成了卤汤。卤面的面条要用碱面，碱面要和豆芽在沸水锅里氽一下，快速捞出后浇上先前打好的卤汤，加上炸脆的蒜丁，最后撒上胡椒面和香菜或辣油……如果是这样吃卤面，那就太不显漳州情义了，其实这只是吃"卤面"前奏，"卤面"的高潮部分在于它的"火力配备"，无论是喜迎宾客的自家"打卤"或是寻常店家的日常提供，漳州的标准食客一般是不单吃"老卤"的，尽管汤内已标配了干贝、虾干、瘦肉……但精钻于此道的食客们一般还会再搭配些：卤大肠、卤肺片、炸肉、笋片、鸭血、油条、五香等。所以在漳州吃"卤面"的最高境界就是"（配）料由你下"！

丰富内涵不只表现在面食，就连北方的"豆腐脑"到了漳州平原，也变得俏皮起来，竟穿戴起了不同的装扮，于是就有了甜与咸的不同选择。当年的"水仙花园豆花店"，这家原本在小区内柴草间诞生起来的"草根"一族，因多了一道别家未曾提供的加料后最后再加热的工序，最鼎盛的排队盛状就是自觉的食客队伍可以从小区内排到临近瑞京路。

漳州注定是个有想象力的食文化城市，居然连豆花和粉丝都能让它们牵手结合、相得益彰！于是乎，漳州豆花粉丝在卤大肠、卤肺片、卤肉、炸肉、笋片、鸭血、油条、五香、芫荽与蒜丁们的簇拥下，以极大的热忱调动起味蕾或消化系统的互动。

至于"手抓面"，那是面食吃法的创新。漳州市民自觉地从日常生活里拥护和支持这样的饮食创新。君不见，每到下午时分，在中山公园唱完清唱的芗剧票友和约牌完毕后的老者，三三两两便会出现在芳华北路的“豆干面份”店，在加有碎片洋葱蒜蓉酱或沙茶酱的作料中，用整片的黄面卷起油炸豆干、五香、蒸元，那滴答的酱汁和全神贯注的人饕餮吃样都是古城里一道祥和的景致。

漳州的小吃，最离不开的其实就是那把剪刀，不停的咔嚓声中还有店主人急促的催促声“还要加什么……”，这时总让人联想起店家手拿的像是交响音乐会上的指挥棒，所有的作料和美味主食都在它的协调下，欢乐地畅动起来。

漳州小吃，带给漳州百姓不仅有精神的愉悦度，更多的还是生活的富足感……

来自植物界的碱性问候

在《中国居民膳食指南》一书中科学地强调了“食物多样，谷类为主，粗细搭配”。这和民间食物酸碱平衡有益健康的说法不谋而合。也有报道认为谷类、肉类、鱼和蛋等酸性食物摄入过多可以导致酸性体质，诱发高血压、高血脂、糖尿病等慢性病的发生。因而碱性食品，特别是富含天然碱的食材，更是一种现代社会追求体质平衡的食疗新主张。

有着近千年制作历史的坂里大树碱面，就是用从天然草木灰中提炼的植物碱制成的面条。大树碱面能与人体当中过多的酸性物质达到体液的酸碱平衡，并有促进肠胃消化，抗菌消炎，达到养胃、养生、保健的功效。大树碱面还具有保鲜期长、口感筋道、久煮不烂等特点。

坂里的大树碱面源于一千多年前的一场战争。在某种程度上说它就是战争的产物。盛唐初期，还是荒蛮之地的闽南梁冈山发生了以当地人潘公王为首的獠寇叛乱，后被誉为梁冈山神的梁冈圣王康义信（591 ~ 652 年），受封“平獠除魔”大将军，从北方千里挥师，挺进闽南大地，在坂里乡所在的梁冈山与潘公王决战。梁冈圣王是渤海郡人，也就是现在河北、辽宁一带，他所带的将士也都是北方兵。他们的随军食品便是小麦磨成的面食，而在唐初的闽南，面粉还是个稀罕物。面粉的出现得感谢石转盘，这是战国时期最实用的发明。北方将士长时间穿行在瘴气肆虐、茂密潮湿的闽南山林中，再加上风餐露宿、蚊虫叮咬，这些来自北方的士兵开始出现了关节疼痛、肠胃湿热的症状，士气开始低落，厌战情绪四处弥漫。梁冈圣王的夫人严英医术精湛，在军中她常运用草药救治伤员。得知将士病情后，她便想到了在家乡用灰碱水拌食治腹泻、胃胀的疗法。于是她让军士把烧火做饭留下的木炭灰沉浸在山涧池中，用过滤后的灰碱水来煮饭发面，给众军士服用。食完碱面团后的将士们的胃肠病症奇迹般地消失了，士气和战斗力开始高涨。最后在梁冈山平定了以潘公王为首的獠寇。这支唐军把根扎在梁冈山下，并带来了中原先进文化和生产技术，甚至把面粉食物及提取植物碱技法毫无保留地传给当地百姓，得到当地老百姓的拥护和爱戴。唐高宗永徽三年（652 年），康义信仙逝，皇帝敕封“梁冈圣王”，就地安葬，并建“梁冈亭”纪念。

明代的李时珍在《本草纲目》中有从植物燃烧后的灰烬中可提取碱的记录。《本草纲目》卷七之冬灰条：“冬月灶中所烧薪柴之灰，令人以灰淋汁，取碱浣衣，发面。”又记石碱条：“彼人采蒿蓼之属，晒干烧灰，以水淋汁，久则凝淀如石，浣衣发面，亦去垢发面。”现在人们也可以不用再深山老林中开挖坑浸灰了，而是采用现代工艺从松树落叶中去提取植物碱，多次反复将灰水或滤液抽滤多遍，去除杂质和重金属等有害物质，就能得到淡黄色澄明溶液，待高温蒸发便析出纯碱晶体，这就是现在广泛使用的天然植物碱。

在坂里制作大树碱声誉较好的志华碱面厂的负责人林志华向笔者介绍了制面的过程。制面工序并不复杂：先将高筋粉、植物碱、食用盐与水按照一定比例均匀搅拌，反复揉压面团后置于面板十多分钟，乡民把这样的搁置叫作“醒面”，即让面条形成嚼劲有口感。这是个着实让人感兴趣的称谓，仿佛在水的媒介下植物碱一旦和高筋面粉结合在一起，便唤醒了生命的记忆，开始了新的生活。而在业内则把“醒面”的过程理性地定义为“走筋”，在“醒”和“走”之间，还是“醒”更有味。早期碱面制作采用纯手工制作，产量有限不能满足附近乡镇村民的需要。后来引入自动上杆挂面机，这才扩大了大树碱面的生产量。

尽管引进了机器进行压面、切面，但大树碱面还是有盘面、晒面这两道工序是机器所无法胜任的。盘面就考验了制面工的功底，熟练的工人能准确地一把抓起刚成品的碱面条，上手后能“一把准”够量地均匀盘在竹编的架子上，每份面条重量控制在2两左右，盘面时面条在盘面工手上快速盘绕，轻盈、规巧且匀称服帖地卷曲在备好的竹架上。这时的碱面在工人手里像是身材纤柔的舞者，起舞时华丽，谢幕时优雅。待工人把排列整齐的一副副竹架抬出厂房往宽阔的石埕上晒面时。那整齐划一、大小均匀、柔美顺畅的大树碱面，像是列队整洁等待检阅的女兵方队。果真等来了检阅的队伍，那是一拨拨扛着“重武器”的摄影师。他们站在高处，把如此壮观的生活哲学用镜头的语言完美地表达，这样的劳动景致让我想到了婺源篁岭的“晒秋”。如果说“晒秋”只是每季一晒，那坂里的“晒面”则不受季节变化的影响。

在这样壮观的场面中，制面师林志华则专心致志地用手不断探摸着卷曲的面条，她用手灵巧地掐断躲藏在最里层的一小节面条，用手轻触如果脆性十足地折断，那就说明晒了一整天的“晒面”可以完美谢幕了。

在大树碱面所有的烹调技艺中，热炒碱面是最受欢迎的。把刚烧开的水泡烫碱面至七分熟，快速捞起放入冷水中冲凉。把备好的三层肉、包菜、鸭蛋、香菇、虾皮用热火炒，再加入冲凉后的大树碱面，热火炒熟后加入少许盐（大树碱面内含盐）和各类所需调料即可。

坂里乡的特色除了大树碱面还有红酒和“知青文化园”，坂里建设了以知青为主题的文化公园和“知青博物馆”。当年长泰接收了来自厦门、漳州和最远来自福州的大量知青，接收人数占漳州全市知青接收数的三分之一，仅坂里就接收了2000多名，占当时总人口近五分之一。

如今，每到节庆日或纪念日，来自全国各地的知青踏上这片当年青春与热血曾奉献过的故土，除了怀旧与感恩，还有一件他们必需要做的事，那就是再吃一回热炒大树碱面。

坂里红酒桂花香

秋风吹过良岗山脉，珠石峰下的坂里山村桂花香飘，秋高气爽的酿酒时节便到了。从明清时期坂里便盛行酿制红酒，树林茂密的乡村添了“开坛香百里，洗瓮醉千家”的酿酒盛景，这样的景致已延续700多年了。

古代文人是喜红酒的，北宋文学家苏轼当年谪居岭南时，晚上苦闷之际，喜欢喝点福建红酒并吟出了：“去年君苜宿盘，夜倾闽酒赤如丹”的诗句。在闽南产妇坐月子时也需要红酒，所有食物烹饪中都要加入红酒这个辅料，待到婴儿满月时，产妇元气大增，婴儿脸色红扑，让辛苦忙碌的家里人很有成就感。在坂里，家家户户都酿制红酒。闽南山区多有制酒高人，但坂里红酒却能在众多的酿酒乡野中被单独的以地理名称凸显出来，能赋予这样的信任与重托，并在闽南地区被冠于产妇坐月子的“月子酒”。坂里红酒为何如此受欢迎？带着这样的疑问，笔者走进了被青山环绕的坂里乡。

坂里乡位于长泰县西北部，良岗山脉西麓，境内珠石山森林茂密，山泉清流。受地势和森林覆盖率影响，这里的年平均气温19摄氏度，比县城低了2摄氏度。不要小看这些看似只是字面上风光宜人的自然环境，这恰恰也是坂里红酒甜爽怡人、酒香丝丝入扣的必备条件。

坂里乡的新春红酒厂厂长陈福兴刚刚在前不久坂里乡举办的第二

届红酒节上抱回了“金奖”的最高荣誉。陈厂长带着笔者参观了他用了十年时间开山挖掘出的几条用于酿酒的山洞酒窖。要酿好坂里红酒其实并不难，靠的就是上等糯米、精选红粬和甘洌山泉，再加上古法工艺。开坛之时定是清香扑鼻的坂里红酒。每年入秋时节至春节前，坂里的乡民便开始张罗准备酿酒，闽南山区的优质糯米，多来自华安或安溪的山涧小块田地，每年产出的数量不多，淘米时用泉水清洗，以米粒浸透无白心为宜，将洗净的糯米放入杉木制成的蒸桶。上等红粬，多来自安溪的内山，安溪有专门的制粬好手，好米、好水更要配上好粬。蒸桶底铺上一块专用白布，将洗净后的优质糯米放入杉木制成的蒸桶中，并用筷子将白净的糯米戳出几处蜂窝状的小洞，以保证蒸汽能够均匀地将米饭蒸熟。生火后蒸桶会从底至顶慢慢变白，那是木桶吸水后在高温下的最直观变化，高明的酿酒人会根据整个蒸桶变白的程度，去判断米饭是否蒸熟了。蒸熟后的米饭饭粒饱满，晶莹剔透，松紧适度，米香浓郁。接着就是将糯米饭摊开晾至冰凉后，装入洗净的陶制酒缸，并加入烧开后晾凉的山泉水。制酒高人对酒缸的挑选是苛刻的。陈厂长外出买缸时，首先要看外形是否光洁润滑，还要听缸内的回声是否清脆悦耳，更要用手去来回摸索，当手划过施釉的内壁，均匀细密的质感已经告诉你这是一口适合酿酒的好缸了。接下来便是红粬登场了，加入上等红粬后就是连续七日的定时均匀搅拌。酿酒师在搅拌前沐浴的过程如同虔诚的佛教徒膜拜仪式，反复地洗涤身体，特别是手伸进缸体来回搅动时侧身趴在缸沿所有接触的部位，过程中的手一定要保持干燥，否则红酒会变酸。这些细节，颇有重大祭祀的仪式感……

均匀搅拌数日后，酒缸盖上木盖或净置于阴凉处静候个把月。接下来便是一个忐忑的等待过程，像是努力温书的考生在大考之后翘首成绩的张榜。

此时的陈福兴会兴奋地在自己开掘的酒窖里来回地走动，但酒窖洞里整齐排列的酒缸已经迫不及待地把浓烈的酒香四溢张扬开来，这样弥漫的香是红粬与微生物混合而成的独特香气。根据以往的经验，今年又是一个成功的丰收年。打开缸盖后沉糟出酒，把竹编“酒漏”插入酒缸中，酒自然流入“酒漏”中。将取出的酒放置在酒坛中，用拌有谷壳的黄泥封好坛口，密封扎紧将坛放置洞内阴凉处，存放时间越久红酒越香甜醇美。坂里红酒酒精度为13%左右，有促进食欲、舒筋活络、生津补血的功效。坂里红酒颜色红艳，有喜庆红艳的吉祥寓意，经常在春节、元宵等传统节日用来接待客人，是一种古朴的风俗习惯。

关于坂里红酒其实还有一个美丽的神话：传说很久以前，坂里乡山高林密，野兽出没，人口稀少，周边平地和山谷里，散居着几十户农家。在坂新村住着一对年轻的陈氏夫妇，眼看孩子即将出生，孕妇脸上却是面黄肌瘦，身体虚弱。夫妻俩听说珠石峰观世音菩萨特别灵验，便商量一起到珠石峰拜求观世音菩萨，赐福送子并佑母子平安。

当拜完观世音菩萨下山时，陈氏妇人忽然腹痛难忍，眼看就要早产。正当他们一筹莫展之际，从崎岖山道上，走来一位端庄淑雅的少女，她搀起了陈氏妇人说：“到我家去吧。”顺着她指的方向看去，在百步之遥的半山坡上，茂密的树林中，隐蔽着三间霞光闪烁小石屋，石屋门口站着一对老夫妇，仿佛早已在迎候。喜得贵子后陈氏夫妇拜谢正欲返家，少女和老夫妇极力挽留在山上坐月子。虽然一天三餐都是素食，但老夫妇每餐都给陈氏妇人送来一碗芳香扑鼻的红酒。善良的老人还细心教会小伙子如何烧制红粬，酿制红酒的手艺。等陈氏妇人满月之后，一坛红酒也酿造出来。陈氏妇人满脸红润、奶水充溢，身体越发丰腴。捧着一坛红酒，陈氏夫妇告别了山中一家人下山。

听完陈氏娓娓道来的山中奇遇，左邻右舍凑了些谢礼一同再入深山答谢。但树木掩天 、泉水淙淙，却无处再寻石屋。众人顿悟，都说那是观世音菩萨灵示保佑的结果。陈氏便把学到的酿酒技艺传授给邻里乡亲，从此，这里家家酿酒，谁家媳妇坐月子，都酿造红酒侍候。坂里红酒成了坐月子必备的营养佳品。

有趣的是如今眼前的“金牌”厂长和在一旁忙碌的夫人也一同姓陈，而且陈夫人还取了个香飘四溢的名字：桂花，难怪从进厂门到厂区周围都遍植桂花。听完坂里红酒繁杂的制作工艺和酿酒人对技艺的一往情深，我想，坂里红酒一定是有灵性的，这充满灵性且有格调的酒一定会给坂里乡亲带来有格调的幸福。

往事并不如烟（代后记）

对于古城漳州，我有着不同寻常的热爱。可能跟我的不安分和闲不住的性格有着某种必然的关联。大学读书时，每逢休息天我的背包里便装着学校早餐里买来的馒头，一头扎进那繁华城市里的大街小巷。我关注着那昔日“十里洋场”尚未拆迁改造的里弄和洋气十足的建筑，我曾拿着学生证登记进入《解放日报》的旧办公大楼，就是为了一睹那华丽的落地彩绘玻璃窗；为了了解提蓝桥某幢盛名的老建筑，我登上它邻近的高层大楼，居高临下地饱览了它的建筑格局……因此，热爱这座千年老城和它周边县区的老街或建筑，我都有一种想一探它们背后的人文故事冲动，这一定也是悄然早就渗透进我灵魂深处并随时可呼之欲出的某种潜意识。

创作与古迹或“非遗”有关的散文，就要走进老建筑的视野。利用休息时间，我搭动车去诏安的南诏古镇。凭着一脸真诚，只身敲开了“天然楼”的欧式拱形大铁门，这是座孤芳傲立，另类于其他民居的独幢洋房。在主人几乎开放“参观”中，我惊叹于它罗马风格的石柱、欧式的大阳台、门窗雕刻着造型各异的图案，在楼顶我辨寻着仿建的中国长城烽火台、美国沃尔华斯大厦、英国白金汉宫和俄罗斯克里姆林宫、法国埃菲尔铁塔等微缩建筑造型。在云霄的和平街，我啧啧惊叹于沿街骑楼立面的浓妆焕彩：有些骑楼的二楼楣窗由彩色瓷砖填饰；木窗边框采用闽南地区罕见的镂空透字的彩色花砖镶嵌，有万福形，有双喜形。三楼女儿墙更是重彩修饰，七彩花砖有序砌排，灿烂如虹。其风格之西化，色彩之浓烈，用料之繁复实为我古街走透之罕见。但灿如云霞的墙饰，并无法掠去它厚重的人文底蕴和绕不开的工业文明。在张合成老烟厂旧址，我在店面的楼板找到并拍摄下了当年的英文烟标，揣测着当年摆放两台小型卷烟机的位置，因为这里曾出品过英雄、航空、爱国牌香烟……

重新修复后的漳州古城，得到了市民与游客高度认可。这时需要我们本土的作家更要有宣传漳州古城的紧迫意识。为了更好地创作这类文章，我曾无数次地在傍晚时分徜徉于府埕一带的“历史街区”。读着那些从史料中脱颖而出的文人雅事，揣摩着这个古城的城市格局与一个叫陈炯明的民国军人之间的隐秘关联。

而把史料烂熟于心的后果，就是走在这样的老街上，有时甚至会有时空的穿越感，仿佛当年的我从漳州的地标“圆圈”信步走向“太古桥”，这可是老漳州最繁华也最歌舞升平的地段。目光所及，你左侧的“卫生楼”西餐馆或是眼前的“金胜美”的提花丝绒、“蔡同昌布庄”里的哔叽和西洋布都为本地老漳州人所乐道，“我的”照相馆，老板姓黄，不仅拍摄技术好，新中国成立后还培养了两个能歌善舞的女儿。如果恰逢光明电影院（大众影院）电影散场的时刻，人声鼎沸的陆安西路上便热络非凡。而“美玉照相馆”里那台可以旋转照相机，更引来不少本地人的聚众围观……

细说古城，一定不能脱离维系古城文脉的人。我从20世纪90年代开始关注棉花画，那时棉花画日渐式微，被逐渐淡出人们的视野，只有在青年路旋宫照相店内还有黄家声的徒弟郭美瑜一个人在传承制作。小店逼仄，只好站在店门口进行采访。通过深挖棉花画传承历史，让棉花画再次出现在公众视野中，并让这一工艺品走出了孤独的传承的窘境，如今棉花画已成为漳州“非遗”的高档礼物，也是古城游客首选的伴手礼之一。我还把目光转向漳窑和剪纸，从记录“漳窑”的发现者邹财金，到“漳窑”的定义人王文径，再到重续“漳窑”传奇的传承人林俊。为了真正准确地表达那冰裂细纹的“白釉米色器”，我多次在专家指导下进入“漳窑”遗址。在讲述闽南剪纸传奇人物黄素时，动情地写道：“在剪女们心中，她们折叠的是千年的文化，镂空的是悠远的情思，展开的是美好的梦幻，张贴的是心中不散的乡愁。”为了讲好漳州著名画家林俊龙和他的名作《巡医又过大娘家》的故事，更从1999年就开始整理创作素材，抓紧采访林俊龙的夫人——国家级画家李淑华，如今淑华老师已不便接受采访了。为了丰富创作素材，我还多方努力收集了该画作不同时期的印刷品。最后，准确道出了“漳州一画作，被中国美术馆两度收藏”这一惊艳美术史的真实事件。

与文史有关的创作，最忌讳把现成的史料囫囵吞枣一股脑照搬照抄。读透它并摆脱它的束缚与羁绊，让历史人物与事件重新还原它本该有的温度与深度，是我创作文化散文的指导思想。犹如讲到长泰的岩溪建国路，独霸一方且颇受争议的叶文龙便成了绕不开的人物。当然，任何与文史有关的文化散文，都应在立场与史实的把握中经得住时间的考验。

每个人的生命记忆中都会有一所让你牵肠挂肚的老屋，都有一条梦里常回的老街，这是人们心灵深处都无法避及的拷问。如同站在游人如织的漳州古城老街中央，一眼望去，那缓缓流动的是人文，是历史，更是念念不舍的情怀。生活在这样城市里，我们的繁杂心绪便会像透明玻璃杯里冲泡的龙井茶，过段时间便慢慢沉淀下来，一切归于娴静、散淡而又清晰可见。